講談社選書メチエ
817

ほんとうのカフカ

明星聖子

MÉTIER

はじめに

ほんとうのカフカを伝えたい。カフカのほんとうの面白さを、日本の読者に伝えたい。そうは思っていても、どうしていいかわからず、ずっと頭を抱えていた。

翻訳すればいいという話ではない。少々訳文を変えたところで、おそらく伝わらない。例えば『変身』。あの冒頭の文を、いまの私の理解で日本語にすればこうなる。

ある朝、グレゴール・ザムザが、不穏な夢の数々から目が覚めると、自分がベッドの中で化け物みたいに大きなおぞましい有害小動物に姿を変えていることに気がついた。(KKAD, S. 115)

通常「虫」と訳されている単語を「有害小動物」と訳している。「小動物」としたのは、原語の„Ungeziefer“には虫以外も含まれるからだ。すなわち、ネズミの可能性もなくはない。ただし、その単語を耳にしてとっさにイメージされるのは、やっぱり虫だ。それも、シラミや、ダニや、ゴキブリといった類。気味が悪くて、害を与える小さな虫である。だから、「有害」であり、「おぞましい」という形容詞もつけた。

しかし、小動物としてしまうと、結局それは何なのか。誰もがそう思うだろう。続く文章はこうだ。

鎧のように硬い背中を下にして仰向けに寝ていて、頭を少し持ち上げると、弓なりに強張った筋で縞になった丸っこい茶色の腹が見えた。〔…〕全身の大きさと比べると情けないほどかぼそい足がたくさん、頼りなげに目の前でちらちらうごめいていた。（KKAD, S. 115）

やはり虫か。ここでそう思うことになる。「鎧のように硬い背中」という言葉は、ネズミではなく、外骨格を持つ節足動物を想像させる。次の「丸っこい茶色の腹」で、節足動物のなかでもとくに昆虫だと思わされる。ところが、次を読むと昆虫ともいい切れなくなる。なぜなら「かぼそい足がたくさん」だからである。昆虫なら、足は六本のはず。……とすればムカデなのか。

どんな虫にせよ、虫だとすれば、最初から「虫」と訳すべきではないか。そうともいえる。だから、ずっと「虫」と訳されてきた。「虫」と訳してけっして間違いではない。しかし、正解ともいえないと思う。なぜなら、やっぱりネズミも含むから。たとえ次の文で虫だとわかっても、最初の文を読むかぎりでは、もしかしたらネズミかもしれない。

カフカはわからない。誰もがそういう。たしかにカフカはわからない。しかし、どれほどわからないかは、まだ伝わっていないように思う。ほんとうのわからなさは、まだわかってもらえていない。

本書で、カフカのほんとうの面白さを、カフカを読むほんとうの醍醐味をお伝えしたいと思う。

ほんとうのカフカ◉目次

引用するカフカ訳書一覧

本書では、カフカの文章は基本的に既存の邦訳書から引用した（独自訳を使わない理由は本文中で説明する）。以下に本書で引用した邦訳書の一覧を掲げる（あくまで本書で使用するものにとどめており、過去に出版されたカフカ邦訳書の網羅的な一覧ではない）。

見出しの後に掲げた『新全』などは、出典表記の際の略号である。なお、邦訳が出版されていないカフカ・テクストについては、巻末「参考文献」に挙げる一次文献から直接訳出した。

◎**新潮社全集版＝『新全』**

『決定版カフカ全集』全一二巻、新潮社、一九八〇―八一年

全集やシリーズについては、略号に巻数と頁数を付して出典を示す。例：『新全』(3)八頁

第一巻『変身、流刑地にて』川村二郎・円子修平訳

第二巻『ある戦いの記録、シナの長城』前田敬作訳

第三巻『田舎の婚礼準備、父への手紙』飛鷹節訳

第四巻『アメリカ』千野栄一訳

第五巻『審判』中野孝次訳

第六巻『城』前田敬作訳

第七巻『日記』谷口茂訳

第八巻『ミレナへの手紙』辻瑆訳
第九巻『手紙 一九〇二―一九二四』吉田仙太郎訳
第一〇巻『フェリーツェへの手紙（Ⅰ）』城山良彦訳
第一一巻『フェリーツェへの手紙（Ⅱ）』城山良彦訳
第一二巻『オットラと家族への手紙』柏木素子訳

◎白水社全集版＝『白全』
『カフカ小説全集』全六巻、白水社、二〇〇〇―〇二年
第一巻『失踪者』池内紀訳
第二巻『審判』池内紀訳
第三巻『城』池内紀訳
第四巻『変身ほか』池内紀訳
第五巻『万里の長城ほか』池内紀訳
第六巻『掟の問題ほか』池内紀訳

◎ちくま文庫版＝『ち文』
『カフカ・セレクション』全三巻、筑摩書房（ちくま文庫）、二〇〇八年
Ⅰ『時空／認知』平野嘉彦編訳
Ⅱ『運動／拘束』平野嘉彦編、柴田翔訳
Ⅲ『異形／寓意』平野嘉彦編、浅井健二郎訳

◎筑摩文学大系版＝『筑大』
『世界文学大系58　カフカ』原田義人・辻瑆訳、筑摩書房、一九六〇年
集成や短編集あるいはアンソロジーについては、略号に作品名の略記と頁数を付して出典を示す（書籍に収録されている作品の一覧ではない）。例：『筑大』「判」四〇九頁
「城」原田義人訳＝「城」
「変身」原田義人訳＝「変」
「火夫」原田義人訳＝「火」
「判決」原田義人訳＝「判」

◎集英社文庫版＝『集文』
『ポケットマスターピース01　カフカ』多和田葉子編、川島隆編集協力、集英社（集英社文庫ヘリテージシリーズ）、二〇一五年
「変身《かわりみ》」多和田葉子訳＝「変」
「訴訟」川島隆訳＝「訴」

◎光文社古典新訳文庫版＝『光文』
『変身／掟の前で　他2編』丘沢静也訳、光文社（光文社古典新訳文庫）、二〇〇七年
「判決」＝「判」
「変身」＝「変」

「アカデミーで報告する」＝「ア」
「掟の前で」＝「掟」
『訴訟』丘沢静也訳、光文社（光文社古典新訳文庫）、二〇〇九年＝「訴」

◎新潮文庫版＝『新文』
『審判』原田義人訳、新潮社（新潮文庫）、一九七一年

◎角川文庫版＝『角文』
『変身』川島隆訳、KADOKAWA（角川文庫）、二〇二二年

なお、引用はしていないが言及している以下の訳書については、本文中では訳者名、作品名、出版年で示す。
『城』岡村弘訳、『現代ドイツ文学全集』第一三巻、河出書房、一九五三年
『審判』本野亨一訳、白水社、一九四〇年

プロローグ

ほんとうの変身

1901年

「虫」ではなく「ウンゲツィーファー」?

九年前(二〇一五年)に「虫」ではなく「ウンゲツィーファー」と訳した翻訳が出た。集英社文庫ヘリテージシリーズ(ポケットマスターピース)の『カフカ』に収められている『変身《かわりみ》』(多和田葉子訳)である。正確にいえば、カタカナだけではなく、それにはカッコ書きがついている。

グレゴール・ザムザがある朝のこと、複数の夢の反乱の果てに目を醒ますと、寝台の中で自分がばけもののようなウンゲツィーファー(生け贄にできないほど汚《けが》れた動物或いは虫)に姿を変えてしまっていることに気がついた。(『集文』「変」九頁)

なるほどとその大胆さに感心しながらも、正直にいえば少し困惑した。カタカナのままにしておきたくなる気持ちはよくわかる。そのドイツ語単語に一言で対応させられる日本語はない。カッコで意味を足すというのも妙案だ。苦肉の策だとは思うが、しかしそれはやっぱり少しミスリーディングではないか。

「動物或いは虫」という部分で、ネズミという可能性は伝わるかもしれない(ちなみに、生物学的にいえば、虫も動物に含まれる)。が、それにかぶさる「生け贄にできないほど汚れた」という形容句は強烈だ。多くの読者は、そこに目を奪われて、もっぱらそっちの意味で理解するだろう。

翻訳について、正しいか間違いかを語るのは難しい。「はじめに」でも、「虫」と訳すのは間違いではない、といった。しかし、正解でもない、と。どんな翻訳も解釈の結果である。解釈は結局は主観だから、完全な白はきっとありえない。完全な黒もないといいたいところだが、しかし黒はあるだろう。これは間違いだといえる解釈、誤訳といえる誤訳もある。いずれにせよ、たいていのものはグレーだ。ただし、そのグレーにはたしかに濃淡がある。

その濃淡という点でいえば、この場合は少し濃いめのグレーかと思う。語源的な意味の説明としては、間違っていない。しかし、冒頭のこの箇所で、そこまでの意味を伝えてしまうのは、少し行き過ぎではないかと思う。„Ungeziefer“という語を見て、ふつうは「生け贄」や「汚れ」などを連想しない。

いま「ふつう」という言葉を使った。これは、不用意に使うにはとても怖い言葉で、論文などではめったにお目にかからない。なぜなら、その「ふつう」とは何かを考えるのが、いわゆる学術研究だからだ。例えば、この例でいえば、その「ふつう」とは現代のものか、それとも一〇〇年前にカフカが生きていた当時のものか。一〇〇年の時を隔てれば、語感はおそらく大きく異なる。また、時代だけではなく地域の違い、彼の住んでいたプラハと他のドイツ語圏の地域の違いもあるだろう。「ふつう」の基準をどこに置くかは、ほんとうは相当に難しい。

この機会に本書の全体に関わる言い訳をさせてほしい。本書では、あえて大雑把に話せるところは、大雑把に話していくことにする。そうしないと、伝えたいことを伝えられないと思うからだ。学術論文であれば必要な厳密な定義や緻密な検討は、できるかぎり避けていく（避けられない場合もいくつかあると思うが）。隘路にはまり込むのを避けて、なるべくストレートに本質を語っていきたいと思う。結果として、「ふつう」とか「通常」とか「一般」といった言葉が多用されることになるだろう。研究者の視点からだと、粗雑な議論を展開しているように見えるところが多々あるかと思うが、お許しいただきたい。

話を戻せば、たしかにその語のネガティブな側面はきわめて重要ではあるものの、次の二点も大事だと思う。ようするに、もしかしたらネズミかもしれないという点、それから、小さいという点だ。少なくともこの二点は伝える必要がある。なぜなら、それらがイメージできないと、そこから先の面白さが味わえないからだ。

では、どんな面白さか。この場合は、一言でいえば、次々と意味がすり抜けていくところだ。冒頭の数行は、明らかに攪乱を誘っている。まず一文めで、虫か、いや、もしかしたらネズミかと一瞬思わされる。ところが、次の文で、いや、節足動物、背中に殻のある昆虫かムカデかと思う。そしてその次で、やはり昆虫かと思い、ところがその次で、いや、ムカデかもと思う。大きさという点でも、一瞬のすり抜けがある。„Ungeziefer“ に冠されているのは „ungeheuer“ という形容詞だ。それは度を越した大きさを表す単語であり、その語が名詞として使われると「化け物」とか「怪獣」といった意味になる。だから、「化け物みたいに大きな」だ。ところが、その形容詞を受けているのはノミのような小さな動物を思わせる語。ばかでかくて小さい、この一瞬の矛盾が面白い。つまり、大きいのか、小さいのか、ネズミなのか、虫なのか、昆虫なのか芋虫なのか。そのすり抜けの巧みさが面白いのだ。

面白いといえば、それに続く二段落めは、とてつもなく面白い文章だ。一通り自分の身体を眺めた後、グレゴール・ザムザは、周囲に視線を動かす。机の上には、布地のサンプルが広げられている。

そして、こんな一文が挟まれる――「ザムザは外回りのセールスマンだった」（『集文』「変」九一〇頁）。この「ザムザ」という苗字呼びには、若干の距離感が表れていて、注意深い読者であれば、語り手の存在を感じるだろう。しかし、彼が苗字で呼ばれるのは、ここだけである。この箇所以降、主人公はずっと「グレゴール」と下の名前で呼ばれ続ける。

研究者の間ではしきりにいわれていることだが、カフカの小説では、語り手はほとんど姿を消している。語り手は、主人公の背後に身を隠していて、そのため物語は主人公が見たこと、聞いたこと、感じたことしか伝えない。

『変身』でも、基本的に読者には、主人公の感覚に基づく情報だけが伝えられていく。朝起きたら、彼は自分がUngezieferになったことに気がついた。だから、そう読者に伝えられる。彼はさらに背中で甲羅を感じた。視線を下に移して、丸いお腹を見て、それからたくさんの足を見た。だから、それらが伝えられる。読者が得る情報のほぼすべては、グレゴールの認識に基づいている。そして、それが、おそらく私たちが納得せざるをえない理由である。

私たちは、『変身』を読みながら、なぜかいつしか納得している。いったい彼は何に変身したのか。そもそもなぜ変身したのか。わかりたいとは思っていても、いつしかわかることを諦めてしまう。おそらくそれは、彼の知覚に取り込まれ、彼と共に体験を重ねていくからである。彼にわからないのだからどうせわからないと、素直に受け入れてしまうのだ。しかし、そこにはほんとうは語り手がいる。

二段落めでちらっと姿を見せた語り手は、その後は極力隠れ続けているものの、物語の最後の最後で前面に出てくる。『変身』のラストで、グレゴールが死ぬ。グレゴールが息を引き取ると、もはや語り手には隠れる場所がない。だから、それ以降、「父親」は「ザムザ氏」と、「母親」は「ザムザ夫人」と呼び直される。

二段落めが面白いのは、いまいった点だけではない。グレゴールの視線の先にあったのは、もう一度いうが、布の商品見本だ。つまり、彼が服飾関係のセールスマンだということが示唆されている。彼は外見を変えるプロ、変身の道具を売り歩くビジネスマンだということだ。

それに続く文章では、服を使ったもうひとつの変身が示されている。グレゴールの視線は、机からその上の壁にかかっている絵に移される。彼が最近、グラフ雑誌から切り抜いて、しゃれた金の額縁に入れたものだ。その額に入っているのは、毛皮の帽子、毛皮の襟巻き、毛皮の腕巻きまで身につけた女性。全身すっぽり毛皮に覆われて動物さながらに変身した女性だ。なぜ？　なぜ、彼はそんな女性の絵を飾っているのか。

「ウンゲツィーファー」ではなく「虫けら」？

先の大胆な「ウンゲツィーファー」という訳語が提出された七年後（二〇二二年）、角川文庫からまた新しい翻訳（川島隆訳）が刊行された。そこでは、今度は「虫けら」と訳されている（『角文』五頁）。

なるほど、「けら」という部分で「小さい」という感じが伝えられている。またネガティブなニュアンスもほんのり伝わってくる。これまた苦肉の策だと感心したものの、しかし正直にいえば少しだけ残念だった。せっかく虫に限定しない訳書が出された後だというのに、また虫に戻ってしまうのか、と。

巻末の「訳者解説」では、「虫けら（Ungeziefer）」という小見出しのもと、なぜそう訳したかの説明が詳細になされている。目配りのよく利いたその説明の際に言及されている事柄は、いずれもその語の翻訳を考える上で欠かせないポイントだ。だから、少し丁寧にその内容を追って見ていきながら、それらのポイントをここでも紹介したい。

まずそこでは、どんな虫に変身したのかが議論されていて、ナボコフ（このナボコフについては後で扱う）がゴキブリではなくコガネムシのような甲虫だと主張していたことがふれられる。それから、そもそも小説の第三章で、グレゴールが「クソ虫（Mistkäfer）」と呼ばれていると指摘される。さらに、カフカ自身が出版社宛の手紙で、イメージを固定化したくない旨を書いていた事実が伝えられる（その手紙については、訳者解説の別の項目で、虫の絵を描かせないでくれとカフカが出版社にお願いしたエピソードが紹介されている）。ただし、そうはいいながらも、その手紙では昆虫を表す „Insekt“ という言葉が使われていること、またカフカの友人たちのあいだでは、この小説は「ナンキンムシ（Wanze）」の物語で通っていたことが述べられる（『角文』一五五―一五六頁）。

続けて、虫のその否定的な側面をどう表すかという点が話題にされる。原語の „Ungeziefer“ は「害虫」または「害獣」を意味することが確認された後、昔はその否定的側面を表すために「毒虫」という訳が定着していたと述べられる。ただし「毒虫」という言葉だと強い攻撃性を連想させてしまうことが懸念されて、「虫」と訳されるようになったと推測されている。それに続けて、あの語源的な意味が説明され、それに依拠する形でこんな解釈が披露されている――「社会的に有用であろうとして必死に生きてきたグレゴールが突然「使えない」存在になり、無用の長物として排除されてゆく過程を描くというのがカフカの構想だった」（『角文』一五七頁）。そして、あのカタカナ書きの訳の存在にふれた後、今回は「けら」だけで否定的ニュアンスを出す、と結論づけられている。

この文章を読むと、やはり虫だと納得してしまうだろう。「虫けら」という訳語も妥当だと思うに違いない。たしかに、ひとつの解決策であり、間違いではない。ただし、やっぱり正解ともいえないだろう。そして、あえて主観的にいえば、私はちょっと残念に思う。主観的に話し始めたついでにいえば、そこで示されている解釈も、私としては違和感がある。「社会的に有用であろうとして必死に生きてきたグレゴール」という表現には、グレゴールは善良だという前提がうかがえる。また「無用の長物として排除されてゆく」という言い回しには、彼が被害者だという見方が含まれている。しかし、そうか？　私の見解については、本書で追って語っていこう。

混乱させてしまうかもしれないが、そこでは言及されていない〈証拠〉が、もう一点ある。それを虫だと判断するにあたって、研究者の間でかなり昔から指摘されてきた有力な証拠だ。ここで補足しておく。じつは、カフカは『変身』を書く数年前に、虫への変身というイメージを物語内で表現していたのだ。

『変身』が書かれたのは一九一二年。その六年前の一九〇六年、二三歳のときに、カフカはエドゥアルト・ラバーンという男を主人公にした小説に取り組んでいた。『田舎の婚礼準備』というタイトルで知られるその未完の小説では、ラバーンが田舎にいる許嫁に会いに行く道中の彼の心情が描かれている。駅に向かって歩きながら、ラバーンはこの旅行に行きたくないという気持ちを募らせる――「なにもぼく自身が田舎まで出かけることはない、そんな必要はない。ぼくの服を着た、ぼくの身体を派遣すればいいのだ」（『新全』(3)八頁）。

つまり、ラバーンは、自分がベッドの中にいる間に、空っぽの身体だけが彼女に会いに行くことを夢想するのだ。そして、こう思う。

ぼくは、ベッドに寝ているあいだ、一匹の巨大な甲虫、くわがた、あるいはこふきこがねの姿になっているはずだ。（『新全』(3)八頁）

『変身』を書く何年も前に、虫への変身願望を抱いている主人公の小説をカフカが書いていたことは重要である。この事実自体は、先にもふれたように何度か指摘されてきた。しかし、管見ではあるが、それが何を〈意味〉するかについては、ほとんど考えられてこなかったと思う。再び主観的な見解を述べれば、グレゴール・ザムザの変身は、このラバーンの変身との関連のなかで理解する必要があると思う。

あと少し、ラバーンとザムザの共通点を確認しておこう。まず、ラバーンは、旅行に行きたくなくて変身を望んでいる。『変身』のザムザも、本心では旅行に行きたくなかった。自分の変身に気づいて彼が思ったのは、旅の多い仕事への不満である――「なんて酷な職業を選んでしまったんだろう。あけても暮れても旅旅旅」（『集文』「変」一〇頁）。

主人公二人の共通点で、もうひとつ重要なのは、名前の類似だ。どちらも作者カフカと関連の強い名前である。「ザムザ（Samsa）」と「カフカ（Kafka）」の類似は明白だろう。子音と母音の数と並びが同じだ。また「ラバーン（Raban）」と「カフカ（Kafka）」は意味で重なる。„Kafka“はチェコ語で「鴉」を意味する。「鴉」を意味するドイツ語の単語は„Rabe“（ラーベ）だ。

『田舎の婚礼準備』と『変身』

混乱どころか、困惑させてしまうかもしれないが、『田舎の婚礼準備』と『変身』の関連の話を続けさせていただきたい。この二作の間に認められるさまざまな共通点のなかで、一番重要だと私が思うのは、物語内のものではなく、外でのものだ。どちらもカフカが女性と出会い、〈恋愛〉した後に書かれている。いや、カフカの場合、〈恋愛〉といえるかということがじつは問題なのだが、そこに入っていくのはいまは控えよう。どちらの小説も、女性と出会って、親しくなって、そして書かれている。

『田舎の婚礼準備』の場合は、執筆の前年（一九〇五年）の夏、ツックマンテルのサナトリウムでの〈恋愛〉がきっかけである。カフカにとってその恋は、きわめて大きな意味を持つものだった。一一年後の一九一六年七月六日から一二日にかけての日記に、こんな一行が見つけられる――「ツックマンテルでのあのときを除いて、ぼくは女性と親密になったことはない」（『新全』(7)三六一頁）。また一九一五年、フェリーツェ・バウアーとの婚約破棄の半年後、彼女と再会して書いた日記（一九一五年一月二四日）には、こんな文章が見つけられる。

ぼくたちはまだたったの一度も、ぼくが自由に呼吸できるような恵まれた瞬間を持ったためしはないのだ。ツックマンテルやリーヴァでのような、愛する女への関係の甘美さを、ぼくは手紙のなかでのほかはFに対して感じたことがなかった。（『新全』(7)三二九頁）

この「F」はフェリーツェを指す。この箇所からは、ツックマンテルでの恋愛の重要性とともに、カフカとフェリーツェのいささか奇妙な関係が読み取れる。彼は、ここで、婚約までした女性に対して、手紙以外では甘美さを感じたことは一度もなかった、と書いているのだ。ふつうに考えれば、相当に不可解な記述だろう。

それについてはのちに検討するとして、まず確認したいのは、ツックマンテルでの〈恋愛〉は、一生に一度あるかないかのものだったということだ。そして、それを思い出しながら、彼は『田舎の婚礼準備』を書いた。物語で描かれている鉄道旅行の様子が現実のツックマンテルまでの道中に相当していることは、クラウス・ヴァーゲンバッハが確認している（Wagenbach 1958／二八五—二八六頁）。

ここでおさえておくべき大事な点は、カフカは甘美な恋を頭に浮かべながら、婚約者に会いに行きたくない話を書いているという点だ。会いたいのではない、会いたくないのだ。物語の主人公は、どうしても彼女のところに行きたくなくて、虫に変身することまで夢想する。

さきにもふれたように、『変身』も同様に、女性との出会いがきっかけで書かれたものだ。それが執筆されたのは、一九一二年一一月から一二月。その三ヵ月前の八月に、カフカはまさにフェリーツエ・バウアーと初めて会っている。そして、九月下旬に初めて彼女に手紙を書いた。彼女との文通がようやく盛り上がって親密さが急に増したのが、一九一二年の一一月上旬。そして、カフカはある晩、『変身』を書き始める。一一月一七日から一八日にかけての深夜、あの一行を書きとめたのだ。一一月一八日は、フェリーツェの二五歳の誕生日である。

『田舎の婚礼準備』と『変身』の共通点を伝えながら、私が語ろうとしているのが『変身』とカフカ自身の〈恋〉の関連だということは、すでにお気づきだろう。非常に困惑させてしまっているかと思うが、これについては「エピローグ」で説明する。とりあえずは、あの語をめぐる訳の問題に戻りたい。

再度いえば、『田舎の婚礼準備』では、主人公が虫に変身することを夢想していた。とすると、先にもいったように状況証拠はまたひとつ積み上がったことになる。やはり「虫」と訳すべきと思われただろう。

そもそも先に、『変身』の第三章でグレゴールが「クソ虫」と呼ばれていると述べた。物語のなかで、登場人物によって、そう呼ばれているということは、〈客観的に〉見ても彼の姿は虫だということだ。とすれば、ふつうに考えれば、この一点だけでも、虫だと断定していいということになる。しかし、それはできない。カフカの場合、そういうふつうは当てはめられないのだ。

思い切って、断言してしまおう。カフカのテクストを理解するうえで、もっとも重要なのは、次の点である。カフカはふつうの書き方をしていない。行き当たりばったりに書いたのだ。ふつう、小説を執筆しようとしたら、筋やら設定やらを一通り考えるだろう。しかし、彼はおそらくそれをしなかった。ふつうは書き始めたら、細部の整合性や一貫性などに気を遣うだろう。しかし、たぶん彼はそれをしなかった。インスピレーションが閃いて、これだと摑む。あとは一気呵成にペンを走らせる。我を忘れて前へ前へと書き進む。そして行き詰まったら放棄する。だから、彼の作品は大方が、断片であり、未完なのである。『変身』は、そのまれな例外である。

つまり、そんなふうに書かれた彼の書きものについて、後半の設定がこうだから、前半もこうのはず、と推測することに意味はない。書く前にこう考えていたとか、後にこう考えていたといったことも、本来は関係がない。先に、一瞬一瞬と続く意味のすり抜けを味わうことについて述べた。つまりはそれだ。大事なのは、書かれている流れの中で読むこと、エクリチュールの流れに、こちらも身を浸すこと。書かれた瞬間瞬間に、どの言葉が現れて、それらがどう連なっていったのか、そのプロセスを体験することである。

“insect”ではなく“vermin”？

もう少しだけ、Ungezieferをめぐる訳の問題について話を続けたい。先の解説を紹介した際、ナボコフの主張について少しふれた。ただし、そこでの記述には、後で示すように少し誤解がある。また、もっといえば、じつはナボコフ自身もそもそも微妙な間違い（とあえていってしまおう）をおかしてしまっている。

『ロリータ』の作者ウラジーミル・ナボコフ（一八九九―一九七七年）の講義録（彼はアメリカの大学の文学教師でもあった）の本には、講義用に使った英語の訳書の冒頭頁の写真が添えられている（図

1)。その写真を見ると随所に書き込みがなされていて、ナボコフが英訳書の脇にドイツ語の原書を置いて、翻訳を訂正しながら読み進んでいた様子がうかがえる。その英訳書では „Ungeziefer“ は “insect”（昆虫）と訳されている。しかし、その箇所には何の訂正も加えられていない。だから、ナボコフはその語の訳の問題に気づかなかった――といってしまいたいところなのだが、おそらくそうではない。

この講義録は『ヨーロッパ文学講義』というタイトルで、邦訳書が出版されている。その訳書に従うと、ナボコフが何に変身したかの検討を始める導入の文はこうである――「哀れなグレゴールが突

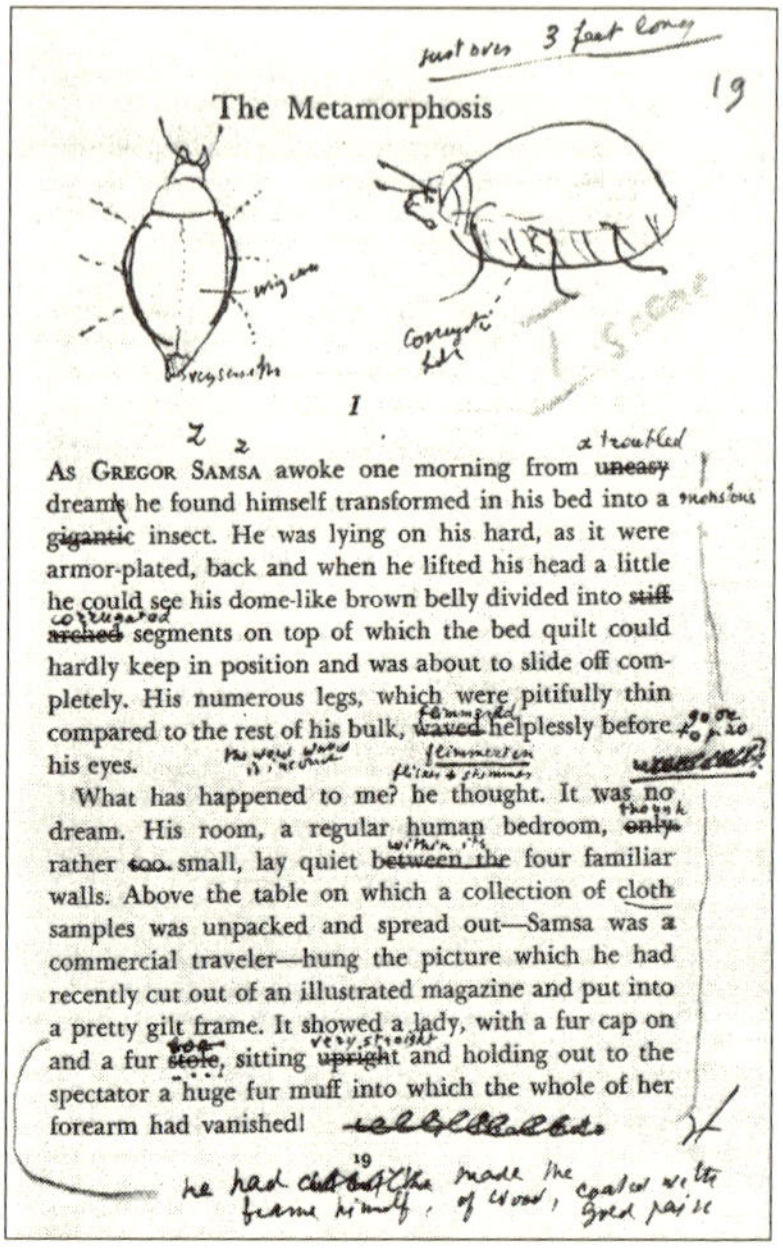

The Metamorphosis

I

As GREGOR SAMSA awoke one morning from uneasy dreams he found himself transformed in his bed into a gigantic insect. He was lying on his hard, as it were armor-plated, back and when he lifted his head a little he could see his dome-like brown belly divided into stiff arched segments on top of which the bed quilt could hardly keep in position and was about to slide off completely. His numerous legs, which were pitifully thin compared to the rest of his bulk, waved helplessly before his eyes.

What has happened to me? he thought. It was no dream. His room, a regular human bedroom, only rather too small, lay quiet between the four familiar walls. Above the table on which a collection of cloth samples was unpacked and spread out—Samsa was a commercial traveler—hung the picture which he had recently cut out of an illustrated magazine and put into a pretty gilt frame. It showed a lady, with a fur cap on and a fur stole, sitting upright and holding out to the spectator a huge fur muff into which the whole of her forearm had vanished!

19

図1　ナボコフによる『変身』英訳への書き込み（Nabokov 1980／三二〇頁）

如変身した「害虫」とは、正確にはどんな虫なのだろうか？」（Nabokov 1980／三二九頁）この「害虫」という訳語から、それがたんなる虫ではないことにナボコフが気づいていたことがわかる。

訳書で「害虫」とされている語は、ナボコフの原文では“vermin”だ。この単語は辞書の意味では「有害小動物」である。つまり、ドイツ語の„Ungeziefer“にかなり重なる。具体的には、ネズミやゴキブリやハエやシラミだ。だから、本来それは「害獣」と訳したほうがいいだろう。そして、先の一文の後半部分は、逐語的に訳し直せばこうなる――「正確にはどんな「害獣」に変身したのだろうか」。すなわち、原文ではどんな虫に変身したかとは問うていない。ただ、『ヨーロッパ文学講義』の訳者が“vermin”を完全に虫だと理解して訳してしまった理由はよくわかる。なぜなら、元の文章全体から、ナボコフ本人が、あれを昆虫と確信している様子が、ひしひしと伝わってくるからである。

あらためていえば、その箇所で“vermin”という語を使っていることは、ナボコフがドイツ語の原文の„Ungeziefer“をはっきり認識していることを示している。にもかかわらず、それが“insect”と訳されているのを訂正していないのは、彼本人が、おそらく昆虫だと確信していたからである。

それにしても、なぜナボコフは、昆虫だと信じこめたのか。何度もいったように、カフカの文章には、足がたくさん、という表現がある。そこの矛盾をどうするのか。ナボコフももちろん、その点には気づいていて、だから「六本以上の脚の意味なら、グレゴールは動物学的見地からいって、昆虫ではないだろう」と述べている。ところが、彼は続けてこういってしまうのだ――「しかし、仰向きになって目覚め、六本の脚が空中にうざうざと顫えているのを見出した男にとって、六本がおびただしい数と呼ばれるのに十分なものと感じられたとしても、不思議はないとわたしは思う」（Nabokov

1980／三二九―三三〇頁)。いや、それはさすがにこじつけだろう、と私は思う。

なぜ、こんな強引なこじつけをしてまで、昆虫だと思いたかったのかといえば、ナボコフは自分の「発見」に自信を持っていたからだ。それについては、後でふれるとして、もう少し彼の議論を順に追っておきたい。

次にナボコフは、ではどういう昆虫かと思考を進めている。その際、ゴキブリだと人々はいうが、それでいいのかという点を、まず問題としている。ゴキブリではないと彼ははっきり退けるのだが、その理由として述べられているのは、あの訳者解説で紹介されていたものではない。そこでは、彼がゴキブリではないとした理由をこう説明していた――「ナボコフは「凡人どもに囲まれた天才」の悲劇という構図でこの小説を読んでいるので、グレゴールが変身したのが汚らしいゴキブリであっては少々都合が悪いのだ」(『角文』一五五―一五六頁)。

ナボコフの名誉のためにいっておきたいが、彼は別に自分の解釈に都合が悪いからゴキブリ説を否定したわけではない。蝶の研究者として知られるナボコフは、あくまで昆虫学的な観点からゴキブリではないと主張しているのだ。ようするに、ゴキブリは大きな脚を持った平たい形の昆虫だが、グレゴールは平たくはない。腹も背中も丸く、しかも脚も小さい。彼とゴキブリの共通点は褐色という点だけだ――こういっているのである。

ナボコフは、かように解釈の都合のためにゴキブリを否定したのではないが、解釈の都合のために甲虫を主張している。彼にとって、それが甲虫であることは大事だった。なぜなら、彼はグレゴールの背中に「翅」を見ていたからである。ナボコフは、グレゴールは甲虫だから、その固くて丸い背中には薄くて小さな羽根が隠されているのだと主張する。ようするに、ほんとうは彼には羽根があって、自由に飛んで逃げることができたはずなのに、とほのめかしているのだ。そして、「はなはだ奇妙なことに」、グレゴールがその羽根の存在に気づくことはついになかったと述べた後、カッコ書きでこう力説している――「これはわたしが発見したたいへん精緻な観察だ、一生大事に銘記しておきたまえ。自分には羽根があるということに気づかぬグレゴールたち、ジョーやジェインたちが世の中にはいるものである」（Nabokov 1980／三三〇頁）。

なるほど、とても魅力的な解釈なのだが、かなり罪作りな解釈だともいえるだろう。一生胸に刻むようにとまでナボコフ先生にいわれた学生は、グレゴールは甲虫で羽根があったんだと信じ続けるに違いない。また、この講義録を読んだ読者も、あれは甲虫なんだと一生納得し続けることだろう。

『メタモルフォーシス』ではなく『トランスフォーメーション』？

カフカは怖い。カフカのほんとうの面白さを伝えたいと本書を書き始めて、痛感するのがそれである。カフカのテクストは、ほんとうに怖い。あの手練れの読み手のナボコフですら、こじつけに走っている。

英訳についてもう少し説明を足しておけば、ナボコフが手にしていた訳書では“insect”だったが、他には“bug”という訳もある。こちらだと“insect”に比べて、小さくてもぞもぞした感じが強く伝わるが、しかし逆に甲虫といった類のものは想像しづらい。それら以外に、ナボコフ自身が使った“vermin”という訳もある。先述のように、この訳だとかなり原語の意味に近い。一九七二年にスタンリー・コーンゴールドが“vermin”と訳した本を出版して以降、英語圏の研究者たちの間では、むしろそちらが使われることが多くなっている（Corngold 1972）。

ただし、あのマルコム・ペィスリー（一九二六―二〇〇四年）は“insect”と訳している（Pasley 1992, p. 6）。ペィスリーは、本書でこれから何度も言及することになる名前だ。二〇世紀後半を代表するカフカ研究者の一人であり、マックス・ブロート（一八八四―一九六八年）に次ぐ第二のカフカの遺稿管理者である。彼が世に送り出した数多くの論考は、手稿を長年手元に置いて、精緻な検討を加えた者だけが獲得できる画期的な見解を示している。先にお伝えした、カフカは行き当たりばったりに書いた作家だという見方も、彼から学んだことである（Pasley 1980）。そのペィスリーであっても“insect”と訳していると思うと、正直自分の読みが一瞬揺らぐ。

ちなみにペィスリーによる『変身（*Die Verwandlung*）』というタイトルの英訳は、従来の英語圏での定訳である *The Metamorphosis*（メタモルフォーシス）ではない。*The Transformation*（トランスフォーメーション）だ（Pasley 1992）。個人的な感覚でいえば、私としては、こちらの「トランスフォーメーション」という訳のほうがしっくりくる。なぜなら、そのほうが、形だけの見た目だけの変化という印象が与えられて、中身は人間のままという主人公の状況に合っているように感じられるからである。いっぽう、「メタモルフォーシス」という語は、内部からの変化をイメージさせる。どちらの語がいいかという選択は、それこそ解釈に関わることだろう。「メタモルフォーシス」のほうが詩的な響きがして文学作品のタイトルにふさわしいという見方を英語話者から聞いたことがある。また、もしあれを虫と理解するのであれば、「メタモルフォーシス」のほうがより適切だと考えることもできるだろう。なぜなら、その語は虫の「変態」を表す英単語でもあるからだ。いずれにせよ、ペィスリーの新訳はまったく定着せず、のちの訳書でも「メタモルフォーシス」と訳され続けている。あらためて思うのは、カフカの〈正しい〉翻訳は不可能だということだ。どう訳しても、かならず何かの意味が抜け落ちる。あるいは、歪んで伝わってしまう。私が「はじめに」でお見せした拙訳も、まったく完璧ではない。「有害小動物」という訳に、自分はまったく満足していない。

告白すれば、「虫」と訳したくないといいながら、私自身これまで何度も「虫」と訳してきた。論文などで引用する際、そこに新奇な訳をあてて注目させてしまうと、その説明の必要が生じてしまうからだ。限られた紙数のなかで論が脇道に逸れてしまうのを避けたのだ。しかし、その問題を正面から扱うときは、さすがに独自訳を使った。ただし、やっぱり怖じ気づいて、なるべく矛盾が表に出ないようにしてきた。例えば、一昨年出した共編著に収めた拙論では「怪物みたいに大きなおぞましい生き物」と訳した（明星 二〇二二、二三一頁）。「小動物」という言葉を使わなかった理由は、そうしてしまうと「小」の字が直前の「大きな」とぶつかっておかしくなるのを恐れたからだ。また「動物」という語を使わなかったのは、そうすると虫の可能性を排除しすぎて偏ってしまう気がしたからだ。というわけで、かように迷うし、かように正解に行きつかない。

この問題が難しいのは、何よりそれが本質的に翻訳の問題ではない点だ。読み方の問題である。もっといってしまえば、カフカが書いたものを全体としてどう捉えるか、という問題なのだ。

再度思い切って断言してしまおう。カフカが書いたのは、ふつうの小説ではない。ふつうの小説の読み方では、読めないものなのだ。そして、前述のように『変身』もふつうの小説ではない。にもかかわらず、表面上はあまりにふつうだ。『変身』は、カフカの作品では例外といっていいぐらい、ふつうに読めてしまうものだ。いかにも始まりらしく始まって、いかにも終わりらしく終わる。ストーリーも一貫していて、最初から最後までしっかり流れを追うことができる。だから、常識的な読みを誘ってしまう。そして、だからこの作品で読み方を議論するのはきわめて難しい。付け加えていえば、このふつうに読める作品は、カフカが生きている間に自らの手で世に送り出した数少ないもののひとつである。その意味でも例外であり、だからこれはとてもカフカらしくないものともいえる。でもたぶんだから、カフカの代表作と見なされ、一番よく読まれているのだろう。

いかにもカフカらしいと私が思っているものは、実際には翻訳で頭を抱えるどころではない。もっと手前の段階で頭を抱えさせられてしまうものだ。どれを翻訳していいかがわからない。どのテクストをどう読めばいいかがわからない。もちろんドイツ語のレベルでだ。誤解してほしくないが、ドイツ語が難しいというのではない。カフカの書くドイツ語は、驚くほどシンプルで読みやすい。そうではなくて、テクストの、いってしまえば〈形〉がわからないのだ。どこからどうつないで、どこをどう読んでいいかがわからない。そのとんでもなさがカフカであり、そこが一番カフカらしくて、一番面白いところだと思う。

というわけで、ここで『変身』を離れて、もっと面白い、もっとわからない書きものを扱ってみたい。もはや〈作品〉と呼ぶのも憚られるような、たんなる書きっぱなしの、いかにもカフカらしいもの。以下、まずは『城』、いや『城』という名前で世間で呼ばれている書きものを取り上げて、その面白さをなんとか伝えてみたいと思う。

第一章　ほんとうの到着

1910年

「K」は村に着いたのか

フランツ・カフカ（一八八三―一九二四年）をめぐる常識は、ほぼすべて疑ってかかる必要がある。主人公「K」は、ある村に到着する――そう始まると誰もが思っている。しかし、そうか？ほんとうに彼は村に到着しているのだろうか。

Kは夜おそく村に着いた。（『白全』(3)七頁）

二〇〇一年に白水社から出版された訳書（池内紀訳）からの引用である。やっぱり村に着いているじゃないか、と思われるかもしれない。しかし、はっきりいってしまおう。これは誤訳だ。濃いグレーどころではない。なぜなら、ドイツ語の原文には、「村に」に相当する語がないからである。

これ以外の従来の訳では「村に」を入れて訳してはいない。そこまでしてしまっているのは、『カフカ小説全集』（白水社）の一冊として出されたこの『城』においてのみである。以下、この一文も含めて、あらためて別の既訳（原田義人訳）から一段落分を引用しておく。ちなみに、ここから先、『城』からの引用は、一九六〇年に筑摩書房から出版された『世界文学大系58　カフカ』に収録されている訳文に基づくことにする。なぜそれを選んだかの理由は、後で簡単にふれる。

Kが到着したのは、晩遅くであった。村は深い雪のなかに横たわっていた。城の山は全然見えず、霧と闇《やみ》とが山を取り巻いていていて、大きな城のありかを示すほんの微かな光さえも射していなかった。Kは長いあいだ、国道から村へ通じる木橋の上にたたずみ、うつろに見える高みを見上げていた。(『筑大』「城」一三四頁)

さて、「村に」到着したのではないとしたら、どこに到着したのだろう。Kは〈いま〉どこにいるのか。最後の文に注目したい。彼が〈いま〉たたずんでいる場所、それは「国道から村へ通じる木橋」だ。つまり、村の手前である。村の入り口の木橋の上に立っていて、そして村を眺めている。村の中ではなく、まだ外にいる。そして、彼はどこへ行くのか。続く二段落めからも少し引用してみよう。

それから彼は、宿を探して歩いた。旅館ではまだ人びとがおきていて、亭主は泊める部屋をもってはいなかったが、この遅い客に見舞われてあわててしまい、Kを食堂の藁《わら》ぶとんの上に寝かせようとした。Kはそれを承知した。二、三人の農夫がまだビールを飲んでいたが、Kはだれとも話したくなかったので、自分で屋根裏から藁ぶとんをもってきて、ストーブのそばで横になった。(『筑大』「城」一三四頁)

段落が切り替わるや、すでにKは橋を降りてしまっている。「それから(dann)」という言葉に、すべてが丸められてしまっていて、橋を降りた瞬間も村に入った瞬間も描かれていない。橋の上に立っていたKは、あっという間にワープして、宿屋の、食堂の、それも藁ぶとんの上にいる。

カフカは、肝心なところを書かない。どんな動物かよくわからない書き方をしたカフカは、ここでも、どこに着いたか、どこを歩いたかもわからないように書いている。すべてがどっちつかずなのである。グレゴールの変身もどっちつかずの極みだった。Kの到着もまさにどっちつかず、それこそ「橋」である。何かと何かの間のもの。しかも、脆くて、いかにも耐久性のなさそうな木製の橋である。そして、Kがそこに着いたのは確実だが、その橋からどっち側に降りたかはわからない。目の前に見えている――いや、見えていない――村に向かって進んだのか、引き返して元いた場所に戻ったのか、それもわからない。

〈いま〉Kの目にはほとんど見えていない。これも鍵である。村はほとんど見えない。なぜなら、「深い雪」に埋もれているから。城山については、まったく何も見えていない。なぜなら、それは「霧と闇」に囲まれているから。まったく何も見えないことは、次の語句で強調されている――「ほんの微かな光さえも射していなかった」。つまり、何も見えない真っ暗闇の「うつろ」を、Kは橋の上に立ちながら、まるで何かが見えているかのように見上げている。

あらためて次の点を確認しておきたい。先に指摘した誤訳では、このような思考はそもそも不可能である。もう一度、その訳で一段落分を引き直してみよう。

Kは夜おそく村に着いた。あたりは深い雪に覆われ、霧と闇につつまれていた。大きな城のありかを示す、ほんのかすかな明かりのけはいさえない。村へとつづく道に木橋がかかっており、Kはその上に佇んだまま、見定めのつかないあたりを、じっと見上げていた。(『白全』(3)七頁)

最初の一文で「村に」と余計な語を足してしまったばかりに、続く箇所が辻褄の合わないことになってしまっている。この訳文だと、村ではなく、K自身が、深い雪の真ん中で埋もれかけていることになる。しかも、彼自身が霧と闇に取り巻かれている。いうまでもなく原文だと、雪に埋もれているのは「村」であり、霧と闇に覆われているのは「城山」だ。Kはまだその手前にいる。晩遅くに到着した彼は、まだ闇に包まれておらず、木の橋の上に立って見つめている。まったく何ひとつ見えないところを、なぜかじっと見上げている。

書いたままのテクスト?

いま指摘したことは、たんなる誤訳の問題にとどまらない。〈そこ〉に誤訳が見つけられるということは、日本におけるカフカ受容の深刻な現状を示唆している。順を追って説明していきたい。

二〇〇一年に出されたその『城』の訳とは、二〇〇〇年から〇二年にかけて刊行された白水社の『カフカ小説全集』全六巻の第三巻にあたる。その全集の各巻末には、以下のような宣伝文が付されている。

長い間待たれていた、カフカが残した手稿そのものをテキストとした新校訂版全集。これまでの版とは異なり、カフカ以外の人間の手になる部分をいっさい排した、カフカ自身が書いたままの姿に限りなく近い画期的全集の誕生。新たな光に照らし出されるカフカ文学、池内紀個人訳で贈る21世紀への遺産。

待望のほんとうのカフカを読ませる全集がついに出た――この宣伝文を読むと誰もがそう思うだろう。カフカの「手稿そのもの」、カフカ以外の手を「いっさい排した」、カフカが「書いたまま」に限りなく近い全集。これ以上の本物はありえないという印象を与える。

だが、少し考えてみれば、不思議に感じるはずである。なぜなら、その全集テクストは、あくまで日本語の訳文テクストなのだから。カフカの書いたドイツ語テクストそのままというのは、かなり誇張が過ぎるように思われる。ただ、慎重に読めば、最初の一文にある「新校訂版全集」とは、邦訳の当の全集を指していない可能性が考えられる。続く二文めの「これまでの版とは異なり」という語句と合わせて読むと、それは原文のドイツ語テクストの新しい版を指すとも見なせる。とはいえ、だとしたら「画期的全集」というのは、そのドイツ語の全集を指すことになってしまう。とすれば、この宣伝文は何を宣伝しているのだろうか。三文めの「21世紀への遺産」というのは、明らかに当の邦訳を指しているから、これはたしかにその邦訳の全集の宣伝のはずなのだが。

この種の宣伝文というのは、通常出版社の側がつけるものであり、いまみた混乱ぶりは、出版社の編集者が自分の担当している書物の意義を把握しきれていないことを示しているといえるだろう。そして、その宣伝文にゴーサインを出した（はずの）訳者自身も、おそらくそのあたりは正確に理解できていなかったように思われる。

たしかに、その『カフカ小説全集』（以下、「白水社版」と略記）は、四〇年前からドイツで刊行されている『批判版カフカ全集（*Kritische Kafka-Ausgabe*）』、すなわち学術的な校訂＝テクスト批判（Textkritik）を経て制作された全集を底本にしたものである。そして、その全集は、カフカがほんとうに書いたものをできるだけ多くの人々に伝えることを目的としたものであることも間違いない。

まず、基本的なところを大まかに押さえておきたい。従来日本で訳されてきたのは、いわゆるブロート版、カフカの友人マックス・ブロートによって編集されたテクストである。一九二四年に四〇歳という若さでカフカが没した直後から、自らも作家であったブロートは、友人の遺した大量のノートやルーズリーフ上のテクストの編集作業に着手した。ナチスが台頭する一九三〇年代に、ユダヤ人の、しかも一般にはほぼ無名の作家の全集を刊行するという難事業をブロートが成し遂げたことによって、第二次世界大戦後すぐに世界中でカフカ・ブームが巻き起こる。日本でもカフカは戦後ただちに知識人たちの間で人気を博し、矢継ぎ早に翻訳が出版されたが、それらはすべてブロート編集のテクストを底本としたものである。一九八〇年代に新潮社から刊行された全一二巻の『決定版カフカ全集』も、当時研究者が基づいていた通称『ブロート版全集』（一九五〇年から七四年にかけて刊行された全一一巻の第三次全集がこう呼ばれている）を底本にして翻訳されている。

ブロート編集のテクストはかように世界でのカフカ受容において非常に大きな貢献を果たしたものだが、早くも一九五〇年代からそれに対して多くの不満が寄せられてもいた。端的にいえば、編集の手が入りすぎているのではないか、恣意的な加工がなされているのではないか、といった疑念が呈されていたのである。カフカはほんとうはどう書いていたのか。ほんとうにカフカが書いたテクストを読みたい。こうした研究者たちの声を受ける形で、一九七〇年代から精鋭の研究者チームによって編集に取り組まれているのが『批判版カフカ全集』である。二一世紀に入って以降、世界のカフカ研究は、従来のブロート版全集に代わって、この批判版全集を基盤に展開されている。

ようするに白水社版は、このカフカ研究史上きわめて重要な全集テクストを、ついに日本語に訳したものだということである。日本の読者にとってその翻訳が重要だといったことの意味がこれでおわかりだろう。そして、あの大仰な宣伝文は、その自負のもとに、底本の重要性を伝えようとして、思わずドイツ語全集のほうを宣伝してしまったのだろう。

しかし、ここで注意したいのは、その宣伝文が底本の全集の宣伝だったとしても、そこには間違いが含まれているという点である。じつは、批判版のテクストに対しては、刊行が始まってまもなくの一九九〇年代から、すでにかなり厳しい評価がなされていた。カフカの「手稿そのもの」、「書いたままの姿」を伝えると期待されていたにもかかわらず、それがなされていない。「カフカ以外の人間の手になる部分をいっさい排した」ことが望まれていたにもかかわらず、手が入りすぎている——。つまり、宣伝文で謳われていることがまったく実現されていない、という指摘が相次いでいたのである。ようするに、カフカ研究の新しい基盤テクスト、学術研究の粋を集めて作られたはずのテクストに、問題があるということだ。前にカフカにおいては、どのテクストをどう読んでいいかがわからないと述べた。その煩悶はこの問題に通じているのである。

等価ではない翻訳

なぜあの誤訳がたんなる誤訳の問題にとどまらないのか。あらためて説明しておく。

白水社版の翻訳は、従来のドイツ語テクストとは異なる新しいテクストを基になされたものである。その宣伝文を見てその訳書を手にした読者は、これでやっと「手稿そのもの」のテクストが読めると思ったはずである。そして、もしかしたら、カフカ・ファンのなかには、『城』の冒頭で「村に着いた」の文字を見て、なるほど手稿では「村に」と書かれていたのか、と誤解する者もいたかもしれない。

じつは、非常に残念ながら、その邦訳テクストには、この種の誤訳が数多く含まれている。原文にはない語が足されたり、逆に原文にある言葉が大幅にカットされたりという例が随所に見受けられる。本来は先にも述べたように、翻訳について誤訳かどうかを指摘するのは難しい。逐語訳と意訳のどちらが是かという議論は、もう長年繰り返されている。しかし、このような例の場合は、明らかに間違いといえる。逐語訳だとしても、ない語を足しているから間違いだし、意訳だとしても、意味を取り違えているのだから間違いである。

白水社版の翻訳は、頭抜けて読みやすい。従来の訳はどれも多かれ少なかれ若干ゴツゴツした引っ掛かりを感じさせるものだが、この訳はどこをとっても滑らかに、するする流れるように読めてしまう。その滑らかさは、いまいった語を足したり削ったりという処置に加えて、いたるところで逐語訳ではなく意訳を多用している結果である。ここでいいたいのは、どういう訳がいいかということではなく、本質的にあまりにミスマッチだという点である。学術版テクストを翻訳して出版するという事業の社会的意義と、その事業の翻訳を担う訳者の仕事の流儀はここでは水と油である。

もう一度確認するが、その翻訳の底本となっているドイツ語テクストは、研究者によって厳密なテクスト批判がなされて定められたものである。その一言一句に、研究者の熟慮の上の慎重な判断が込められている。そのようなテクストを訳すとなったら、訳す側も慎重に慎重を期すことだろう。ところが、その邦訳テクストは、その種の慎重さとは無縁である。訳者は、ドイツ語の文章をかなり粗雑に読み解いて、大まかな意味を取り、それに基づいて、わかりやすく読みやすい日本語の文章を仕立てている。

翻訳をめぐる理論的な議論において「等価性」という言葉を耳にしたことがある。原文とその翻訳の間に等価性が成り立つかどうか、その検討が大事だというものである。この観点でいうと、この邦訳テクストと批判版のテクストは、まったく等価ではない。大胆な意訳を厭わず、ときには誤訳も厭わずに作られた訳文と、学術の重みを背負った原文とが等価であるとは到底いえない。

にもかかわらず、現実には、その原文の価値でもって、訳文に箔がつけられてしまった。学術的に〈正しく〉編まれた原文を訳したものだから、この訳文にも同等の価値がある、と宣伝されてしまった。これは、日本のカフカ読者にとって、とても不幸な事件だったと思う。そして、同種の事件は、第三章で述べるが、またその数年後に繰り返される。

繰り返しになるが、その邦訳テクストを手に取った読者は、これでようやくほんとうのカフカが読めると思ったことだろう。しかし、実際には、それはほんとうから大きく外れたものである。じつは従来の訳本よりも外れている。それまでの訳では、少なくとも誤訳は極力避けられていたし、意訳もほとんどがほどほどにとどめられていた。

いや、とはいえ、それらの訳はブロート版を底本にしているではないか。ダメな底本を訳しているのだから、いくら正確に訳してもダメではないか。そう思われたかもしれない。ところが、さほどそうではない。ブロート版がまったくダメかといえば、そうではなくて、ブロート版のほうがよくて、批判版のほうがダメ、という箇所も実際には多々あるのである。また、マクロな形態としては両者の版は大きな違いを見せているものの（これについては後で説明しよう）、ミクロな位相においては、さほど違いはない。だから、総合的に見た場合、その邦訳テクストを読むよりも、それ以前の訳文を読むほうが、よりほんとうのカフカを読んでいることになる。

問題は、この場合、私が何をもってダメといい、何をもっていいといっているかである。先に何度か、批判版テクストに対して、すでに厳しい批判が加えられていると述べたが、この件はそのことに関連している。

ようするに、カフカのテクストのほんとうをめぐっては、じつは日本のみならず、大本のドイツでも不幸な事件が起こっていたのである。ドイツというより批判版テクストの編集チームを主導したのはイギリスの研究者であり、そのチームにはフランスの研究者も加わっていたから、世界的なレベルで起こっていたというべきかもしれない。そして、その数年後に、不幸な出来事がまた繰り返されたのも同様である。いや、それこそ、より正確にいえば、不幸の発端は日本ではなく、そちらの世界的なレベルのほうにある。日本の当事者たちは、海外での複雑な事情を理解しないまま、魅力的な商品の〈輸入〉を急いだ結果、不幸を別のかたちで再生産してしまった、というのが実情だろう。

ある。

誤訳だけではない問題

白水社版の問題は、じつは訳文にとどまらない。むしろ、より深刻なのは、そこに付された解説である。

ここで底本となった批判版全集について、その重要な特徴を述べておこう。その全集は、じつは各巻が基本的には二冊組となっている。本文篇と資料篇の二冊で一セットになっていて、本文篇には、手稿から「最後に認識される状態」を読み取った〈読むための〉テクストが、資料篇には、そのテクストを確定する基となった手稿資料をめぐる各種情報（「伝承」、「成立」、「編集上の手入れ」、「ヴァリアント」）が収められている。これらの情報のうち特記すべきは、この批判版で初めて詳細に公表されたヴァリアント、すなわち原稿上の削除や加筆の跡だ。資料篇のヴァリアントの項では、それらの手書きテクストならではの創作過程をめぐる情報が、記号や数字を駆使した形式で網羅的に記述されている。つまり、読者は、本文篇と資料篇の二冊を並べて置いて、活字テクストとヴァリアント情報を合わせて読むことで、脳内で手書き原稿の状況を再現できる、というわけだ（第二章の図4と図5を参照。実際にどう再現できるかについては、その第二章で具体的に説明する）。

批判版が手稿を読めるようにしたというのは、ようするにそういうことであり、したがって本来は本文篇だけでなく資料篇も訳して、それでやっと批判版を訳したということになるだろう。しかし、白水社版は、そのうちの本文篇を訳しただけである。この点は残念ではあるものの、ただし現実にはその点を責めるのは酷だとは思う。資料篇に掲載されているドイツ語の文章は、どれも研究者ですら読み解くのが困難な、専門性の高い複雑な内容のものばかりだからだ。とくにヴァリアントは、ドイツ語の文章の書き直しをめぐる細かな情報なので、それらをそのまま日本語に移し替えるのは実質ほぼ不可能だといえる。だが、だとしても、カフカの創作過程を示すそれらの貴重な情報を、いかに日本の読者に伝えるかという点について、真剣な検討がなされ、何らかの策が講じられてもよかったように思う。

出版社の意図はともかく、訳者自身はおそらく批判版の価値は資料篇の手稿情報にあるということに気づいていたのだろう。だから、各巻の解説で、それらから読み取ったことを基に、執筆状況についての推測を記してはいる。ところが、残念ながら、その読み取りは間違いや見落としが多く、結果それに基づいた推測は事実からかなり離れたものになってしまっている。

先ほどから見ている『城』の冒頭をめぐって、例を挙げよう。白水社版の『城』の解説に、次のような文章がある。

ノートから見てとれるが、カフカは書き出しに迷った。はじめ主人公はKではなく「客」だった。

「主人が客に挨拶した。二階の部屋があけてある」

こんな書き出しだった。主人公が村に到着したとき、部屋が用意してあったわけだ。（『白全』(3)四三〇頁）

この引用で明らかなように、白水社版の解説は、記述のスタイルがすでに小説風だ。「ノートから見てとれる」といっているものの、訳者が見たのは、ほぼ確実に資料篇の情報だろう。また、カフカが「迷った」というが、実際にはおそらく、後で見るが、迷ってはいない。ただし、たしかに件のノート、研究者の間で「城ノート1」と呼ばれているノートの最初の頁には「主人が客に挨拶した」と書かれている。その点は、資料篇だけでなく、現在では二〇一八年に刊行された『城』の写真版で確認できる（このあたりの事情の詳細は、次章で述べる）。

右の文章の後、解説では、その別バージョンの書き出しでの客と宿の主人のやりとりが少し紹介される。そして一行開けて、こう書かれている。

書き進めた頁を、カフカはひと息に斜線で消して、新しく書きはじめた。（『白全』(3)四三一頁）

残念ながら、その頁に斜線は引かれていない。これは、それこそ批判版の資料篇の三四頁に掲げられているその頁の写真を見ればわかる（第二章の図6参照。批判版のその写真に写されている手稿の該当頁は、図8の写真版での見開き左頁と一致する）。資料篇では、手稿をめぐる情報はほぼすべて言葉で記述されているものの、重要と判断された箇所については、数頁分のみだが写真が載せられている。そのうちの一枚が、まさにこの箇所に関わる部分だ。訳者はもしかしたら、それを見逃したのか、あるいは見たとしても解説を書く際には存在を忘れていたのかもしれない。解説では、さらに右の文の後に、こう続いている。

「わたしは夜おそく村に着いた。村は深い雪に覆われていた」

これも消して、さらに新しくはじめた。

「Kは夜おそく村に着いた。あたりは深い雪に覆われ、霧と闇につつまれていた」

語りの視点といったもの、それをどこに置くか、作者は手さぐりでさがすようにして思案した。（『白全』(3)四三一頁）

この文章が伝えようとしている創作過程をまずは確認しよう。これを読むと、カフカは「わたしは」から「覆われていた」までの二文を書いた後、それを〈すぐに〉消して、新たに「Kは」から「つつまれていた」までの二文に書き換えたと理解される。一文めについては主語が「わたし」から「K」へ、また二文めについては主語が「村は」から「あたりは」に変わり、また「霧と闇」の話が付け加わったように取れる。ところが、その頁の写真からわかるのは（批判版のヴァリアント情報からもわかるのだが）、そのような書き換えは実際にはおこなわれていないということである。原文で実際に書き換えられているのは、一文めの「わたし」から「K」への箇所だけである。二文めについては、原文にはまったく改筆の跡はない（「霧と闇」の話は三文めに出てくる）。つまり、この文章が伝える手稿に関する情報は、ことごとく間違っている。しかも、先にも指摘したように、その訳文には原文にない「村に」という言葉が付け加えられているのである。

手稿をめぐる誤情報

右の箇所でもっとも大きな問題なのは、「わたし」から「K」への書き換えが〈すぐに〉おこなわれたかのように伝えている点だ。じつは、これも間違いである。写真版から、また批判版のヴァリアントからわかるのは、カフカはその一文だけでなく、ずっと数十頁にもわたって「わたし」のまま書き続けていた、ということだ。『城』はようするに、一人称小説として書かれていたのである。なぜ「わたし」から「K」に変えたのか。語りの視点という重要な事柄に関わるこの転換については、当然いまいったような疑問が生じる。その問いに対して、解説ではひとつの解を示すことが試みられている。続く箇所も引用しておこう。

第一の出だしは、ふつうの小説の書き方であって、一人の人物を借りて叙事的に物語っていく。カフカはそれを「わたし」に取り換えた。しかし、これでは作者である自分と密着しすぎていると思ったのだろう、あらためて冒頭にもどり、Kに換えた。(『白全』(3)四三一頁)

「あらためて冒頭にもどり」と書いていることから、訳者は、その書き換えが一文めだけではないことに気づいていたのかもしれない。しかし、いずれにせよ、この文章からは、どこまでわかっていたのかは不明である。いまみたように、訳者がここで示した解は、「わたし」だと「作者である自分と密着しすぎていると思った」から、というものだ。そして続く文章で、『失踪者』では「カール(Karl)」、『審判』では「ヨーゼフ・K」、それがついに「K」に縮められたとあり、その結果「最小の「わたし」を保持させた」となる。主人公の名前の省略をめぐる問題が、なぜ「わたし」の保持につながり、さらに語りの視点の転換の問題に結びつくのか、少なくとも私には理解できないが、続けて以下の結論が述べられる。

やっとピッタリの視点が定まったぐあいだ。語り手と語られる者とが適度のへだたりをとって共存できる。いわば「並存」の状態にいられる。その微妙な一点を定めてのち、せっせと数百頁を書いていった。(『白全』(3)四三二頁)

カフカがどの視点で語ろうかと悩んだあげく、「へだたりをとって」、「わたし」を「K」に変えた――。つまり、先の、距離が近すぎるから「K」に変えた、という解釈が繰り返されている。しかしこの解釈は、実質的には何もいっていないに等しい。なぜなら、一人称より三人称のほうがへだたりがあるというのは自明だからだ。問題は、なぜそのへだたりが必要だったのか、という点だろう。だが、その点の考察には何ら踏み込んでいない。本来この問題をきちんと考えるためには、その転換がどの時点で生じたのかに関する正確な知識が必要である。ところが、訳者は、どうもそれについてあやふやな把握しかしていないようなのだ。

実際に手書きのノートから推測されるのは、カフカがどの視点で語ろうかと迷っていた様子ではなく、むしろ、決然と「私」で書き続けていた様子である。「私」のまま語り続け、ある時点で突然「K」で語り始めている。このある時点については、具体的には後で示そう。さしあたっては、大まかな状況だけを伝えておく。その突然の「K」の登場以降、しばらく「私」と「K」を混在させたものの、あとはすべて「K」だけで語るようになる。おそらくそのとき前に戻って、一気にそれまで書いていた大量の「私」を消して「K」に変えた。この書き換えで注目すべきは、それに伴う他の修正の少なさだ。語りの視点の転換は、文章の構造に大きな影響を及ぼすはずだが、なぜかその「K」への直し以外に手を加えた様子はほとんど見られない。

ここでは、以下の点を確認しておきたい。先にミスマッチを指摘した。再度いえば、出版社も、そして訳者自身も、批判版テクストを日本で初めて翻訳して出版するという事業の歴史的意義が理解できていなかった。その事業に取り組むのであれば、本来は、批判版が初めて公表したカフカの手書きノートに関する貴重な情報を日本の読者にできるかぎり正確に伝えることを事とすべきだろう。しかし、残念ながら、白水社版の解説で伝えられているのは、それらをめぐる中途半端な情報ばかりだった。

白水社版の訳者が本来背負うはずの責任に無頓着だったことは、その全集の最初の配本である『失踪者』の解説にある次の箇所が如実に示している。

手稿版の『失踪者』が刊行をみたのは、さきにも触れたように一九八三年である。一般に「原典批判版《クリーティッシェ・アウスガーベ》」と言われるもので、ほかの巻と同じく、ぶ厚い別巻がついており、ノートの表記、句読点、加筆や抹消のあとをくわしく記録している。こまかいところにわたり研究者間では異論があり、この原典批判版の批判もなくはない。それはしょせんは研究者の領域であって、フランツ・カフカの読者には、わざわざ立ち入るところではないだろう。カフカの「手」にもっとも忠実なカフカ本を贈られたことをよろこびたい。（『白全』(1)三四九─三五〇頁）

ここでいう「ぶ厚い別巻」が、資料篇だ。繰り返しになるが、資料篇に集積されている手書き原稿をめぐる各種の情報こそが、批判版を批判版たらしめている。右の引用からは、訳者が、先に私が言及した批判版に対する批判についても、若干聞き及んでいることがうかがわれる。ただし、彼にとっては、いずれも「しょせんは研究者の領域」であり、「フランツ・カフカの読者」が「立ち入るところではない」。

しかし、その考え方は、根本的に間違っていると思う。そもそも、この白水社版は「手稿そのもの」、「カフカ自身が書いたまま」を読ませることを謳って出版されているはずだ。であれば、それは手稿という特別なテクストを扱う「研究者の領域」に一般読者を招き入れることを目的になされているはずである。であるなら、「立ち入るところではない」とシャットアウトするのとは逆に、人々をそこに招待して、そこでの問題をわかりやすく正確に解説し、一緒に考えていこうとするのが、あるべき姿勢だと思う。そもそも私たちはほんとうに「カフカの「手」にもっとも忠実なカフカ本」を贈られているのだろうか。

「私」の到着

なぜカフカは「私」を「K」に変えたのか。この問いを起点にして、なぜカフカにおいては手稿を読まなければならないのか、なぜそれが研究者間でのコンセンサスになっているのかを次に明らかにしていこう。

まず、あの冒頭を、カフカが当初書いたとおりに読んでみよう。先の既訳を、「K」を「私」に変えて再度引用する。ここであらためて言及しておけば、本書で引用する既訳は、ほとんどが古いブロート版を底本にして訳したものだ。本来であれば、新しい批判版を訳したものを引くべきだろうが、しかしそれができない理由は先述のとおりである。また、批判版とブロート版では、マクロのレベル――ようするに主に章立てやタイトルといったあたりのことだが――では大きな違いを見せているものの、ミクロのレベル、すなわち文言そのものでは、句読点のほかにはさほどの違いはない。もちろん、句読点も重要であり、それらが訳に影響を与える場合や、また文言が明らかに異なっている場合などは、その都度指摘して説明する。

ともかく、『城』については、先にもふれたように、一九六〇年に筑摩書房から出版された『世界文学大系58　カフカ』の訳文に基づくことにする。その訳文は、惜しくも早世した原田義人の手によるものである。『世界文学大系』のそのカフカの巻には、『城』以外にも原田が訳した短編（『判決』や『変身』など）八作が収められている。また、一九七一年に出された新潮文庫の『審判』も、彼が訳したものである。いずれの訳文も、的確な逐語訳をベースに、意訳がバランスよく組み合わせられており、私見ではあるが、最良のカフカ邦訳のひとつだと思う。現在どちらの書籍も絶版になっていて、残念なことに入手しづらい。しかし、幸いインターネット上の青空文庫で、それらの訳文はすべて公表されている。よって、実質もっともアクセスしやすいカフカの日本語訳だともいえる。本書では、原田の訳文があるものは、それらから引用していくことにする。
では、以下が、「私」が到着するバージョンだ。元の訳文の「K」を「私」に変えて、引用する。その点の変更以外は、(この箇所のみならず、それ以下に続く引用においても)一切手を加えていない。なお、「私」への変更を加えたものについては、引用頁数の後に「(改)」と添えることにする。

私が到着したのは、晩遅くであった。村は深い雪のなかに横たわっていた。城の山は全然見えず、霧と闇《やみ》とが山を取り巻いていて、大きな城のありかを示すほんの微かな光さえも射していなかった。私は長いあいだ、国道から村へ通じる木橋の上にたたずみ、うつろに見える高みを見上げていた。(『筑大』「城」一三四頁(改))

いうまでもなく、一人称小説の場合、「私」が語り手である。「K」のバージョンのときは、語り手はKとは別の者として〈そこ〉にいた。〈いま〉主人公には、何も見えない。にもかかわらず、彼は「うつろ」、何も見えていないところを見上げている。なぜ見上げているのか。その理由は、おそらく何かがあると知っているからである。Kのときもその可能性は示唆されていたものの、彼が何をどこまで知っているかは曖昧だった。物語の語り手とは、基本的に神に近い存在である。その世界のすべてを知っている。語り手はすべて知っているから、城山があり、大きな城があると語られるが、しかしKがそのことを知っているかどうかはわからない。ところが、「私」になると、「私」はすべて知っていることになる。したがって、「私」のバージョンでは、この到着は、Kの場合よりも、かなり不穏であることが感じられるだろう。「私」は知っていて、到着して、上を見上げているからである。「私」が何かを目論んでいることが示唆されているといえる。

ただし、注意しなければならないのは、その「私」は厳密にいえばいつの「私」か、という点である。「私」が「私」の物語を過去形で語るとき、その語っている「私」は未来にいる。とすれば、「大きな城」の存在を知っているのは未来の「私」であって、〈いま〉到着した「私」は知らないという可能性も生じる。そして、その可能性がなくもないことは、引用箇所にあるあるひとつの動詞からうかがえる。その動詞は、たったひとつだけ現在形になっているのである。

先に批判版とブロート版の違いには、マクロなレベルとミクロなレベルのものがあるといったが、そのミクロな違いの例のひとつがそれである。その動詞とは「国道から村へ通じる木橋」のその「通じる（führen)」であり、それは批判版では現在形（führt）だが、ブロート版では過去形（führte）になっている。ノート上では、もちろん現在形である。ブロートは、おそらくは時制の一致の観点から過去形に直したのだろう。しかし、その現在形には、到着した〈いま〉だけでなく、それを語る〈いま〉においてもまだその橋は存在していて、村へ通じていることがあえてほのめかされていると見なすことができなくもない。ちなみに、この箇所のこの動詞は、日本語の訳文では、たとえ元の文は過去形（führte）であっても、文法的な構造上、現在形で訳すしかない（それを過去形で訳すと、過去のそのまた過去の意味になってしまう）。よってブロート版を底本とした訳であっても（すなわち原文が過去形であっても）、右の引用のようにすでに日本語では現在形である。原文の現在形（führt）を際立たせる形で訳すとなると、それは「国道から村へといまも通じている木橋」と、「いまも」という言葉をあえて付け加えることになる。かなり不自然な訳になるが、これで読むと、いまいった未来の「私」の存在がうっすら見えてくるだろう。

ただし、先走っていってしまえば、『城』の「私」バージョンの続きを読み進めながら、このような未来の「私」を感じることはまずほとんどない。ふつうの一人称小説であれば、あのころの私はこう考えていたといったように回想の記述が混じるが、ここではそれは一切ない。「私」は、その世界の出来事を体験しながら、ほぼ同時に語っている。語る「私」は、体験する「私」から見れば、原理的に未来の存在でしかありえない。にもかかわらず、この物語の場合、その未来はいつもほんのコンマ数秒先の未来である。語る「私」と体験する「私」がほぼ同時に存在していることは、この物語における「いま」や「今日」といった時を表す語の使い方から確認できる。「私」の体験は、そこではほぼ常に「今日」の、「いま」の出来事として語られている。

いずれにせよ、冒頭の場面で到着した〈いま〉、「私」はまったく何も見えないうつろを見上げて佇んでいる。その時の「私」が何をどこまで知っているかはわからないにせよ、その姿からは、「私」が何かを目論んでいるかもしれないこと、見えない村と城に意識的に対峙していることが推測される。

主人公が何か企みを抱いているという感じは、「私」で読み進めるにつれて、ますます強まることになる。続く箇所も見てみよう。前述のように、次の段落で「私」は、一足飛びに、宿屋の食堂の藁ぶとんの上に移動する。そして、そこですぐに眠り込んでしまい、すぐに誰かに起こされる。「町方の身なりをした俳優のような顔の、眼が細く眉《まゆ》の濃い一人の若い男」が「私」を起こすと、男は「城の執事の息子」だと名乗って、「私」に、この村は城の領地だから、伯爵の許可なしには宿泊できないという。これに対して「私」は、こう答える――「どういう村に私は迷いこんだのですか？　いったい、ここは城なんですか？」若い男は、この問いに対して、そうだ、「ウェストウェスト伯爵様の城なのです」と返す。

「それで、宿泊の許可がいるというのですね？」と、私はたずねたが、相手のさきほどの通告がひょっとすると夢であったのではないか、とたしかめでもするかのようであった。（『筑大』「城」一三四頁（改））

「私」はここで、自分の質問の仕方を、寝ぼけていたか確かめている「かのよう」だと語っている。この「かのよう」は、考えればかなり奇妙だ。「私」ではなく「K」だったら、違和感がないだろう。「K」という三人称であれば、夢を見ていたか確かめている「かのよう」だと見ているのは、語り手になるからだ。ところが、「私」が主語になってしまうと、「かのよう」だと見ているのは「私」になる。とすれば、「私」自身が「かのよう」に見せていることになってしまう。ようするに、すっとぼけている、あるいは演技していることが示唆されてしまう。となると、「私」はかなりうさんくさい人物だと理解される。

うさんくさい男たち

カフカという名前は、日本であまりにもよく知られている。そして、その名前には、とてもいいイメージ、憧れのようなものがつきまとっているに違いない。なぜなら、歌手やタレントの芸名にそれは使われているし、お菓子の商品名やカフェやショップの店舗名にも、カフカとあるからだ。最近ではSNSのインフルエンサーのアカウント名にも、その名前が見かけられる。しかし、カフカという名前がそのように使われているのを見て、正直私は少し複雑な気持ちになる。なぜなら、私にとってのカフカは、うさんくささの代名詞だからだ。誤解のないように言葉を足せば、うさんくさいからダメだといっているわけではない。そのうさんくささが魅力である。うさんくささを見抜くのがカフカを読む楽しみといっても過言ではない。

カフカの主人公は、みんなうさんくさい。『変身』のグレゴール・ザムザも、『審判』のヨーゼフ・Kも、よく読めば信用ならない男だ。ある朝起きたら動物になっていたというのに、仕事に遅刻する心配ばかりしているグレゴールはうさんくさい。ある朝起きたら逮捕されていたというのに、お腹が空いたからと朝食の呼び鈴のベルを鳴らすヨーゼフ・Kはうさんくさい。しかし、彼らのうさんくささは、まだほのめかされるレベルにとどまっている。何となくうさんくさいが、もしかしたら彼らはほんとうに何もわかっていないのかもしれない。そんなふうに読者の同情を引く余地がある。ところが、「私」になると、うさんくさい男以外の何者でもなくなってくる。なぜなら、「私」は全部知っているのだから。「私」は、かつてないほど、とびきり、うさんくさい男なのである。

主人公たちのうさんくささをめぐる指摘は、けっしていまに始まったことではなく、もう何十年も前から繰り返されてきたことである。うさんくささを感じて、それを謎めいた魅力と受け止めていた向きは少なくない。その魅力的なうさんくささのうち、もっとも極上のものが、この「私」バージョンの文章から味わえる。次にそれを確認してみたい。

続きの箇所もこのまま「私」で読むと、この部分のテクストは「私」と若い男のいわば芝居合戦のように読めてくる。いまの「私」の問いに、若い男は、許可は必要だと「私」に対して答え、続けて腕をのばして、「それとも、許可はいらないとでもいうのかな?」と亭主と客たちに対しても尋ねる。その様子には「私に対するひどい嘲笑が含まれていた」と「私」は語る。この若い男の問いかけに対して「私」はこう答える。

「それなら、私も許可をもらってこなければならないのでしょうね」と、私はあくびをしながらいって、起き上がろうとするかのように、かけぶとんを押しやった。(『筑大』「城」一三四頁(改))

「私」はやはりふてぶてしい。「あくびをしながら」答えるうえに、自分の行動について再度「かのように」という言い回しを使っている。若い男は、この問いに対して、では誰の許可をもらおうとするのか、と逆に質問する。「私」は、伯爵様のだと答えて、「ほかにはもらいようがないでしょう」と付け加える。そして、こう続く。

「こんな真夜中に伯爵様の許可をもらってくるんですって?」と、若い男は叫び、一歩あとしざりした。

「できないというのですか？」と、私は平静にたずねた。「それでは、なぜ私を起こしたんです？」

ところが今度は、若い男はひどくおこってしまった。

「まるで浮浪人の態度だ！」と、彼は叫んだ。「伯爵の役所に対する敬意を要求します！　あなたを起こしたのは、今すぐ伯爵の領地を立ち退かなければならないのだ、ということをお知らせするためです」

「道化芝居《どうけしばい》はたくさんです」と、私はきわだって低い声でいい、ごろりと横になり、ふとんをかぶった。（『筑大』「城」一三四頁（改））

かなり唐突に響くこの「道化芝居」という言葉は、ドイツ語でいうと „Komödie"（コメディ）である。ただし、ドイツ語の「コメディ」は、日本語の「コメディ」と同じものとして理解すると若干読み誤ることになる。ドイツ語単語の「コメディ」は „spielen"（遊ぶ、演じる）という動詞（英語でいう play）と結びつくと「一芝居打つ」、さらには「ふりをして偽る」という意味を成す。つまり、道化、お笑いという部分に力点があるというより、むしろ芝居という部分に力点があるといったほうがいいだろう。とすると、いまのセリフの場合は、「お芝居はたくさん」とでも訳してしまったほうが、自然な流れになるように思う。ようするに、芝居を見抜いているよ、と警告しているということだ。

「私」はじつは、最初に会った瞬間から、若い男をいささかうさんくさいと思っている。先に引用したように「私」は、彼に会った瞬間、「町方の身なりをした俳優のような顔」という印象を抱いている。「俳優のような顔」というといわゆるイケメンをイメージしてしまうかもしれないが（また直前の「町方の身なりをした」は、今風にいえば「都会風の着こなしの」となるから、スタイリッシュなイケメンのイメージでいいかとは思うが）、しかし「俳優」の原語（Schauspieler）は「役者」、「芝居する人」であって、この場合もそちらに重点を置いて読むほうがわかりやすい。芝居する人、お芝居のうまい人の顔に見えた、ということである。つまり、最初に会った瞬間、「私」が彼の顔を見てその単語を思い浮かべたということは、第一印象からすでに「私」はその若い男を疑っていたことを示していると思う。

カフカがこの二人のやりとりを、お芝居合戦、直截にいえば、うさんくさい男たちの騙し合いとして描こうとしていたことは、手書きのノートを見れば明らかである。先にふれたノートの写真版、また批判版の資料篇を見れば、いまの箇所の「ところが今度は、若い男はひどくおこってしまった」という一文は、最初はそう書かれていなかったことがわかる。なぜ私を起こしたのか、という「私」の問いに続けて書かれたのは、以下の一節だ。

その言葉は彼をさらに動揺させた。それでカッとなって、彼は思わず芝居を打つのを忘れてしまった。（FKAS, Heft 1, S. 14-15）

芝居を打つのを忘れたということは、彼は芝居をしていたということである。ただし、正確さを期すなら、この文章は「私」の視点から語られているので、ほんとうに芝居していたかどうかはわからないというべきだろう。とはいえ、少なくとも「私」の目には、芝居をしているように映ったのだとはいえる。いずれにせよ、「思わず芝居を打つのを忘れてしまった」というこの一文は、若い男が見せる態度がどんなたぐいのものか、また「私」がどういう心構えで対峙しているのかを、ちらりと垣間見せてくれるものだといえるだろう。内心をうっかり暴露してしまったようなこのくだりは、ただし作者によって削除され、前の引用のように「若い男はひどくおこってしまった」と書き換えられた。少し補足しておけば、この「おこった」という訳はけっして間違いではないのだが、原文の直訳は「我を忘れてしまった」だ。

ちなみに、手書きのノートからは、あの、お芝居はたくさんだというセリフの直前に、こんな一行が書かれていたことも見つけられる。「しかし、そういうふうに受け止めてもらえて、私は嬉しかった」(FKAS, Heft 1, S. 14)。先の引用で確認してほしいが、この文は若い男によって立ち退きを要求された直後に書かれている。出ていけといわれて嬉しがるこの「私」の喜びは、なんとも不穏といえるだろう。「私」の対決姿勢を、よりはっきり示しているそのくだりも、しかし削除されている。

すでにお気づきと思うが、「私」のうさんくささを確認しようとして、私は手書きのノート（写真版）を参照し、そこでの削除箇所を紹介している。カフカが何を消したかを見るのが、彼が何をどういう方向で書こうとしていたかを理解するのに一番有効だからだ。カフカは肝心なところを書かないい、と私は繰り返してきた。わからせないように書くというのは、隠しているからである。書くことは伝えることに他ならないにもかかわらず、彼は同時に隠している。ほのめかしまではするものの、ちょっとでもそれがはっきりとした何かを伝えそうになったら、削除するのだ。

「私」は測量技師なのか

もう少しうさんくささの確認を続けよう。

若い男を思わず芝居を忘れるぐらい怒らせた「私」は、芝居はよしな、と捨て台詞を低い声で吐いて、ふてぶてしくも横になって藁ぶとんをかけた。そして、横になったまま、ふとんにくるまった状態で「私」が口にするのが、次の長台詞である。

「お若いかた、あなたは少しばかり度を越していますよ。あすになったらあなたの無礼についてお話しすることにしましょう。ご亭主とそこの人たちとが証人です。証人なんかが必要としてですがね。だがついでに、私は伯爵が招かれた土地測量技師だということは、よく聞いておいていただこう。器材をたずさえた私の助手たちは、あす車でやってくるのです。私は雪でここにくるのを手間取りたくなかったのだが、残念ながら何度か道に迷ってしまい、そのためにこんなに遅くなってやっと着いたのです。城に出頭するにはもう遅すぎるということは、あなたに教えられないうちから、自分でもとっくに知っていましたよ。だから私はここのこんな宿屋で満足もしたのです。それなのにあなたは、そのじゃまをするという――これはおだやかないいかただが――失敬なことをやられた。これで私のいうことは終りました。おやすみなさい、みなさん」そ

して私は、ストーブのほうへぐるりと向きなおった。（『筑大』「城」一三四―一三五頁（改））

うさんくささ全開といえるだろう。いましがた、どういう村に私は迷い込んだのか、ここは城なのか、と尋ねておきながら、今度は自分は「伯爵が招かれた土地測量技師」だと主張する。であるなら、前の質問はそれこそすっとぼけていた、いや嘘だったことになる。明日、後から助手が器材を持って車で来るという話も、大した荷物も持たず、夜ひとりで歩いてきたことを取り繕っているかのように聞こえる。いずれにせよ、相手の無礼を責めている「私」の口調は、完全な開き直り、いや、ある種の恫喝である。「私」はほんとうに測量技師なのか。これまでのやりとりのなかで、この発言を読むと、誰ももはやそうは信じられない。たんに「私」は行き当たりばったりに自分の身分をでっち上げて、男に対抗して答えているだけのように聞こえる。

行き当たりばったり――そう、たぶんそれは行き当たりばったりに思いついたものだ。「私」が、というよりも、作者カフカが。カフカは、その「私」の「土地測量技師」という身分を、書きながらたぶんとっさに思いついた。その発想のきっかけは、ドイツ語で読むと推測がつく。それは、おそらくは直前の会話で若い男が「私」を「まるで浮浪人の態度だ！」となじったからだ。この「浮浪人」の原語は „Landstreicher“、その単語は „Land“（土地）と „Streicher“（基本の意味は「撫でる人」、転じて「うろつく人」）に分解できる。つまり、土地をうろつく人というその言葉を書きとめたとき、土地をうろついて何かをする人という連想が働いた。だから、土地を歩き回って測量する人、すなわち土地測量技師である。その原語である „Landvermesser“ は „Land“（土地）と „Vermesser“（測量者）に分解できる単語だ。

これは、秀逸な思いつきだろう。なぜなら、その „Vermesser“ には、じつに面白い二重の意味の層があるからだ(この多義性はすでに多くの研究者によって指摘されている)。„Vermesser“ の元の „vermessen“ という動詞は、一番めの意味は「測量する」だが、再帰動詞という少し特殊な言い回しになったときには「測り損なう」という意味になる。さらに、そこから派生して「僭越なことをする」という意味もある。そして、その三番めの意味からさらに派生して „vermessen“ という形容詞になると、「ずうずうしい」という意味になる。つまり、„Landvermesser“ という単語は、表向きは「土地を測量する人」だが、もう一歩踏み込んで読み込むと「土地を測り間違える人」、「土地をわきまえないずうずうしい人」という意味も含みうるのである。

行き当たりばったりに書きながら、いや、行き当たりばったりに書いているからこそ、次から次へと奇想天外な発想が炸裂する。カフカは、自分にも予測のつかない奇抜な連想を、興奮しながら楽しんでいた。一心不乱に書きながら、内部から湧き出る未知の言葉と出会い、驚き、面白がっていた。それはひとつの遊びであり、いわば一種のゲームともいえるかもしれない。

そのゲームを少し追体験してみよう。先の箇所の続きを読んでいく。さっきまで、どこに迷い込んだのですかといっていた浮浪人のような男が、突然自分は伯爵に招かれた土地測量技師だと主張する。それを聞いて驚いた若い男は「電話で問い合わせてみよう」と言い出す。「電話」という言葉を思わず書いてしまったカフカは、たぶん自分でそれに驚いたのだと思う。だから、若い男のセリフの後には、こんな文章が続く。

なに、この田舎宿には電話まであるのか。すばらしい設備をしているものだ。この点では私は驚いたが、全体としてはもちろん予期したとおりだった。電話はほとんど私の頭の真上に備えつけられているとわかったが、寝ぼけまなこで見のがしていたのだ。（『筑大』「城」一三五頁（改））

「田舎宿」、原語を直訳すれば「村の宿屋」を想定して書いていたカフカであるが、おそらく話の成り行きで、思わず「電話」が閃いて、登場人物にそれを口走らせてしまった。「なに、この田舎宿には電話まであるのか」という「私」の言葉は、カフカ自身の心の声に私には聞こえてならない。

カフカがこの『城』を書いていたのは、一九二二年で、今から約一〇〇年前。電話は徐々に一般にも普及していたものの、まだまだ高級品に属していただろう。とすると、この村の鄙びている（はずの）宿屋に電話があるというのは、かなり珍しく、もしかしたら何かしら特別な事情を示唆しているとも取れなくもない。とすれば、そんな目立つはずの最新の通信装置を「私」が見逃したということはありえない。なにせ、「私」は敵対心むき出しでそこに来ているのだから。ところが、そこまでの箇所で、「私」はまったくその機器に気づいていなかった。とすると、そんな「すばらしい設備」を突然登場させるには、何らかの理由が必要になる。

では、その言い訳は何か。なんと、「寝ぼけまなこで見のがしていた」である。あまりにもありえない、口から出まかせの言い訳といえるだろう。おまけに、それは「ほとんど私の頭の真上に備えつけられている」のである。この無理筋の展開に、私はカフカの卓抜したセンスを感じる。ふつうだったら、いまいったまずい状況に気づいたら、電話は別室にあることにするとか、あるいは若い男の勘違いでほんとうはなかったことにするとか、そういう方向で切り抜けるだろう。ところが、まったく逆に、カフカは大胆にも、その最新鋭装置を「私」の「頭の真上」に据えつけてしまうのである。

不審な「私」

行き当たりばったりに書き続けるための鉄則として、おそらくカフカは後戻りしないと決めていた。一回、言葉にしてしまったら、それは極力取り消さない。言葉を発して存在させてしまったら、それは〈そこ〉に〈ある〉。猛スピードで前へ前へと書き進めるには、取り繕いはするが、やり直しはしない。辻褄が合わなければ、苦し紛れに言い訳するとしても、極力なかったことにはしない。

カフカのゲームを一緒に楽しむポイントは、ひとつは、いまいった奇抜な連想と大胆な言い訳を面白がること。もうひとつは、彼が何を巧みに隠したのかを見抜いていくことだ。先にも繰り返したように、カフカは肝心なところを書かない。どんな動物に変わったか、橋をどっちに渡ったか——コンマ何秒の判断の繰り返しのはずなのに、カフカはじつに巧みにそこをすり抜ける。

「電話」の例で、その匠の技をもう少し確認しよう。寝ぼけていて見逃した、というくだりから先を見ていく。まず、その言い訳に続く文章では、男に電話をそのままかけさせていいのかと「私」が逡巡する様子が伝えられる。「私」は、よし電話をかけさせようとすぐ決心すると、だったら寝たふりをしても意味がないからと仰向けの姿勢に戻る。それに続く箇所はこうだ。

農夫たちがびくびくしながら身体をよせ、話し合っているのが見えた。土地測量技師の到着という事件はつまらぬことではなかった。台所のドアが開き、ドアいっぱいにおかみのたくましい姿が立ちはだかった。亭主が彼女に報告するために爪先で歩いて近づいていった。それからいよいよ通話が始まった。執事は眠っていたが、執事の下役の一人のフリッツ氏が電話に出たのだ。
（『筑大』「城」一三五頁）

どうだろう。もっとも肝心なところが隠されてしまったことにお気づきだろうか。電話で問い合わせようといった若い男は、たしかに通話を始めた。しかし、彼はどこに電話したのだろう。彼の電話に出たのはフリッツ氏だが、どこに電話してそのフリッツ氏にたどり着いたのかは、ここを読んでも、また後の箇所を読んでも、いっこうにわからない。

もう一度、時代背景を思い出してもらいたい。電話の普及が始まったばかりだった当時、電話はまだ交換手が繋いでいた時代だ。だから、電話をどこかにかけるには、ふつうは交換手に相手の番号を告げなければならない。とすれば、その瞬間は「私」にとっては、千載一遇のチャンスのはずだ。しっかり聞き耳を立てて、どこに電話をかけているのか、電話の先は城なのか、役所なのか、どのレベルのどの部署なのか、そのあたりを確認しながら、窓口の名前と電話番号を記憶するべきである。ところが、そうした重要情報を、「私」は何も伝えてくれない。「私」は絶対に全部聞いているはずである。なぜなら、「私」の「頭の真上」で、若い男は電話をかけているのだから。いや、もしかしたら、宿屋には直通回線が引かれていて、直に繋がったという可能性もありうる。よくよく考えてみたら、この話はフィクションなのだから、現実離れした設定になっていることも想像しなければならない。しかし、どう考えたとしても、フリッツが電話口に出るまでには、何らかの会話があったはずだ。「執事は眠っていた」というのであれば、その事情に関わる会話が先行して必ずあっただろう。そして、「私」はそれを耳に入れたはずである。にもかかわらず、「私」はそれを私たちに伝えない。ただし、ふつうに読んでいたら、「私」のこの仕業に気づくことはないだろう。じつに巧みに、肝心なところを隠しているのである。

カフカのテクストは、このような卓抜したすり抜けで満載だが、とはいえ、ところどころすり抜けきれていないところがある。カフカのゲームを楽しむもうひとつのポイントは、匠の技の失敗箇所を見つけることだ。そのいわば猿も木から落ちた瞬間を発見するには、それこそ手書きのノートを読む必要がある。続く箇所を具体例にして説明しよう。右の引用の次の文章はこうである。

例の若い男はシュワルツァーと名のったが、私を見つけたことを語った。問題の人物は三十代の男で、ひどいぼろを着ており、藁ぶとんの上でゆっくりと眠っていた。ちっぽけなリュックサックを枕にし、ふしのついたステッキを手のとどくあたりに置いている。(『筑大』「城」一三五頁(改))

うっかり箇所の確認の前に、視点の問題について言及しておきたい。先述のように、「私」バージョンの場合、語り手は「私」である。そして、この物語では、基本的に「私」が見たこと、聞いたこと、思ったことだけが読者に伝えられる。「私」が見ていなければ、私たち読者にも見えない。だから、電話も見えなかった、いや、「私」が見るまで存在しなかった。別のいいかたをすれば、読者は「私」が見たこと、聞いたことを〈事実〉として伝えられ、それらの情報を組み合わせて、その世界の成り立ちを理解する——ただし、この「私」は自分の知っている全部を伝えるわけではないところがポイントなのだが。

ともかく、「私」に見えないことは、本来どうやっても私たちにはわからない。その「私」に見えない最たるものが、「私」の外見だ。ここまでの物語で、私たちは若い男の身なりは知ったが、「私」の外見については、まったく知らされてこなかった。なぜなら、「私」は（鏡でも見ないかぎり）それが見えないから。それを伝えるためには、「私」以外の人間に「私」を観察させて、それを語らせる必要がある。若い男に電話させるというのは、じつは絶妙なアイデアで、彼に「私」について語らせる貴重なチャンスなのだ。

若い男——電話の相手に名乗ることでシュワルツァー＝シュヴァルツァー（引用以外では、より発音に近い表記にする）という名前が判明する——は、「私」について、その年齢はもちろん、身なりから持ち物まで報告する。しかし、よく考えると、その文章は余計な情報だらけだ。ある人物が不審だからといって、その男が「藁ぶとん」の上で「ゆっくり」眠っているとか、リュックサックを「枕に」しているとか、ステッキを「手のとどくあたり」に置いているとか、そんな細かいところまで電話で相手に伝えるだろうか。

おそらくカフカは、その拙さに自分で気づいたのだと思う。だから、手書き原稿を見ると、この箇所の直後にこう書かれているのが見つけられる──「ああ、シュヴァルツァー氏はなんとすべてをよく見ていたことだろう！」（FKAS, Heft 1, S. 16）これは、またもや書き手の心の声がうっかり漏れてしまったものだろう。書きすぎたと自分で気づいて、その気づきをそのまま書いてしまっているのだ。もちろん、その文は削除されている。

もうひとつの到着

カフカについて何かを語るのは、ほんとうに難しい。いま、失敗といったが、それこそ失敗した表現だろう。一見（といっても見抜くのは相当難しいが）、うっかり書きすぎているようで、わざとわかっていて書き込んだと見なすこともできる。というより、むしろそちらが正解だろう。漏れた心の声も、とっさの反省というより、とっさのツッコミ、やったなという自賛の一種と見たほうがいいかもしれない。なぜなら、そこにはじつにうまくメッセージが込められているからだ。なぜそんな不自然なディテールを書き込んだのかと考え始めると、ある大事な参照への示唆があることに気づく。だから、心の声は消したが、書きすぎた部分は直さなかった。というわけで、前言を少し訂正しておけば、ゲームを楽しむポイントは、失敗した箇所を見つけるというより、失敗に見えるところに織り込まれた複雑なメッセージを読み取ることだ。木から落ちているようで、じつはなかなか落ちていない。

では、そのメッセージについて解説してみよう。これをわかりやすく説明するには、それこそ相当に複雑な手続きが必要になる。まず、飛躍するが、時間を一気に遡らなければならない。この物語を書く一〇年前の一九一二年九月末、二九歳のカフカは、ある長編小説を書き始めていた。ブロート版では『アメリカ』と題されていたそれは、批判版では『失踪者』と名づけ直され、現在ではそのタイトルで知られている。その『失踪者』の冒頭で、主人公のカール（Karl）・ロスマンは、ニューヨーク港に入ろうとする船の上から、ずっと自由の女神を眺めている。そのとき「まるで突然強まった陽の光のなかにあるように見えた」（『筑大』「火」三九一頁）。

一〇年前の主人公も、冒頭で到着している。『城』と比較しよう。一〇年の歳月を隔てて書かれた二つの物語の間には、共通点と対照的な点の両方が認められる。まずどちらも主人公の到着で始まるが、正確にはどちらもまだ到着していない。『城』の主人公が〈いま〉いる場所は村に続く道の手前の「橋」の上であり、『失踪者』の主人公はニューヨークの港に入る手前の「船」の上である。すなわち、どちらもまだどっちつかずの場所だ。そして、両者ともに〈いま〉自分の行く手の上方を見上げている。ただし、『城』の主人公の視線の先は、〈いま〉は闇に覆われて、何も見えない。いっぽう、一〇年前の主人公は、視線の先の自由の女神をはっきりと見すえていて、しかも〈いま〉光が差し込んだかのようである。

一〇年前の主人公について、到着から先の展開も少し詳しく確認しておきたい。続く場面で主人公カールは、「まだ降りる気がないのかい？」と航海中に知り合いになった若い男に声をかけられる。カールは準備はできていますと答えて、トランクをひょいと肩に乗せる。そのとき、その若い男がステッキを振り回しながら去っていく様子を見て、自分の雨傘を下の船室に忘れていたことを思い出す。慌てて知人に、少しの間トランクの番をしていてほしいとお願いして下に降りる。下に行くと、近道になるはずだった通路は遮断されていて、そこから曲がりくねった迷路のような廊下を歩くうちに、道に迷ってしまう。うろついたあげく、「よく考えてもみないで」行き止まりにある小さなドアをやたらに叩く。中から「開いているよ」と声がして、ドアを開けると、そこには巨人のような体格の男がいる。その男に勧められるまま部屋に入って、彼の部屋のベッドに横になる。

再度、共通点と相違点を確認しよう。あちらでも、こちらでも、主人公はすぐに若い男と言葉を交わしている。ただし、あちらの主人公は初めて会った男と不信感いっぱいの会話をするのに対して、こちらの主人公は顔見知り程度の男を信頼して、虎の子のはずのトランクを預ける。どちらも到着からほどなく布団にくるまるのは同じだが、あちらの彼は屋根裏部屋から自分で運んだ藁ぶとんを宿屋の食堂に敷き、公衆の面前で寝転がっている。こちらの彼は知り合ったばかりの大男と二人きりの部屋で、その男のベッドの中にいる。

『失踪者』の物語は、それからその大男——彼は自分を火夫（蒸気船でボイラーに石炭をくべるボイラー員）だと名乗る——とカールの会話を伝える。カールは、最初のほうこそトランクと傘のことを気にしているが、そのうち忘れてしまう。先に問題にしたメッセージに関わるのは次の点である。どちらの主人公も、旅の荷物は身の回りのものが入ったカバンと長い棒だ。ただし、大きく違うのは、一〇年前の主人公は当時まだ普及したばかりである高級品のトランクと雨傘を携えているのに対して、一〇年後の主人公が持っているのは小さなリュックとふしのついたステッキである。若い主人公はそれら金持ちの証である高価な装身具を二つともあっさり手放すが、三〇代の主人公はみすぼらしいリュックを「枕に」、ステッキを「手のとどくあたりに」置いていて、まるでそれらを絶対に失いたくないかのようである。

　書きすぎたディテールに織り込まれたメッセージとは、ごく単純にいえば、一〇年のうちにほぼすべてが失われてしまったということだろう。それぞれの物語が執筆された当時の伝記的事実を確認したい。

　カフカが『失踪者』の執筆に着手したのは、まだ二〇代の彼に前途が突然開けた時である。三日前の一九一二年九月二二日から二三日の晩、たった八時間で短編『判決』を一気に書き上げた。ペン先からインスピレーションを迸らせるかのように、電光石火のスピードで書く。その書き方をカフカはその晩、ものにした。ブレークスルーのきっかけは、ある女性との出会いだ――これまでそう何度も指摘されてきた。約一ヵ月半前の八月一三日、カフカはフェリーツェ・バウアーという女性と出会っていた。のちに婚約と婚約破棄を二度繰り返すことになる女性に初めて会ったとき、彼はきわめて強い印象を受けて、それを日記に書きとめている。たしかに、それはきっかけだっただろう。しかし、私にいわせれば、その正確なきっかけは、出会いそのものではなく彼女に手紙が書けたことだと思う。ベルリン在住の彼女に宛てて苦心のすえ初めて手紙が書けたのが、九月二〇日。『判決』の成功は、その二日後だ。自分の書き方をものにしたという満足感と自信とともに、九月二六日、長編小説に取り掛かった。

　一方、『城』を書き始めたのは、開けた前途がほぼすべて閉じた時である。一九一二年八月に出会ったフェリーツェとは二年後の一四年六月に婚約、が翌月に婚約破棄。一二年九月に始めた『失踪者』の執筆は一三年一月に挫折。一四年夏の婚約破棄を契機に始めた第二の長編『審判』の執筆は一五年一月に挫折。一九一七年七月、フェリーツェと二度めの婚約。しかし、八月に喀血、肺結核と診断される。同年一二月、二度めの婚約破棄。翌々年の一九一九年六月、ユーリエ・ヴォホリゼクと婚約。翌二〇年、ウィーン在住の既婚女性ミレナ・イェセンスカと交際を始める。同年秋、ユーリエと婚約破棄、ほどなくミレナとも破局。その間、病は進行して、役所勤めと療養の両立も難しくなる。二二年一月、休暇を取って赴いた保養地で『城』を書き始める。

少年か、青年か

カールは何歳だろうか。唐突に聞こえるとは思うが、大事な問題なので、しばらくお付き合いいただきたい。カフカはカールの年齢の設定をかなり悩んだ。ノートに書いたときは、一七歳だった。いや、正確にいえば、最初は年齢は定められていなかった。批判版の資料篇から（また手稿からも）、「一七歳の」という言葉が後から書き加えられているのが見て取れる。その後、出版準備のための清書の際、それを一五歳に変えた。カフカは、一九一三年『失踪者』の第一章をそれだけで独立させて、『火夫──断片』というタイトルの薄い本として出版している。批判版の資料篇の解説は、タイプ打ちの原稿では「一五歳」となっていることを伝えている（KKAD App., S. 129）。ところが、現実に出版された本では「一六歳」である。おそらく校正かどこかの段階で手を入れたのだろう。つまり、カフカは最初は年齢を書かず、後から「一七歳」と書き込んで、のちに「一五歳」にして、最後に「一六歳」にした。どうしてこんなに迷ったのか。年齢が書き込まれている箇所は、出だしの一文だ。あらためて『失踪者』の、いや『火夫──断片』の冒頭部分を引用しておこう。

十六歳のカルル・ロスマンは、ある女中に誘惑され、その女とのあいだに子供ができたというので、貧しい両親によってアメリカへやられたのだが、彼がすでに速度を下げた船でニューヨーク港へ入っていったとき、ずっと前から見えていた自由の女神の像が、まるで突然強まった陽の光のなかにあるように見えた。剣をもった女神の腕がまるでつい今振り上げたばかりのようにそびえ、その姿のまわりにはただようような風が吹いていた。（『筑大』「火」三九一頁）

少し横にそれるが、この翻訳に関して補足しておく。この引用も『城』と同じく『世界文学大系58カフカ』から（同様に「青空文庫」で入手可能）であり、同じ訳者（原田義人）によるものだ。注意してほしいのは、カフカが書きかけの長編小説から第一章を独立させて出したその短編には、（先述のように）原文では「断片」と副題がついているが、この訳書ではそれが省略されている。なぜ省略されたかはわからないが、本来は読者を混乱させせないためにも（ストーリーとしては明らかに中途半端なところで終わっている）、その副題とともに出すべきだっただろう。また、カフカがあえてタイトルに„Ein Fragment“（ひとつの断片）を添えたことの意味は小さくないように思われる。ただし、誤解のないように補足すれば、この訳にかぎらず、ほぼすべての邦訳でこの副題は省略されている（あるいは目立ちにくい形でしか出されていない）。なお、もう一点、右の引用箇所には指摘せざるをえない部分（そして、それもこれまでの既訳すべてに共通する）があるのだが、それは後で扱う。

話を戻せば、引用文から確認したいのは、カルル＝カール（より発音に近い表記）が、なぜアメリカに来ることになったかである。理由は、女中に誘惑されて、子供ができたからだ。カフカが年齢に迷った理由は、おそらくそこにある。一七歳だと大人すぎるし、一五歳だと子供すぎる、ということだろう。直截にいってしまえば、女性に誘惑されて子供を作るという状況に陥るのに、一七歳だと不自然（抵抗しようと思えばできるはず）だし、一五歳だとほんとうに被害者だった可能性が生じてしまうということだ。すでに何度も繰り返しているように、カフカは肝心のところを書かない。カールはほんとうに誘惑されたのか、別の言葉でいえば、彼にはほんとうに罪がないのか――その点をおそらくカフカはどっちつかずのままにしたかった。

ただし、書き始めた当初は、誘惑されたとしながらも、ほんとうはカールに罪がある方向で書こうとしていたのではないかと思われる。年齢の部分を省いて読むと、この物語の文章からは、彼は少年というより、もう少し大人の印象を受ける。実際、少し先の箇所にこんな記述がある――「自分がたくましい青年なものだから、自慢げにトランクを肩に担いでみせた」（『筑大』「火」三九一頁）。「青年」と訳されている単語（Junge）は、「少年」と訳せなくもないが、既訳ではほとんど「青年」と訳すか、あるいはその語を訳さずにすり抜けているかのどちらかである。一六歳という年齢を知ったうえで、その単語を「青年」と訳しているあたりからも、文章全体が示す方向性がわかるだろう。また、あえてそこでカールのたくましさが言及されている点も、誘惑されたという言葉の信憑性を疑わせる。

私はカフカの主人公はみんなうさんくさいと述べた。このカールも、例に漏れずうさんくさい。そのうさんくささは、「私」並み、いや、ある意味「私」以上だと思う。なぜなら、カールは、子供がいるにもかかわらず、その子のことをまったく考えないから。また、その子の母親である女中のことも思い出さないからだ。物語では、たった一箇所、母子の存在にふれられるところがある。ニューヨーク港に入った船の中で、伯父（と自称する男）が、女中と彼女の産んだ息子の話をして、さらに自分は彼女から手紙ももらったのだと語る。伯父のその長台詞が終わった後の一行はこうだ――「だが、カルルはその女中に対してなんらの感情も抱いてはいなかった」（『筑大』「火」四〇四頁）。そしてカールは、彼女との性交の場面を振り返っている。そこで語られるのは、カールが行為中、いかに受け身だったか、いかに不快に感じていたかということだ。その箇所以外で、カールが女中を思い出すことは一度もない。また、そこにおいてすら、カールは息子に何か思いをはせることはない。彼にとっては息子など、この世に存在しないかのようである。

これまで、この物語について何か語られるとき、必ずといっていいほどカールには「純真な」とか「無邪気な」という形容がつけられてきた。かなり昔のものだが、ヴェルナー・クラフトによる「汚濁の世界のなかの純粋さ」というタイトルの論考もある（Kraft 1968）。たしかに、ふつうに読めば、カールは世間の理不尽さに翻弄される可哀想な同情すべき少年である。しかし、さまざまなディテールは、彼がなかなかにしたたかで、世間知に長けた若者であることを示唆している。詳しいことは後でふれるが、ここで指摘しておきたいのは次の点である。表面は純粋で世間知らずな罪のない若者のように見えながら、彼にはまったく反対の裏の顔がある。その裏表の落差の大きさからいえば、悪魔のような男だといってしまってもいいかもしれない。

悪魔のような息子

「〔…〕お前はほんとうは無邪気な子どもだったが、それよりも正体は悪魔のような人間だったのだ！——だから、わしのいうことを聞け。わしは今、お前に溺死《できし》するように宣告する！」（『筑大』「判」四一五頁）

これは、カフカがカールの物語に取りかかる数日前に書き上げた短編『判決』の一節である。主人公の若い商人ゲオルク・ベンデマンは、物語の最後で、父親からこのような死刑宣告を受ける。それを聞いたゲオルクは、自分から外に飛び出て、川に向かい、橋からひらりと身を翻す。カールと同様、このゲオルクも、表向きは誠実で感じのいい青年である。物語は、彼がいかに異国にいる友人を思いやり、老いて弱っている父親をいたわっているかを伝えている。しかし、こちらの彼も、よくよく読めば、ほんとうにいい人かどうかはわからない。むしろ、ほんとうは友人を裏切り、父を裏切っているように読めてくる——父親が見抜いているとおりに。

ここで、この『判決』の冒頭も確認しておこう。

すばらしく美しい春の、ある日曜日の午前のことだった。若い商人のゲオルク・ベンデマンは二階にある彼の私室に坐っていた。〔…〕ちょうど、外国にいる幼な友達に宛てた手紙を書き終えたばかりで、遊び半分のようにゆっくりと封筒の封をし、それから机に肘《ひじ》をついたまま、窓越しに川をながめ、橋と、浅緑に色づいている対岸の小高い丘とをながめた。（『筑大』「判」四〇九

頁)

『判決』は、ゲオルクが手紙を書き終えたばかりのところから始まっている。この物語を書いたとき、カフカもまさに手紙を書き終えたばかりだった。前にふれたように、約一ヵ月半前に出会った女性フェリーツェに、ようやく最初の手紙を書くことができた。明らかに主人公と作者がシンクロしているといえるだろう。だとしたら、しかしどういうことなのか。ほんとうはお前は悪魔のような人間だと父親に弾劾される男の物語を、じつはカフカは書き上げるや彼女に献げることを決めている。実際、一九一三年に『判決』がある雑誌上で公表されたとき、そこには「フェリーツェ・B嬢へ」という献辞がつけられていた。

どんな手紙が書けたのか。物語のなかで主人公が書いた手紙を先に確認しておく。手紙はロシアにいる幼なじみに宛てたものである。幼なじみは、彼の地で商売を始めたものの、経営がうまくいかず、健康も害している。こんな友人に、いったい何を書けば傷つけずにすむのか。

　こうした理由から、たとい手紙のつながりをなおもきちんとつづけようと思っても、どんなに離れている知人たちにもはばかることなく書き送るようなほんとうの意味の通信をすることはできなかった。(『筑大』「判」四〇九頁)

誠実な配慮のように見えて、しかし、この一文が伝えているのは、ゲオルクは手紙をまったく正直には書いてこなかったということである。彼は、もっとも遠い知人にすら平気で書ける内容さえ書いていない。ようするに、ゲオルクはいわば〈嘘〉の手紙ばかり書いてきていた。そんな彼が日曜日の午前にようやく書けた手紙とは、どんなものだったのか。

「最大のニュースのことをぼくは最後まで取っておいた。ぼくはフリーダ・ブランデンフェルトという娘と婚約した。この人は金持の家庭の娘だ。その家庭は、君がここから去ってからずっとあとになって当地に住むことになったのだ。だから、君はこの家のことはほとんど知っていないはずだ。ぼくの婚約者についてもっとくわしいことを知らせる機会はあるだろう。きょうのところは、ぼくがほんとうに幸福であり、ぼくたち同士の間柄では、君がぼくのうちに今ではごくありふれた友人を持つばかりでなく、幸福な友人を持つことになるというだけのちがいしかないのだ、ということで満足してくれたまえ。〔…〕」（『筑大』「判」四一一頁）

つまり、自分の婚約を伝える手紙である。それを書いて外を眺めていた彼は、その手紙をポケットに入れて、父の部屋へ行く。母が亡くなってからすっかり弱ってしまっている父に、ゲオルクは、ロシアにいる友人に婚約を知らせる手紙を書いたのだ、という。すると父は、ゲオルクをこう非難し始める。お母さんが死んでから、わからないことが多くなった。商売でもわからないことが多い――

「〔…〕それはともかく、今の問題、つまりその手紙のことだが、ゲオルク、わしをだまさないでくれ。ほんのちょっとしたことだし、息をつくほどのことでもないじゃないか。だから、わしをだまさないでくれ。いったい、そのペテルスブルクの友だちというのは、ほんとうにいるのかね？」（『筑大』「判」四一二頁）

ゲオルクは父を布団にくるんで宥めようとするものの、父は布団をはねのけて、ベッドの上に仁王立ちになって「うそだ！」と叫ぶ――「お前の友だちのことはよく知っている。あの男はわしの心にかなった息子といえるくらいだ。だからお前はあの男も長年だましてきたのだ〔…〕」。お前は、社長室にこもって、ロシアに向けて偽の手紙を書いていた。父を押さえつけたと思って、結婚する決心をしたのだ――

「あのいやらしい娘がスカートを上げたからだ」と父は、ひゅうひゅう音がもれる声でしゃべり始めた。「あいつがスカートをこうやって上げたからだ」そして、その様子をやって見せようとして、下着をたくし上げたので、父の太股には戦争のときに受けた傷あとが見えた。「あいつがスカートをこうやって、こうやって上げたからだ。それでお前はあいつに引きよせられてしまったのだ。あの女と水入らずで楽しむために、お前はお母さんの思い出を傷つけ、友だちを裏切り、父親を身動きできぬようにベッドへ押しこんだのだ。だが、わしが動けるか、動けないか、さあ、どうだ」（『筑大』「判」四一四頁）

そして、父はさらに激しい言葉を次々と浴びせ、最後に先に引用したセリフとなる。お前は悪魔のような人間だ——。

愛のしるし

フェリーツェにプレゼントしたのは、こんな物語である。先にもふれたように、この『判決』が初めて公表されたとき、「フェリーツェ・B嬢へ（für Fräulein Felice B.）」と献辞が添えられていた（図2）。

この献辞をめぐる異常さについて、ふれておきたい。一〇月二四日付のフェリーツェに宛てた手紙によれば、カフカは、この作品を書き終えるや、それを彼女に献げることを決めたのだという。しかも、すでにその献辞をつけた原稿を出版社に送ってしまっているという。手紙では、この物語は「あなたにはまったく関係がない」といいながら、そこに登場する娘の名前は、あなたのイニシャルと一致している、とすぐに付け加えている。すなわち、その娘の名前 Frieda Brandenfeld（フリーダ・ブランデンフェルト）と、Felice Bauer（フェリーツェ・バウアー）はイニシャルが同じである、と。ただし、そのフリーダが主人公の婚約者だという点は、手紙では明かされない。ちなみに、その主人公の名前 Georg Bendemann（ゲオルク・ベンデマン）もフランツ・カフカのもじりである。Georg（ゲオルク）と Franz（フランツ）は文字数が同じ、Bende（ベンデ）と Kafka（カフカ）は母音と子音の並びが同じである。

よくよく考えれば、かなり気味の悪い話ではないだろうか。カフカが献辞について報告する手紙を書いたのは、一〇月二四日。まだフェリーツェとの文通が始まったばかりのときである。確認するが、彼女に初めて会ったのは、約二ヵ月半前の八月一三日。一回だけ、ほんの数時間会っただけの女性に、悩みに悩んでやっと手紙が書けたのが、九月二〇日。その二日後の晩、二二日から二三日にかけて、八時間で一気に『判決』を書き上げる。そして、すぐにそれを彼女に献げることを決めた。

先述のように、その晩の成功は、彼に強い自信をもたらした。その二三日の日記には、ようやく自分独自の書き方を摑んだのだという確信が書かれている（「〔…〕肉体と魂とがこういうふうに完全に解放されるのでなければ、ぼくは書くことはできないのだ」（『新全』(7)二一二頁））。極度に集中して、一心不乱に前へ前へと書き進む。そうして生み出された作品は、いわば彼の子供だ。『判決』の校正刷を手にしたときカフカが日記に記した文章（一九一三年二月一一日付）には、こんな言葉がある――「この物語はまるで本物の誕生のように脂や粘液で蔽われてぼくのなかから生れてきたもの」（『新全』(7)二一四頁）。つまり、その作品は、自分のなかから、ねばねばした汚物とともに引きずり

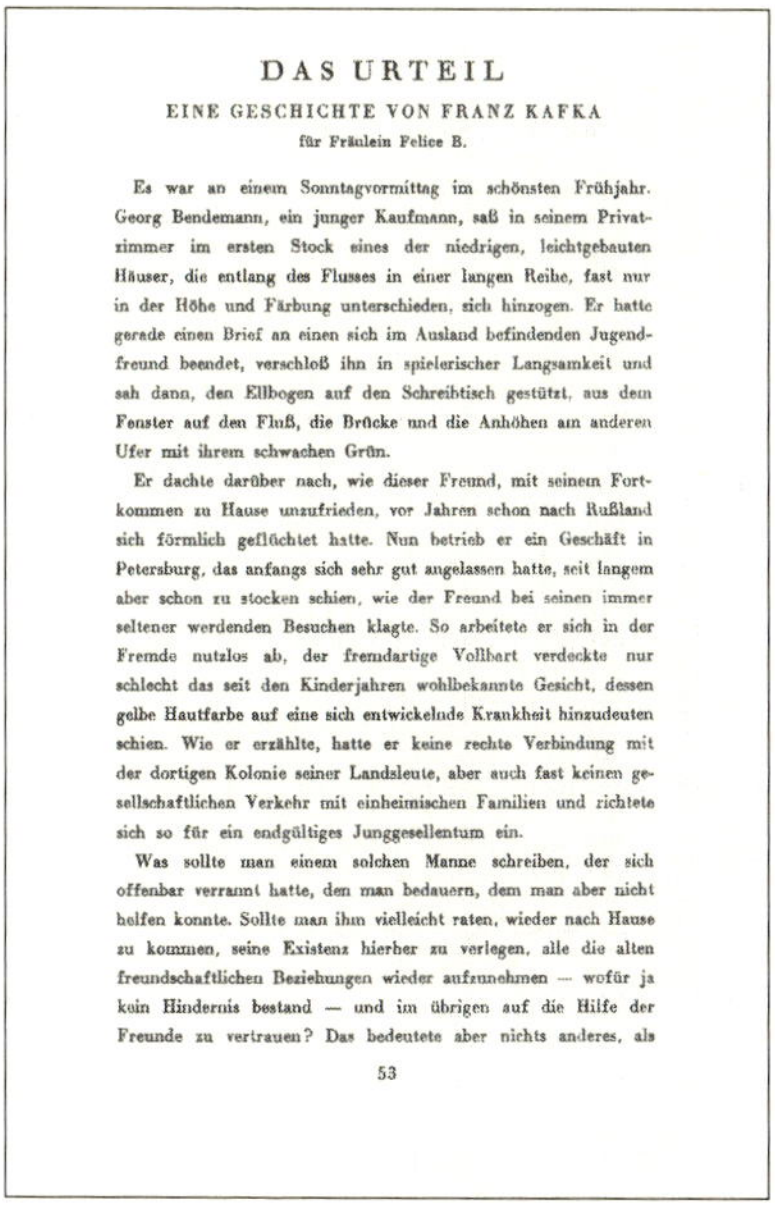

DAS URTEIL

EINE GESCHICHTE VON FRANZ KAFKA

für Fräulein Felice B.

Es war an einem Sonntagvormittag im schönsten Frühjahr. Georg Bendemann, ein junger Kaufmann, saß in seinem Privatzimmer im ersten Stock eines der niedrigen, leichtgebauten Häuser, die entlang des Flusses in einer langen Reihe, fast nur in der Höhe und Färbung unterschieden, sich hinzogen. Er hatte gerade einen Brief an einen sich im Ausland befindenden Jugendfreund beendet, verschloß ihn in spielerischer Langsamkeit und sah dann, den Ellbogen auf den Schreibtisch gestützt, aus dem Fenster auf den Fluß, die Brücke und die Anhöhen am anderen Ufer mit ihrem schwachen Grün.

Er dachte darüber nach, wie dieser Freund, mit seinem Fortkommen zu Hause unzufrieden, vor Jahren schon nach Rußland sich förmlich geflüchtet hatte. Nun betrieb er ein Geschäft in Petersburg, das anfangs sich sehr gut angelassen hatte, seit langem aber schon zu stocken schien, wie der Freund bei seinen immer seltener werdenden Besuchen klagte. So arbeitete er sich in der Fremde nutzlos ab, der fremdartige Vollbart verdeckte nur schlecht das seit den Kinderjahren wohlbekannte Gesicht, dessen gelbe Hautfarbe auf eine sich entwickelnde Krankheit hinzudeuten schien. Wie er erzählte, hatte er keine rechte Verbindung mit der dortigen Kolonie seiner Landsleute, aber auch fast keinen gesellschaftlichen Verkehr mit einheimischen Familien und richtete sich so für ein endgültiges Junggesellentum ein.

Was sollte man einem solchen Manne schreiben, der sich offenbar verrannt hatte, den man bedauern, dem man aber nicht helfen konnte. Sollte man ihm vielleicht raten, wieder nach Hause zu kommen, seine Existenz hierher zu verlegen, alle die alten freundschaftlichen Beziehungen wieder aufzunehmen — wofür ja kein Hindernis bestand — und im übrigen auf die Hilfe der Freunde zu vertrauen? Das bedeutete aber nichts anderes, als

53

図２　『判決』初出献辞（複製）（FKAQ5/6, Franz-Kafka Heft 11, S. 79）

出された（右で「脂」と訳されている単語は„Schmutz“であり、第一義は「汚物」である）。カフカが自分の作品を自分の内部の汚物にまみれたものだと認識している点は重要である。

あのいやらしい娘がスカートをまくしあげて、誘惑したからだ――。カフカが彼女にプレゼントしたのは、こんなセリフが書かれた小説である。しかも、その作中の娘の名前は、彼女のそれとイニシャルが一致している。ちなみに、その作品で使われている娘のアイデンティティを示す言葉は、「金持の家庭の娘」だけ。名前とそれ以外に、その娘については年齢も容姿も性格も、特徴的なことは何ひとつ伝えられない。

こんなプレゼントがフェリーツェを当惑させることは、カフカは百も承知である。だから、右の日記の二日後に彼女に宛てた手紙（二月一三日から一四日付）には、こんな一節がある。

昨日ぼくはあなたの小さな物語〔『判決』〕の校正刷を受取りました。表題のところで、ぼくらの名前がなんと美しく結びついていることでしょう！　この物語をお読みになるような場合、お名前を挙げる（もちろんフェリーツェ・Bだけです）ことに同意したことを後悔しないようにしてください。というのは、物語はあなたがだれに見せようと、だれにも気に入ることはないでしょう。あなたの慰め、あるいはある種の慰めは、ぼくがお名前を、あなたが禁じたとしても、付け加えただろうという点にあるのです。というのは、献辞はもとより取るに足らぬ、いかがわしい、しかし疑問の余地のない、ぼくのあなたへの愛のしるしであり、この愛は許可ではなく強制によって生きているのです。（『新全』⑽二七一頁）

この物語は、きっとあなたに気に入られない。誰にも好かれない。でも、そんな作品に、あなたの名前を、僕は掲げる。たとえあなたに禁じられても。なぜなら、それは僕の「愛のしるし」だから。その愛は、強制で、押しつけで息づく愛だから。

じつは、「フェリーツェ・B嬢へ」とほぼフルネームで献辞が掲げられたのは、一九一三年の雑誌での初出の際だけである。三年後に単行本になったときには、それは「Fへ」と最小限まで省略された。後世に伝えられてきたのは、主にその単行本になったバージョンのほうである。だから、これまでその献辞の奇妙さについて、あまり問題にされてこなかったのかもしれない。また、後世の私たちは、フェリーツェとカフカがのちに実際に婚約したことを知っている。だから、小説のなかの婚約との不思議な符合も、カフカの鋭い予見として片づけられてしまっていたように思う。しかし、よく考えてみれば、この献辞をめぐる状況は、あまりに異常である。

カフカがその献辞をつけた時点、その小説を書き終えた時点では、まだ文通すら始まっていない。フェリーツェはブロートの遠縁にあたる女性だから、彼女についての噂のようなものは、会う前や、また会った後にも、カフカの耳に入っていただろう。しかし、実際に会ったのは、繰り返すがたった一回だけ、しかも二人だけでではなく、ブロートや彼の家族を交えて数時間歓談しただけである。そんな女性に、いやらしい女がスカートをめくって誘惑して婚約させたのだと父親が罵る物語を、強引にプレゼントしている。しかも、そのプレゼントされた女性が、彼女、フェリーツェ・バウアーであることは、彼女や彼の周囲の者であれば誰もがすぐに気づくような、ほぼフルネームの名前をつけた形で、だ。

強制でしか生きることのできない僕の愛とは何なのか。彼女にようやく手紙が書けたことを契機に、やっと書けたこの小説は、いったい何を伝えているのか。うっすらそれが見えてきたといえるだろう。『判決』の成功に気をよくしたカフカは、三日後には『失踪者』に着手する。今度は、自分の子供を産んだ女のことも、その子のことも一顧だにしない男の話である。約二ヵ月後、フェリーツェとの文通が頻度を増して、親密さも高まったころ、一気に二週間で書いたのが、あの『変身』だった。

二九歳の秋の約二ヵ月間で書いた三つの作品、『判決』、『火夫——断片』、『変身』を、カフカはいずれ、ひとつのまとまりとして「たとえば「息子たち」という表題の本」にすることを強く望んでいた。彼は一九一三年四月一一日付の出版者クルト・ヴォルフに宛てた手紙で「こうした約束を『火夫』についての今回の契約に明記していただけますでしょうか」とまで記している。

小生にとりましては、三つの物語のまとまりのほうが、それらのひとつひとつのまとまりにもまして大切なのであります。(『新全』(9)一二八頁)

あらためて次の点を指摘しておきたい。二〇代最後の年に書かれた小説の主人公が手紙を書き終えたのは、「すばらしく美しい春の」「午前」である。明るい日の光の中で、主人公は窓越しに「小高い丘」と「橋」を眺めている。一〇年後、三〇代最後の年に書かれた小説では、主人公は「晩遅く」到着して、霧と闇で覆われて見えない「城山」を「橋」の上で眺めている。

仕掛けられた罠

先に『失踪者』および『火夫――断片』の冒頭の翻訳に問題のある箇所がある、と述べた。それについて説明しておきたい。検討したいのは、一文めにある「貧しい両親」という語句の「貧しい」という形容詞である。ドイツ語の原語 „arm" には、たしかに「貧しい」という意味があり、誤訳ではない。確認できるかぎりで一〇種類近くある既訳でも、ほとんどが「貧しい」、いくつかが「貧乏な」、ひとつだけ「豊かでない」と、すべて経済的な困窮を表す言葉を使っている。

しかし、考えてみると、カールの両親は、はたして貧乏なのだろうか。前にもふれたが、彼は当時は高級品の雨傘とトランクを携えている。また、のちの箇所では、彼の父親が経営者であることが示唆されている（火夫を懐柔しようとして父親が従業員に葉巻を贈って手なずけていたことを思い出している）。そもそも、女中のいる家庭に「貧乏」という言葉はそぐわない。

とすると、原語の „arm" は、この場合「貧しい」、「貧乏な」ではなく、「哀れな」とか「不運な」というもうひとつの意味で解すべきように思える。たしかに一〇代の息子に子供ができてしまった両親というのは、哀れといえば哀れ、不運といえば不運である。とはいえ、それを「哀れな」とか「不運な」と訳してしまうと、何か大事なニュアンスが落ちてしまうようにも感じる。カフカは、むしろ読者に「貧乏」だと誤解させたくて、この語を使ったのではないだろうか。ふつうに読めばカールは同情すべき若者だと前に述べたが、そう読めるのはカフカがそう書いているからである。多義的な単語を絶妙に配置して、読者が〈誤った〉シンパシーを寄せてしまうように、わざと書いているように思えてならない。

ちなみに、英訳では、そのドイツ語の„arm"の訳としては、ずっと"poor"という語が使われてきた。ドイツ語の原語と同様に「貧乏な」と「哀れな」の二つの意味を持つ単語である。しかし、おそらくはいま示したようなカールの両親が貧乏だという〈誤解〉を生じさせるのを避けるためだろう、二〇〇七年に出されたスタンリー・コーンゴールドによる英訳では"poor"ではなく"stricken"（災難に遭った）という語が使われている（Corngold 2007, p. 12）。

カフカは、肝心なところを書かない。できるかぎりどっちつかずに書く。これまで繰り返してきたことを別の言葉でいえば、彼は読者の誤解を誘うように書いている。彼のその傾向は次のエピソードからもうかがわれるように思う。一九一三年に『火夫——断片』が本として出版されたとき、そこには口絵が添えられていた。それは一八四〇年ごろにロンドンとニューヨークで出版された『アメリカの光景』という本の挿絵のひとつ《ニューヨーク・ブルックリンの渡し場》という題の絵を銅版画にしたものである（図3）。その絵に描かれているのは、（カフカから見て）七〇年も前の初期の木造の蒸気船である。自分の本を初めて手にしてその絵を見たときの驚きを、カフカは出版者のクルト・ヴォルフに宛てた一九一三年五月二五日付の手紙で、こんなふうに綴って送っている。


小生の本の絵を見ましたとき、最初はとてもおどろきました、というのは第一に、超現代的なニューヨークを描いたはずのこの私を否認するものでしたし、第二に、物語よりも先に訴えかけ

図3　『火夫』初版口絵（複製）（KKAD App., S. 120）

てきて、絵ですから散文よりも集中的で、そのために、物語に対して有利な立場にあり、第三に、美しすぎたということです。〔…〕しかしいまは、私はもうとっくに了承しておりますし、小生に不意打ちをおかけになったことを、大そうよろこんでさえおります。〔…〕私は、私の本が、断じてこの絵の分だけ豊富になったのだと思っていますし、すでに力と弱点が絵と本の間で入れ替わっています。（『新全』(9)一三〇頁）

大事な点を指摘しておかなければならない。カフカの書く手紙というのは、彼の書く小説と同様、どれもかなりの矛盾をはらんでいる。この手紙も真意がつかみづらい。カフカは、その古めかしい船の挿絵について、腹を立てているのか、それとも喜んでいるのか。「超現代的なニューヨーク」を描きたいと思っていたのであれば、明らかに誤解を促すその絵については、立腹してしかるべきだろう。しかし、カフカは最初に不満のようなものを漏らしながらも、結局はその絵の掲載を喜び、その絵によって「豊富になった」とまで述べている。

しかし、「豊富になった」とは、どういうことなのだろうか。それは、もしかしたら、その絵が読者に自分の意図した以上の誤解を生じさせるということを意味しているのかもしれない。もしそうだとすれば、彼は自分が思っていることがうまく伝わらないことを喜んでいることになる。

ちなみに、「超現代的なニューヨーク」の光景としてカフカが思い描いている船というのは、タイタニックのような豪華客船だと思われる。あのタイタニック沈没事故が起こったのは、カフカが『失踪者』を書き始めるわずか五ヵ月前のことである。カールが傘を取りに船室に戻ろうとして迷路のような通路で迷子になった、というあたりは、まさに彼の乗っている船がタイタニック級の豪華客船であることを思わせる。当時、カフカの伯父や従兄弟たちは、すでにアメリカに移住していた。とすれば、大西洋を船で渡ることは身近な話題だったはずであり、あの大事故のニュースも耳に入っていたに違いない（であるなら、もしかしたらあの事故が物語の設定を思いつくきっかけのひとつだったかもしれない）。管見ではあるが、これまで研究者によって、その大事故と物語の関連が指摘されたことはなかったように思われる。しかし、これは着目してもいい点かと思う。いずれにせよ、もし彼がほんとうにタイタニックのような巨大船をイメージしながらそれを書いたのだとしたら、初版本のその挿絵はあまりに大きな誤解を誘うものだということになる。にもかかわらず、その絵の掲載をほんとうに喜んだのだとしたら、繰り返しになるが、カフカはわかってもらうためではなく、むしろわかってもらわないために書いているとさえいえるだろう。

カフカのテクストには、ようするにいたるところに罠が仕掛けられている可能性がある。誤解を誘うような言葉の使い方が随所でなされている。とすれば、翻訳に話を戻せば、翻訳とは、まさにその罠に真っ先にはまってしまう類の作業だろう。なぜなら、元の言葉の意味を〈正しく〉理解しないかぎり、別の言語への移し替えなどできないのだから。したがって、カフカの罠の存在は、翻訳の間違いとまではいわないものの、微妙なずれや抜けのうちに、もっともよく認識できるともいえる。本書では、すでに試みているように、それらカフカ特有の罠をできるかぎりわかりやすく指摘するため、カフカの文章の引用に際しては既訳を使い、それに関してコメントする形を取っていることを、あらためてお断りしておく。

ほんとうの到着

罠だらけのカフカのテクストを〈正しく〉理解するのは、ほんとうに難しい。何らかの意味づけをしようと思うと、たちまち足元をすくわれる。おそらく本書の読者も、先に私が語った二つの到着場面の比較から、次のような意味を受け取っただろう。二〇代最後の年のカフカは希望に溢れていたが、三〇代最後の年の彼は絶望の淵にいた。

しかし、そう単純ではない。たしかに、到着のトーンはまったく対照的だった。かたや光に包まれ、かたや闇に覆われている。一〇年前の主人公の視線の先には、自由の女神がある。「ずっと前から見えていた自由の女神の像が、まるで突然強まった陽の光のなかにあるように見えた」。なるほど、まさに光が射してきたかのように受け取れるが、しかし慎重に読めば、そこには「まるで」という言葉がある。とすれば、それが〈いま〉ほんとうに光に包まれているかどうかはわからない。考えてみれば、カフカが『火夫』とともに一冊の本にしてほしいと望んだ残り二つの短編も、主人公としてはバッドエンドの結末だった。かたや、悪魔のような息子と断罪され、橋から身を投げる。かたや、傷だらけで汚物にまみれ、自分の部屋でひとり死ぬ。それらに比べれば、『火夫』の終わり、『失踪者』の第一章の終わりは、はるかに明るい。ボイラー員と行動を共にしていたカールは、事務室で上院議員の伯父（と名乗る男）に出会い、結局はその上院議員の庇護を受けることになって、彼と共に上陸のためのボートに乗り込む。

上院議員がカルルに、用心して降りるようにといいましめると、カルルはいちばん上の階段の上ではげしく泣き出した。上院議員は右手をカルルの顎《あご》の下にあて、左手でしっかと自分の身体に押しつけて、彼の身体をなでた。こうして二人はゆっくり一段一段と降りていき、しっかと抱き合ったままボートに入った。上院議員はカルルのために自分の真向いにいい席を探し出した。（『筑大』「火」四〇八頁）

二人の極めて親密な様子——ただし、知り合ったばかりとは思えないほどの親密さではあるのだが——は、カールが今後、幸せに満ち溢れた生活を送る可能性を感じさせる。ところが、その下船のシーンの終わり（すなわち『火夫』の物語の最後）は次のような文章である。

ほんとうに、火夫なんかもういないかのようだった。カルルは、伯父の膝に自分の膝をほとんどつけんばかりにして、伯父の眼のうちをじっとながめた。この人がいつかあの火夫のかわりになることができるだろうか、という疑いが彼の心に起った。伯父のほうもカルルの視線を避けて、彼らのボートをゆさぶっている波のほうに視線を投げていた。(『筑大』「火」四〇八頁)

異国の地で名望家に拾われた彼には輝かしい未来が待っているようで、暗い予兆は十分にある。カールは伯父の眼を見つめているうちに疑念を抱き、いっぽう伯父は視線を逸らす。

ここでカフカのあの書き方を思い出そう。カフカは行き当たりばったりに書いていた。電光石火のスピードでペンを走らせながら、自分の内部からの言葉と出会い、驚き続けた。もしかしたら、あの衝撃の結末にはカフカ自身が一番ショックを受けたかもしれない。いや、納得したかもしれない。『判決』は、美しい春の日の午前を舞台にしてスタートさせたにもかかわらず、主人公には悪魔のような息子だという断罪が下った。『火夫』も、陽光の降り注ぐ新天地にたどり着き、伯父と出会うという幸運を嚙みしめたはずの主人公が、最後は暗い未来を予感している。「断片」という副題がついたその物語の続き、すなわち『失踪者』の第二章以降では、主人公は実際どんどん落ちぶれていく。

私は、カフカは書きながら確認していたのだと思う。自分がほんとうは何者であるのか、を。二〇代最後の年、ようやく自分の書き方をつかみ、これぞと思う女性との交際も始める。もしかしたら自分自身、希望に溢れているかのように信じたかったのかもしれない。しかし、内部から溢れ出た物語は破綻する未来を示唆するものだった。

カフカは、ほんとうはどこまで意識していたのだろう。どこまでわかっていたのか。難しい点ではあるが、ここで言葉にしておくべきことがひとつある。勘のいい読者は、すでにお気づきかと思う。カールの物語には、同性愛的な表現が多くある。いま見た伯父とカールの様子もそうだ。顎に手をあて、身体をなでて、抱き合い、見つめ合う。火夫との間でも同様の仕草は繰り返されている。直前の火夫との別れの場面では、カールは火夫の手を「自分の手のなかにもてあそびながらおさめていた」。そして、「火夫の指のあいだに自分の指をさし入れたり抜いたりした」(『筑大』「火」四〇七頁)。

それから、カルルは火夫の手に接吻しながら、泣いた。そして、ひびだらけの、ほとんど血のかよっていないようなその手を取って、自分の両頰に押えつけた。まるで思いきらなければならない宝のようだった。(『筑大』「火」四〇七頁)

火夫と出会ったとき、カールはすぐに彼のベッドに入って横になっている——「カルルはできるだけうまくはって入り、はじめに飛びこんでやろうとして失敗した試みを大きな声で笑った」(『筑大』「火」三九二頁)。火夫と別れた後のカールが伯父に求めたのは、「宝」のようだった火夫の代わりである。自分の膝を伯父の膝にほとんどくっつけながら、彼は伯父の眼を見つめている。

話を戻そう。一〇年後、三度の婚約も失敗に終わり、健康も失い、近づく死を意識している。そんな彼が書いたのは、冬の夜に到着する男の姿である。その男には、もはや何も見えない。視線の先は霧と闇に覆われてしまっている。ほんの微かな光も射していない。ところが、けっして完全な絶望とはなっていないところが、カフカである。彼は、その何も見えないところを見上げている。脆い木製の橋ではあるが、〈いま〉もかろうじて架かっている橋の上で、高みを見上げている。

第二章 ほんとうの編集

1917年

「私」はいつ「K」になったか

カフカをめぐる常識は、ほぼすべて疑ってかかる必要がある。再びこの言葉で始めたい。前章でそういっておきながら、そこでの考察は、さまざまな常識に基づいて進めてきた。じつは、前章での検討の根幹に関わるところも、本心では少し苦々しく思いながら、手続き上、まずは常識に頼らざるをえず、そうしてしまっていた。

あの冒頭――これまであの到着を始まりの箇所と見なしてきたが、ほんとうにそれはそこで始まっているのだろうか。あれはほんとうに冒頭なのだろうか。根底から崩れてしまうようなことを考え始めているが、そうせざるをえないのが、カフカなのだ。本章では、そんな思考に本格的に取り組んでいきたい。

手がかりとして、あの問いを思い出そう。なぜカフカは「私」を「K」に変えたのか。前章で提起したその問いについて、私はまだ何も答えらしきものを示していない。じつは、その問いはもう五〇年以上も前に提出されたものであり、その際、すでに〈答え〉と呼べるものも出されている。研究者の間ではとうの昔に片づけられた問いと認識されているかもしれないが、私はそこにもう一点、付け加えられることがあると思っている。半世紀前に出された答えと、私なりの新しい答えについては、次章で簡単に披露することにする。ここでは、それを検討する際のファーストステップをめぐって、少し思考しておきたい。

前章でふれたように、それをめぐっての考察を進めるには、まずどこまで「私」で書かれていたのかを正確に知る必要がある。現在では写真版が出されているので、それで確認しよう。写真版の頁をめくると、冒頭からずっと „ich“（私）が「K」に書き換えられている。その書き換えは、手稿の二六枚めの表面まで続く。では、そこで三人称への切り替えがおこなわれたのかといえば、そうではない。見つけなければならないのは、書き換えられている箇所ではなく、書き換えられていない箇所、つまり最初から「私」ではなく「K」と書かれている箇所である。それは、少し手前の二五枚めの表面で見つけることができる。具体的には、以下の箇所の「K」である。

「私の本心を見抜きましたね」と、Kはそんなにも不信を向けられていることに疲れてしまったように、いった。（『筑大』「城」一五七頁）

この「K」は、「私」からの書き換えではない、最初から「K」と書かれている「K」である（次章の図14参照）。つまり、カフカはこの箇所で、「私」ではなく「K」とせざるをえない何かを感じて、そう書いた。ただし、すぐに「K」に切り替えられたわけではなく、数行後でまた一度、おそらくはうっかり「私」と書いている。次の二五枚めの裏面では、その種のうっかりはまったく見つけられないものの、さらに次の二六枚めの表面では、またもや「私」で語ってしまっている箇所が多く見つけられる。そして、それが最後である。二七枚め以降では、すっかり切り替えが終わったかのように、一貫して「K」で語られている。

では、なぜその箇所で切り替えられたのか。それを考えるのであれば、ふつうは次の段階として、そこまでの過程でどんな内容が語られてきたのかを確認するだろう。すでに私たちは、「私」が到着して、宿屋で夜中に執事の息子だと名乗る男と会話し、その若い男が電話をかけるところまで見てきた。常識的なアプローチだと、そこから右の切り替え箇所までどんな展開があったかを確認していく。つまり、次にそこまでのあらすじを紹介すべきところなのだが、しかしそうしようとして私は非常に大きな困難を感じてしまう。なぜなら、どうまとめればいいか、どうあらすじを語っていいかがわからないからだ。

例えば、ウィキペディアの「城（小説）」の項目では、この物語はごく大雑把に以下のように述べられている——「とある寒村の城に雇われた測量師Kがいつまで経っても城の中に入ることができずに翻弄される様子を描いている」。ようするに、これが、この物語を一番大枠でまとめようとしたときの一般的な理解だろう。だが、正直にいって、いま引いた文のすべてが、私にはそれでいいかどうかがわからない。主人公は、ほんとうに「とある寒村の城に雇われた測量師」なのだろうか。彼は測量技師なのか、城に雇われているのか。前章でそこを問題にしたことを思い出したい。

先の一文の前半は、かように容易にぐらつくが、後半もまた同様にぐらつく。主人公は、ほんとうはいったい何がしたいのか。彼は本気で城に入るつもりなのか。すでに前章で言及した電話を見逃していた点は、それを疑わせるものだ。もうひとつ、後で確認するが、もし本気で城にアクセスしたいのなら取り逃すはずのないチャンスを彼はいくつも逃している。実際、この物語をいくら先に読み進めようが、彼の本心はいつまでたってもよくわからない。つまり、主人公のアイデンティティもわからないし、彼が何をしたいのかもわからない。あれもこれもわからないまま、何をどうまとめればいいのか。

ここで考察の方向を切り替えて、あらためてあの問いに戻ってみたい。Kは、いや「私」は、ほんとうに測量技師なのか。若い男が電話をかけて、「私」のみすぼらしい身なりを報告するところまで確認した。続く箇所で伝えられるのは、こんな測量技師がほんとうに来ることになっているかどうかを本部事務局に問い合わせてほしいとシュヴァルツァーが電話の相手にお願いする様子である。そして、次のくだりとなる――「それから静かになった。フリッツがむこうで問い合わせしており、こちらでは返事を待っているわけだった」（『筑大』「城」一三五頁）。その返事を待つ間、「私」はシュヴァルツァーの電話での報告の仕方を振り返り、城ではこんな下っ端でも外交的な話術を身につけていると感じる。そして、こう続く。

また城の連中は勤勉さにも事欠かなかった。本部事務局は夜勤もやっていた。それですぐさま返事をよこしたらしかった。それというのは、早くもフリッツが電話をかけてきたのだ。とはいえ、この知らせはきわめて短いもののようだった。シュワルツァーが腹を立てて受話器を投げ出したのだ。

「ほら、いったとおりだ」と、彼は叫んだ。「測量技師なんていう話は全然あるものか。卑しい嘘つきの浮浪人なんだ。おそらくもっと悪いやつなんだろう」（『筑大』「城」一三五―一三六頁）

電話はどこにかけたのか

測量技師なんて話はまったくない、その男は嘘つきに違いない。こういわれた「私」は、どう反応したのか。重要な箇所なので、少し丁寧に見ていこう。以下、再び既訳の「K」を「私」に変えて、長めに引用する。

一瞬私は、シュワルツァーも農夫たちも亭主もおかみも、みんなが自分めがけて押しよせてくるのではないか、と思った。少なくとも最初の襲撃を避けようとして、すっかりふとんの下にもぐりこんだ。そのとき、電話がもう一度鳴った。しかも、とくに強く鳴ったように私には思われるのだった。私はゆっくりと頭をもたげた。またもや私についての電話だということはありそうにもなかったのだが、みんなは立ちすくんでしまい、シュワルツァーは電話機のところへもどっていった。彼はそこでかなり長い説明を聞き取っていたが、やがて低い声でいった。

「それじゃあ、まちがいだというんですね？　そいつはまったく面白くない話ですよ。局長自身が電話をかけられたんですか？　変だ、変ですね。測量技師さんに私からなんて説明したらいいんです？」（『筑大』「城」一三六頁（改））

重要な箇所だといった意味がおわかりだろう。嘘つきと呼ばれた「私」は、明らかにそれを事実と認めるかのような動作をしている。もしその発言がまったく事実に反していたら、ふつうであればとっさに怒りを感じるはずだ。ところが、「私」は、みんなが自分を襲うだろうと確信している。手稿を見ると、先の引用のなかの次の一文「少なくとも最初の襲撃を避けようとして、すっかりふとんの下にもぐりこんだ」は、後から追加されている。つまり、襲われるという確信を示すこの動作は、おそらくは意図的に書き込まれたといえるのである。

手稿のこの箇所からは、もうひとつ面白い情報が読み取れる。右のシュワルツァー＝シュヴァルツァーのセリフの最後、「変ですね」に続く一文（「測量技師さんに私から〔…〕」）は、元の文が削除されて書き加えられたものである。もともとはこう書かれていた――「いや、非難するつもりはないよ。きみにまったく罪はない、ありがとう、ありがとう」（FKAS, Heft 1, S. 18-19）。

あれっと思われた方もいるだろう。いま私は、シュヴァルツァーの言葉を、かなりラフに、友だちに接するときのような言葉で訳した。なぜなら、原文のドイツ語では、その箇所でduという親しい間柄を示す二人称代名詞が使われているからである。ただし、正直にいって、そう訳すのが正解かどうかはわからない。二人の関係性が不明だからだ。ドイツ語の親称二人称の使い方は複雑で、必ずしもそれは親しさの指標とはかぎらない。既訳では、シュヴァルツァーとフリッツの会話は、距離感を保った、いかにも役人同士らしいそれとして表現されている。会話の流れ、とくに先の部分が削除された流れの全体でいえば、そう理解するのが自然だろう。

ここであらためて、シュヴァルツァーの電話先について整理しておきたい。そもそも、最初に彼は、どこに電話をしたのだろうか。前章で引用した箇所を見直してもらえばわかるが、そこにはこんな一文があった――「執事は眠っていたが、執事の下役の一人のフリッツ氏が電話に出たのだ」（『筑大』「城」一三五頁）。つまり、「執事は眠っていた」ということは、それは執事が寝泊まりする場所だということだ。そして、夜中の〈いま〉彼は眠っているというのだから、そこはもしかしたら執事の自宅の可能性もある（もちろん住み込みの場合も大いにあるだろうが）。ここで、若い男シュヴァルツァーが最初に登場した場面で自分は「城の執事の息子」だと名乗っていたことを思い出したい。とすれば、彼が夜中に電話した先は自分の家なのかもしれないとも思えてくる。

いや、彼はほんとうに「執事の息子」なのだろうか。こんな疑問を発するのは、彼が嘘をいっていると疑っているからではない。いや、じつはそれも考えたい部分なのだが、そこは後で扱おう。いまいいたいのは、はたして「執事」は「執事」でいいのか、ということだ。「執事」の元のドイツ語の単語は „Kastellan“ なのだが、つまりその訳は「執事」でいいのか。この „Kastellan“ は、小学館の『独和大辞典』では第一義として「城代」という訳が載っている。そして、二番めの意味が「管理人、番人」だ。

英訳を確認してみよう。一番古いものだと、そのもの “Castellan” (Muir 1930 (1999), p. 6) と訳されている。ようするに “castle” = „Kastell“ (城) であり、“castellan” = „Kastellan“ は中世ヨーロッパにおける城主を指す。城主となると、まさに城の主ではあるのだが、歴史的に見てこの場合の城主は基本的に武将である。ちなみに、日本語の「城代」という語も、たんなる城主の代理ではなく、城や領地の守備を任された者を意味する。なお、“castellan” という英単語は現代ではほぼ使われないので、近年の訳では “steward” (支配人、財産管理人) (Harman 1998, p. 7)、あるいは “warden” (監理者、所長) (Bell 2009, p. 10) が用いられている。いずれにせよ、使用人頭に相当する “butler” (執事) という語は使われていない。

となると、日本語でその語を「執事」と訳すのは、かなり的外れ、濃いグレーだ。ただし、残念ながら、現在流通している既訳のすべてで、それは「執事」と訳されている（一九五三年に河出書房から出された岡村弘訳では「城代」である）。つまり、日本の読者は誰もが、あの若い男は執事の息子だと理解していることになる。だが、もしそれが「城代」と訳されていたらどうだろう。印象はかなり変わってくるのではないだろうか。

もし「城代」と訳されていたら、かなりラッキーなことに、「私」はいきなり中枢部にアクセスしたことになる。到着するや、城代の息子に声をかけられ、夜中にもかかわらず彼の父親の城代に電話をかけてもらえたのである。しかも、自分の頭の真上で。

ただし、なぜか「私」はその点に気づかないまま、電話の話を聞いている。そもそもラッキーだといえるのは、彼が城に入りたいと思っている場合であって、もしそう思っていないなら、ラッキーでも何でもない。いずれにせよ、結局はさほどラッキーではなかったわけで、なぜなら城代は眠っていて、電話に出たのは「執事の下役の一人のフリッツ氏」、いや、「城代の下役の一人」だからだ。

出まかせの肩書き

「城代の下役の一人」——この謎な肩書きについて、少し考えてみたい。

原語を確認すれば、それは „Unterkastellan“ である。„unter-“ という接頭辞は「下」という意味であり、だから「下役」である。英語では “sub-” とか “deputy-” と訳されていて、「副」とか「代理」と理解されている。いずれにせよ、それのひとりということは、逆にいえば下役は複数いるということである。代理だとすれば、代理が複数いるということだ。

大事な点を指摘しておきたい。じつは、この物語には意味不明な肩書きがいくつも登場する。例えば、主人公はのちの箇所で手紙を受け取るが、その手紙の差し出し人の肩書きは „Der Vorstand der X. Kanzlei“ だ。これは、現在流通している既訳では「X官房長」(『筑大』「城」一四七頁)、あるいは「X庁長官」(『新全』(6)三〇頁)、あるいは「X局局長」(『白全』(3)四二頁)となっている。ドイツ語の „Vorstand“ という単語にはシンプルに何かの組織の上の人、あるいは長といった意味しかないから、こうばらばらになっているのは „Kanzlei“ の語の理解がばらばらだということだろう。実際、「官房」、「庁」、「局」とまちまちに訳されている。なお、英訳も確認しておけば、例えば “Chief of Department X” (Muir 1930 (1999), p. 21) あるいは “Exective, Office X” (Bell 2009, p. 24) である。„Kanzlei“ のみならず „Vorstand“ の訳も異なっている。他に、「X」をローマ数字の10と解釈して “The Director of Bureau No. 10” (Harman 1998, p. 23) としているものもある(一九五三年の岡村弘訳も「第十局局長」である)。いずれにせよ、英語でも苦心している様子がうかがわれる。

いま見た例では、肩書きが意味不明というより、その肩書きが属する組織が意味不明というべきだろう。実際、物語のなかで設定されているはずの組織は、謎に満ちていて、どうなっているかわからない。いわゆる組織図のようなものは、まったく描けない。しかし、よくよく考えてみると、それはそうなるだろう。なぜなら、カフカは行き当たりばったりに書いているのだから。彼があらかじめ組織の全体像を把握して書いているはずがない。つまり、確たる組織構造や統治機構は、そもそもないのである。とすれば、部署名や機関名は、どれもその場のとっさの思いつきだということだ。また、それらに属する肩書きも、思いつきというか、出まかせだということである。

もう一例を挙げておこう。二度めの電話で測量技師の話などないといわれて、「私」は布団に潜り込んだ。そのとき、電話がもう一度鳴る。今度は、かなり長い説明をシュヴァルツァーは聞いて、そしてこういった――「それじゃあ、まちがいだというんですね？〔…〕局長自身が電話をかけられたんですか？」（『筑大』「城」一三六頁）

　このセリフに「局長自身が電話をかけた」という部分がある。この「局長」は、いったいどこにどんな電話をしたというのだろう。いや、それは「局長」なのだろうか。翻訳で読むと、それは「本部事務局」の局長だと理解される。しかし、ドイツ語で読むと、その点は若干曖昧になる。そこまでの箇所で「本部事務局」と訳されてきたドイツ語の原語は „Zentralkanzlei“、すなわち „zentral“（＝central（中央の））„Kanzlei“（官房あるいは事務所）である。いっぽう、このセリフの「局長」の原語は „Bureauchef“、すなわち „Bureau“（オフィス）の „Chef“（チーフ）、だから „Kanzlei“ ではなく „Bureau“ だ。いや、もちろん „Kanzlei“ も „Bureau“ も同じ事務所、オフィスを指していると理解して、オフィスのチーフとは本部事務局長のことだと理解することも可能だ。しかし、別の単語がわざわざ使われていることから、別のところを指していると理解することも可能だろう。いずれにせよ、ほんとうのところはわからない。いったい誰が、どこに問い合わせて、そして誰が承認して、その承認を誰が、誰に伝達しているのか。電話の向こうで何が起こっているのか、読者にはまったくわからない。

　話を戻して、電話先をめぐる思考を続けてみよう。最初の電話の相手は、城代の下役のひとりのフリッツである。そのフリッツに、シュヴァルツァーは、ほんとうに測量技師が来ることになっているのか、本部事務局に確認してくれるように、お願いした。そして、電話が鳴って、短い話をしたシュヴァルツァーは、測量技師なんて話はあるものか、と叫んだ。さて、ではこの二度めの電話は誰からのものか。

フリッツからに決まっているじゃないか、と思われるかもしれない。たしかに、その電話はフリッツからだとしっかり書かれている――「早くもフリッツが電話をかけてきたのだ」。しかし、ほんとうに電話をかけてきたのはフリッツなのだろうか。この疑問は、主人公をKとして読んでいるかぎりでは絶対に出てこない疑問である。なぜなら、三人称小説で、そう書かれていたら、それは客観的な〈事実〉として読まなければならないからだ。だが、いま私たちは、この物語を一人称小説として読んでいる。つまり、そこでは「私」の視点から見たことだけが伝えられている。とすれば、「私」にどうしてフリッツからの電話だとわかったのか。シュヴァルツァーが電話を取った瞬間に「ああ、フリッツ」とでもいったのだろうか。しかし、「きわめて短いもののようだった」という部分からは、そんな余裕のある会話が交わされたようには思われない。フリッツが電話をかけてきたというのは、客観的な事実というよりも、「私」がそう推測したと考えるべきだろう。

先の引用を見直してもらえればわかるが、本部事務局に問い合わせをお願いして、すぐに折り返しの電話がかかってきている。その時間の短さは、もしかしたら本部事務局が、フリッツを通してではなく、直接に電話をかけてきた可能性を示唆しているといえなくもない。もちろん、かなりうがった見方であって、自然に読んでいたら、そんな可能性はほとんど考えない。しかし、あの前に確認した削除箇所を思い返すと、電話の相手の特定に関わる要素をできるだけ消していこうという書き手の方向性がうかがわれるといえなくもない。念のためにいうが、あのduという親称二人称は、三度めの電話を受けて発せられたものである。その三度めの電話も、自然な流れでいえば、フリッツからのものと読める。だから、私たちも一度、その消されたセリフから、シュヴァルツァーとフリッツの関係性を考えた。しかし、それはほんとうにフリッツからのものだったのか。

カフカの小説では、通信に関わることがすべて謎である。電話だけではない。第一章で、手紙のうさんくささを示唆した。先に見た局長、いや、長官、いや、官房長からの手紙も、相当にうさんくさい。それは、いったいほんとうは誰からの手紙なのか。差し出し人に関する箇所を、いま一度引用しておこう――「署名は読めなかったが、署名のそばに「X官房長」と印刷されていた」(『筑大』「城」一四七頁)。つまり、署名は読めない。

アイデンティティの正体

さて、この三度めの電話の後どうなったか、もう少しだけ見てみよう。シュヴァルツァーの先のセリフの後には、こんな文章が続いている。ただし、手稿ではなく、ブロート版や批判版で読む場合だ。

私はじっと聞いていた。それでは城は私を土地測量技師に任命したのだ。それは一面、私にとってまずいことだった。というのは、そうだとすると城では私について必要なことをいっさい知っており、いろいろな力関係をすべて計算ずみで、微笑をたたえながら闘いを迎えた、ということになる。だが、他面、好都合でもあった。というのは、それは私の考えによると、私が過少に評価されており、そのためにはじめから望みうる以上に自由をもつ、ということを立証するものであった。そして、もしこうやって私の土地測量技師としての身分を承認して、自分たちがたしかに精神的に上位にいることを示し、それによって長く私に恐怖の気持を抱かせておくことができる、と思っているのなら、それは思いちがいというものだ。少しばかりぞっとさせられはしたが、それだけの話だ。（『筑大』「城」一三六頁（改））

「私」は、測量技師だと認められたことを喜ぶのではなく、一面で「まずいこと」と受け取っている。なぜなら、それは、「私」の解釈によれば、城が力関係を計算したうえで、いいかえれば勝てる見込みで「闘いを迎えた」ことになるからだ。……と思いながらも、いっぽうで「私」は、それは自分にとっては好都合だとも思っている。なぜなら、自分はそれでもって望んだ以上の自由が得られるからだ、と。いったいどういうことなのか。ふつうに読んだら、わけがわからないだろう。

　ここで、先に私が右の引用の前に「手稿ではなく」と断りを入れたことを思い出してもらいたい。手稿では、じつはシュヴァルツァーの三度めの電話のセリフの後に、こんな文が続けて書かれていた。「すぐにわたしは飛び起きた。冷静さなどどこかにいって、ただちに節のついた杖を握って、背中を硬くして〔…〕」(FKAS, Heft 1, S. 18-19)。つまりは、武力で戦おうとする「私」の様子が描かれようとしていた。ところが、その数行は消されて、右に引用した文章、「私はじっと聞いていた」で始まる文章に書き換えられた。

　この書き換えは、もしかしたらカフカ自身がこの時点ではまだいまひとつわかっていなかったことを示唆しているのかもしれない。「私」はいったい何と戦っているのか。戦いとは何なのか。書き手自身がおぼろげにしかわかっていなかったから、うっかり実際に殴り合う構えを「私」に取らせてしまった。ところが、すぐにその戦いとは物理的な格闘ではないことに気づいて、削除した——。

何度もいうが、カフカは行き当たりばったりに書いていた。行き当たりばったりにペン先から流れ出てくる言葉が、虚構の世界を作り上げていく。前章で述べたように、この小説では「語る私」は「経験する私」のほんのゼロコンマ数秒後の「私」である。「私」が目にして、耳にしたことが、ほぼ同時に言葉にされて、世界が構成されていく。「私」が電話を見つけると、電話はそこにある。物質的なモノだけではない。非物質的なコトについても、「私」が言葉にすると、それは事実となる。つまり、「私」が測量技師だと名乗ると、彼は測量技師だ。いや、正確には、測量技師だと公的に認められる。認めるのは誰なのか。それはわからない。電話の相手はわからない。電話の向こうに誰がいて、どんな組織があるかはわからない。どこからか、誰からか、何らかのメッセージが伝えられて、そして社会的にそれが事実となる。向こう側の正体は、まったくわからない。

ともかく、繰り返すが、「私」は電話で測量技師だと認められた。そして、その後に続く物語では、人々はみな「私」を測量技師だと認めている。「私」の社会的なアイデンティティは、測量技師である。つまり、その世界は、正体のわからない何かによって、出まかせの言葉まで、あっという間に事実になっていく世界だということだ。すべてのインチキがインチキではなくなっていく世界である。

あらためて、あの問いに戻ろう。「私」は測量技師だろうか。「私」は口から出まかせをいったはずなのだから、測量技師ではない、といって間違いではない。しかし、「私」は測量技師ではないものの、測量技師だと社会的に承認されている。再度、もうひとつの問いも考えたい。なぜあらすじが語れないのか。十分おわかりいただけただろう。主人公が土地測量技師であるかどうかの一点すら、答えがわからない。ストーリーを語るためには、登場人物たちの名前、あるいは少なくとも何らかのアイデンティティを示さざるをえないが、よく考えると彼らについては確かなことは何ひとつわからない。あの夜中に「私」が会話をしたあの若い男は誰なのだろう。シュヴァルツァーと電話で名乗ったとのことだが、しかしほんとうにそうなのか。その若い男は、「私」を起こしてすぐに、自分のことを執事の、いやKastellanの息子だと自称したが、それもほんとうにそうなのか。

ちなみに、右の電話のくだりの少し後、翌朝「私」が目覚めて宿屋の亭主と会話をする場面で、そのKastellanのことがもう一度話題になる。次のように、「私」は壁にかかっているある絵に目をとめる。本来、前の晩から目に入っていたはずであるにもかかわらず、「私」は朝になってその絵にようやく気づく。その不自然さについて、おなじみの言い訳めいた文言があることにも着目してほしい。

部屋を出ようとして、壁の上の黒い額ぶちにはまった暗い肖像画が私の目にとまった。寝床のなかにいるときから気がついていたのだが、遠くからでは細部がはっきりわからず、ほんとうの絵は額ぶちから取り去られてしまったのであって、黒い裏打ちの布だけが見えているのだ、と思っていた。ところがそれは、今わかってみると、ほんとうに絵であった。およそ五十歳ばかりの男の半身像だ。(『筑大』「城」一三七頁(改))

続く箇所では、その絵の男は頭を深く胸の上に垂れているので眼は見えないと語られる。そして、この男は誰なのかと「私」が尋ねると、亭主は、それはKastellanだと答える。その答えに対して「私」は、城には立派なKastellanがいるようだが、あんなできそこないの息子がいるとは残念だね、という。すると、亭主は「私」にこう耳打ちする。シュヴァルツァーは、じつはちょっと誇張したのであって、彼の父親はほんとうはKastellanではなくてUnterkastellanであって、しかもそのなかでも一番下なのだ、と。

この亭主の耳打ちは、大事なことを二つ伝えている。シュヴァルツァーは、やはり自分の身分を正確には伝えていなかった。とすると、この世界の登場人物たちは、嘘をつく、いや、そうまではいわないとしても、誇張したり、ごまかしたりして、ほんとうのことを正しく伝えない、ということである。それから、もうひとつ、Unterkastellanという Kastellanの下の職についている者は、先のフリッツの場合について見たように複数いるだけでなく、亭主によれば、その下のランク自体が複数ある、すなわち、その下の下の下のランクの者もいる、ということである。下を代理と理解すれば、代理の代理の代理がそれぞれ複数いるということになる。

「章」とは何か

発端に戻ろう。本章での考察を、私は最初、なぜ「私」が「K」に変わったのか、という問いに取り組むことで始めようとした。そして、その「K」に変わった時点を手書き原稿の二五枚めの表面だと確認して、そこまでのあらすじをざっと語ろうとしたものの、それができず、ここまで横滑りし続けてしまった。

すでに私は、かなりの紙数を『城』をめぐる解説に費やしている。だが、じつはまだその長編小説の最初の数頁ぐらいについてしか話題にしていない。いまやっと、到着した「私」がその夜中に電話で測量技師だと認められるところまで語ったが、それはドイツ語の批判版の頁数でいうと一三頁めだ。批判版の本文は七頁から始まっているから、実質たった六頁分だ。批判版の『城』の本文篇は四九五頁まであるから、全体のほんの一パーセントぐらいしか扱っていない。そして、件の二五枚め表面に相当する批判版の頁数は、六四頁めである。

ところで、日本語訳でいうと、それはどこにあたるのだろうか。前章で説明したように、ここでの引用は、批判版を元に訳されたものではなく、昔のブロート版を元に訳されたものから引いている。しかも、その訳文は現在では全文が「青空文庫」にアップされているとも述べたので、本書を読みながら青空文庫を参照している人も少なくないと思う。だから、その青空文庫上でどこか〈場所〉を指示したいのだが、Ｗｅｂ上の本の場合、頁という概念は役に立たない。ということで、それとは別の方法、第何章のどのあたり、という方法で示さざるをえなくなる。その仕方でいうと、夜中の電話の場面は、第一章のはじめ五分の一あたり、それから「私」から「Ｋ」への書き換えが生じた箇所は、第三章のはじめから三分の一あたり、といった具合である。

さて、ではここから先は、第何章のどのあたりと場所を示して話を続けようといいたいところだが、しかし、そうしようとすると、またもや途方に暮れてしまう。なぜなら、『城』における「章」

とはいったい何なのか、私にはそれがわからないからだ。前章で、ブロート版と批判版では、マクロな部分では大きな違いがあるが、ミクロな部分はあまり変わらない、と述べた。そのマクロな部分の大きな違いのひとつが、じつはこの「章」に関わっている。

またもや、しっかり脇道にそれざるをえない。では、章とは何か。いや、『城』の章とは、いや、まずはその章の違いとは何か。端的にいえば、違いは数だ。ブロート版での『城』は二〇章立てだが、批判版のそれは二五章立てである。章の数が五つ違う。その五章分の違いは、批判版で新たな文章が追加されたからではなく、同じものをどう分けたかの違いから生じている。具体的には、例えばブロート版で第一一章と第一二章とされているものが、批判版ではあわせて第一一章になっている。また、逆にブロート版で第一三章となっているのが、批判版では第一二章から第一四章である。したがって、引用箇所の場所を章で示す際には、その章の数がブロート版に基づいているのか、あるいは批判版なのかを先に伝えておく必要がある。

最初の一〇章分については、わずかな相違（第一章と第二章の分け目）を除いて、さほど違いはない。だから、先に述べた電話の箇所と書き換え箇所についての場所の指示は、ブロート版でも批判版でも同じである。ただし、第一一章以降になると、右で例示したような感じで、かなり大きな違いを見せていく。

それにしても、章の分け目が異なるというのは、どういうことだろうか。一言でいえば、カフカ自身は章を明確に定めていない、ということだ。批判版で二五章立てというのは批判版の編集者マルコム・ペイスリーがそう解釈した結果であり、ブロート版で二〇章立てというのはブロートがそう解釈した結果だということだ。ちなみに、ブロート版と批判版では、章の数だけでなく、タイトルの有無という違いもある。批判版では第一章に「到着」、第二章に「バルナバス」というようにタイトルがつけられているが、ブロート版にはタイトルはない。

では、彼らはそれぞれ何を根拠に解釈したのか。ブロートは説明していないが、ペィスリーは批判版の資料篇でかなり詳しく解説している。それによれば、ペィスリーが章分けの判断の根拠としたのは、大きくいえば二つ。ひとつは文章の区切れを表す短い横線であり、もうひとつは文章のあいだに書き込まれた「章（Kapitel）」という文言だ。これ以外に、第一章から第三章を区切るために、二枚のキーワードリストが用いられている。さっき「わずかな相違（第一章と第二章の分け目）」といったその違いは、そのリストの解釈に起因している。このリストとはどういうものであるかについては、あまりに細かな説明が必要になるので、ここでは省略する。関心のある方は、拙著（明星 二〇〇二）を参照されたい。

二〇年以上前のその拙著には、批判版のどの章の区切りが、どの要素を根拠に判断されたのかを示す一覧表を載せている。また、そこではブロート版との差異も示した。ただし、かなり昔に作成したその表には若干の誤りも含まれているので、この機会にアップデートした表を掲げておく。新たな表では、二〇一八年に刊行された『城』の写真版との比較も新たに加えている。また、次章で述べるが、じつはブロート版は、初版とその後の版では、結末部分が異なる。改訂された版では、初版の終わりにかなりの分量のテクストが付け加えられている。今回の表では、その増加についてもわかるように示している。

あらためてここでおことわりさせていただきたい。今回のことに限らず、本書で論じていることの大部分は、過去に私自身が論文として書いた堅い文章をベースにしたものである。論述の都合や紙幅の都合上、これまでの思考のすべてを盛り込むことはできないので、大事だと思うポイントについては、いまのように過去の拙文への参照指示を入れざるをえない場合がある。とくにカフカ・テクストの編集の問題を扱う際には、二〇年以上も昔の拙著を示すことが多々あるかと思う。ただし、さらにおことわり、いや、言い訳をさせてもらえるなら、その古い本には若書きゆえの間違いや未熟な見解が相当数含まれている。また、手稿の所在や出版状況をめぐる情報も古い。全部とはいえないものの、要所要所はその後学術雑誌等に発表してきた拙論で訂正や情報のアップデートをおこなっている。巻末に主なものの一覧を掲げるので、正確な理解のために、それらも併せて参照していただくよう、お願いしたい。

なお、もう一点、大事なおことわりをさせていただきたい。本書はわかりやすく伝えることを一番に考えているため、最初のところでもふれたように、学術的な煩瑣な議論に入ることはできるだけ避けている。そのため、本来であれば言及すべき先行研究についても、読みの流れを妨げないよう、最小限に数を絞りこんで扱っている。文献一覧も、過剰な供給にならないよう、本書で直接的に参照したものにとどめている。もし学術的な詳しい情報を入手したいと思われる場合は、過去の拙論から遡ってたどっていただくことをお願いしたい。

<table>
<tr><td>プロート版</td><td rowspan="2">写真版（2018年）</td></tr>
<tr><td>第3版（1946年）、第4版（1951年）</td></tr>
<tr><td>第1章（30頁24行）</td><td rowspan="4">ノート1（108頁13行）</td></tr>
<tr><td>第2章</td></tr>
<tr><td>第3章</td></tr>
<tr><td>第4章</td></tr>
<tr><td>第5章</td><td rowspan="4">ノート2（183頁18行）</td></tr>
<tr><td>第6章</td></tr>
<tr><td>第7章</td></tr>
<tr><td>第8章</td></tr>
<tr><td>第9章</td><td rowspan="6">ノート3（288頁3行）</td></tr>
<tr><td>第10章（202頁7行）</td></tr>
<tr><td>第11章</td></tr>
<tr><td>第12章</td></tr>
<tr><td>第13章</td></tr>
<tr><td>第14章</td></tr>
<tr><td>第15章（366頁14行）</td><td>ノート4（369頁18行）</td></tr>
<tr><td>第16章（377頁7行）</td><td rowspan="4">ノート5（451頁8行）</td></tr>
<tr><td>第17章</td></tr>
<tr><td>第18章</td></tr>
<tr><td>第19章</td></tr>
<tr><td>第20章（494頁8行）</td><td rowspan="2">ノート6</td></tr>
<tr><td>「ゲルステッカーの異文」＊第3版あとがきに収録</td></tr>
</table>

章分け　……………　リストA　――――　短い横棒
　　　　- - - - - - -　リストB　━━━━　「章」

『城』の章分け

批判版（1982年）				
頁	章題	章分け	初版(1926年)	第2版（1935年）
7~32	1　到着		(30頁24行)	第1章（30頁24行）
33~58	2　バルナバス			第2章
59~72	3　フリーダ			第3章
73~91	4　女将との最初の対話			第4章
92~120	5　村長のもとで			第5章
121~140	6　女将との二度目の対話			第6章
141~155	7　教師			第7章
156~169	8　クラムを待つ			第8章
170~185	9　尋問を拒む戦い			第9章
186~194	10　通りで		(202頁7行)	第10章（202頁7行）
195~211	11　学校で			第11章 第12章
212~222	12　助手たち			第13章
223~238	13　ハンス			
239~255	14　フリーダの非難			
256~269	15　アマーリアのもとで			第14章
270~294	16		(366頁14行)	第15章（366頁14行）
295~318	17　アマーリアの秘密			
319~333	18　アマーリアの罰			
334~345	19　乞食行			
346~370	20　オルガの計画			
371~384	21		(377頁7行)	第16章（377頁7行） 第17章
385~401	22			第18章
402~426	23			
427~450	24			第19章
451~495	25			第20章（494頁8行）

＊ブロート版および写真版の（　）は、章の末尾を批判版の頁・行で示したもの。
ブロート版では章題などは示されていない。

批判版の章題は、白水社版の訳に基づく。ただし、批判版に章題がないものは空欄とする。

矛盾する編集方針

ペィスリーによる具体的な根拠を示しながらの章分けの説明は、かなり説得力がある。とすれば、それでもってようやく〈正しい〉姿を手に入れたのだろうか。

この場合の正しさを判断する基準は何になるのだろう。たぶん誰もがこう答えることだろう。カフカの意図に合致しているかどうかだ、と。ようするに、カフカがもし出版したら、どんな〈形〉をつけたか。それを推測して、その推測に基づいて形をつけるのが〈正しい〉――。

しかし、そうだろうか。この推測には、手前の前提部分に別の推測が潜んでいる。カフカはこれをいずれは出版するつもりだった。当たり前のように設定されているその前提も、ひとつの推測である。

もちろん、それは自然な推測だろう。そもそも小説を書くということは、出版を目指しているとふつうには考えられる。また、この場合もたしかに、「章」の語が書き加えられている点や、振り返りのワードリストが作成されている点から、形を整えている様子は十分にうかがえる。あの「私」から「K」への書き換え（その修正はかなりの量に及ぶ）も、全体の整合性をつけようという意図を示唆しているだろう。

しかし、だからといって、一〇〇パーセントそういえるかといえば、そうではないだろう。ほんとうに公表するつもりだったのか、本気で完成させるつもりだったのかと考え始めると、なかなか難しい。ほんとうに本気なら、もっとがんばって完成させたはずだといってしまうこともできる。いちおう目指しはしたものの、ほんとうはどうでもよかったのだといえなくもない。ともかく振り子を逆に振って考えれば、いまある『城』の形は、大部分において妥当性を失う。そもそも作者本人が形を整えないまま放棄したものを、なぜ形を整える必要性があるのか。批判版がカフカの書いたほんとうを伝えようとするのであれば、なぜ推測に推測を重ねて、それらしい形に仕上げているのか。

実際、この点で、批判版の編集はきわめて矛盾した方針を見せている。一九八二年刊行の『城』と同様に、一九八三年の『失踪者』も、また一九九〇年の『審判』も、いずれも章がきちんと立てられて、章タイトルも、また作品全体のタイトルもつけられている。ところが、そこまで手が入れられているのは、それら長編小説の三作のみである。

一九九二年に刊行された『遺稿と断片Ⅱ』、一九九三年の『遺稿と断片Ⅰ』では、その種の手入れが避けられて、ふだん目にしない不思議な形のテクストが提示されている。つまり、そこではノートやルーズリーフ上のさまざまな種類の断片が、そのまま雑多に書かれた順番で、ノートごと、紙束ごとに並べられているのである。批判版の編集者は、帳面上の形態と順番をそのまま再現しようとする方針を、「帳面丸写し主義」と名づけた（前述の拙著でそう意訳した。なお、原語の „Schriftträgerprinzip“ は直訳すれば「書字搬送体主義」）。ようするに、中断しているものは中断しているまま、物語の書き出しやメモ、アフォリズム、手紙の下書き、日記ふうの書き込みなどを、書かれている順番のままで再現しているのである。その結果、ブロート版では短編小説として存在していたものの多くが批判版では〈消えた〉。

少し説明が必要だろう。ブロート版で短編小説として提示されているものの半数強は、ブロートがカフカの手書きのノートから〈切り出した〉ものである。ブロートは、帳面上の雑多な書きものの中にいわば埋もれている物語ふうの断片を見つけて、それを切り出した。そして途切れている箇所に自分で単語や文を付け加えて、不自然ではない形に整え、タイトルをつけて、〈作品〉として公表した。だから、正確にいえば、批判版では〈消えた〉というよりも、ノートの中に埋め戻されたというべきだろう。

結果として、批判版で短編小説の〈作品〉として提示されているのは、カフカが自ら出版にまわしたものだけである。一九九四年に刊行された『生前刊行書集』の巻には、文字通り生前に本にした短編や小品、あるいは雑誌や新聞上で発表されたものが集められている。『変身』や『流刑地にて』、あるいは短編集『田舎医者』や『断食芸人』、さらに前章でふれた『判決』、また『失踪者』の第一章を独立させた『火夫——断片』もそこに収録されている。

ただし、追記しておきたいのは、『生前刊行書集』に収められているものであっても、手書き原稿が残されているものの一部については、『遺稿と断片』の二つの巻にもダブって収められているという点である。例えば、『生前刊行書集』に収録されている短編集『田舎医者』中の短編のいくつかは、それの執筆の際に使われた小型ノート、いわゆる「八つ折り判ノート」が残っているため、そのノートに埋め込まれた形で『遺稿と断片』の巻にも収められている。

あの『判決』も、また『火夫』の最初の部分も、手書きノートが残っているため、『生前刊行書集』以外の巻にも収録されている。ただし、注意すべきは、それらが収められているのは『遺稿と断片』の巻ではなく『日記』の巻である。なぜかといえば、それらの手書きテクストが書かれているノートは、批判版の編集者によって「日記ノート」と見なされているものだからである。

ちなみに、『日記』の巻でも、帳面丸写し主義が採用されている。そこでも、日記の書き込み以外に、物語断片やその他のメモが、帳面上のそのままの順番で示されているのである。したがって、『判決』のテクストは、その『日記』の巻では「二〇日」という日付（これは一九一二年九月二〇日を意味する）のある短い書き込みの次に、タイトルも何もないまま掲載されていて、さらにその次には二三日付の日記の書き込みが続いている。

もう一点、確認しておきたいのは、批判版での日記は、日記にもかかわらず、帳面丸写し主義のため、日付順になっていない、という点である。カフカは、じつはかなり奔放なノートの使い方をしていた。いまいったように、日記を書いているはずのノートに創作テクストをえんえんと書いていたというだけではない。ある時期はこちらのノートに日記を書いていたかと思うと、しばらくは別のノートを使って、またしばらくして前のノートに戻る、といったこともおこなっていた。したがって、帳面丸写し主義によってノートごとにその帳面を再現する形で編集すると、そこに並ぶテクストは日付順にならないのである。

なお、このように自由にノートを使っているということは、逆にいえば、創作用として使っているはずのノートには日記が書かれているということである。実際「日記ノート」以外のノートのテクストを集めた『遺稿と断片』には、そうして書かれた日記ふうの断片も含まれている。『遺稿と断片』の巻の説明のとき、さまざまな種類の断片といったが、その雑多には日記ふうのものも入っているということである。そう考えていくと、そもそも「日記ノート」とそれ以外のノートを分けることに意味があるのか、とすら思えてくる。

カフカの奔放なノートの使い方は、「城ノート」においても見ることができる。『城』の創作に使われたノート群には、その物語とは関係がない(と見なされる)断片も含まれている。しかし、批判版では長編小説の巻については帳面丸写し主義を採用していないため、それらの断片は本文篇のテクストから排除されている(ただし、資料篇には、それらに関する情報は載せられている)。また、『城』の巻では、当然ながらノートごとには提示されていない。先にも述べたように、その本文篇のテクストは、編集者の解釈によって章に分けられ、章タイトルもつけられて、いかにも長編小説らしい姿を見せている。

定められた〈冒頭〉

批判版の編集の特徴と問題点について語り始めたので、この機会にそれに関する解説をすませておきたい。

何度か言及しているように、批判版のテクスト編集に対しては、刊行当初より厳しい批判の声が相次いだ。一番問題とされたのは、じつはもっと大本の編集方針、いわゆる分割編集の方針である。前章でもいったように、批判版は各巻が基本的に本文篇と資料篇の二冊組になっている。本文篇には読みやすい〈きれいな〉読書用テクストが、資料篇には手稿資料に関する各種の情報が収められている。これらの情報のうち、最も重要なのはヴァリアントについてである。手稿上に見られる削除や改筆の跡が、数字や記号を駆使して網羅的に記されている。

実際、どんなふうにヴァリアントが記述されているかを確認しよう。まず図4は、『城』本文篇の冒頭頁の写真である。そして図5が、それに対応する資料篇のヴァリアントの頁である。このヴァリアントの頁の下四分の一ぐらいの左に「7」という数字が見える。これは、本文篇の七頁を見よ、という指示である。そして、その隣の「3」という数字、これは、三行めを見よ、さらにその隣の„K.]“は、その三行めのK.という文字を見よ、という指示である。そして、その隣にある„[ich]“は「私（ich）」という語が削除されているということを、そしてその隣の„〈K.〉“は「K.」という文字が書き加えられたということを意味している。すなわち、［ ］の記号は削除された語句を示すもの、〈 〉は書き加えられた語句を示すものということである。このようにして、本文篇の頁と資料篇のその対応頁を並べて同時に読むと、読者の頭のなかで手稿の様子が再現できていくという仕組みになっている。

しかし、このような読書が、いかに煩瑣なものかは容易に想像できるだろう。困ったことに、本文篇の頁上には、そこで削除や書き加えがなされていることを示す印は何もつけられていない（図4参照）。したがって、手稿での改稿の状況を確認しながら読もうとすると、二冊の本を机の上に開いて並べ、注意深く両者を比較しながら読み進める必要がある。だが、実際には、そんな面倒な読書は長続きせず、本文篇のテクストだけを読み進めてしまう。そうすると、いつしか罠に落ちてしまうのだ。なぜなら、そのテクスト上では何の印もなくつながっている二つの文の間に数頁に及ぶ削除テクストが存在しているケースが多々あるからである。

いま見た「私」から「K」への書き換えについても、批判版の本文篇のテクストを読んだだけでは気づかないことは、図4からおわかりいただけるだろう。そのどこにも、この箇所で書き直しがある

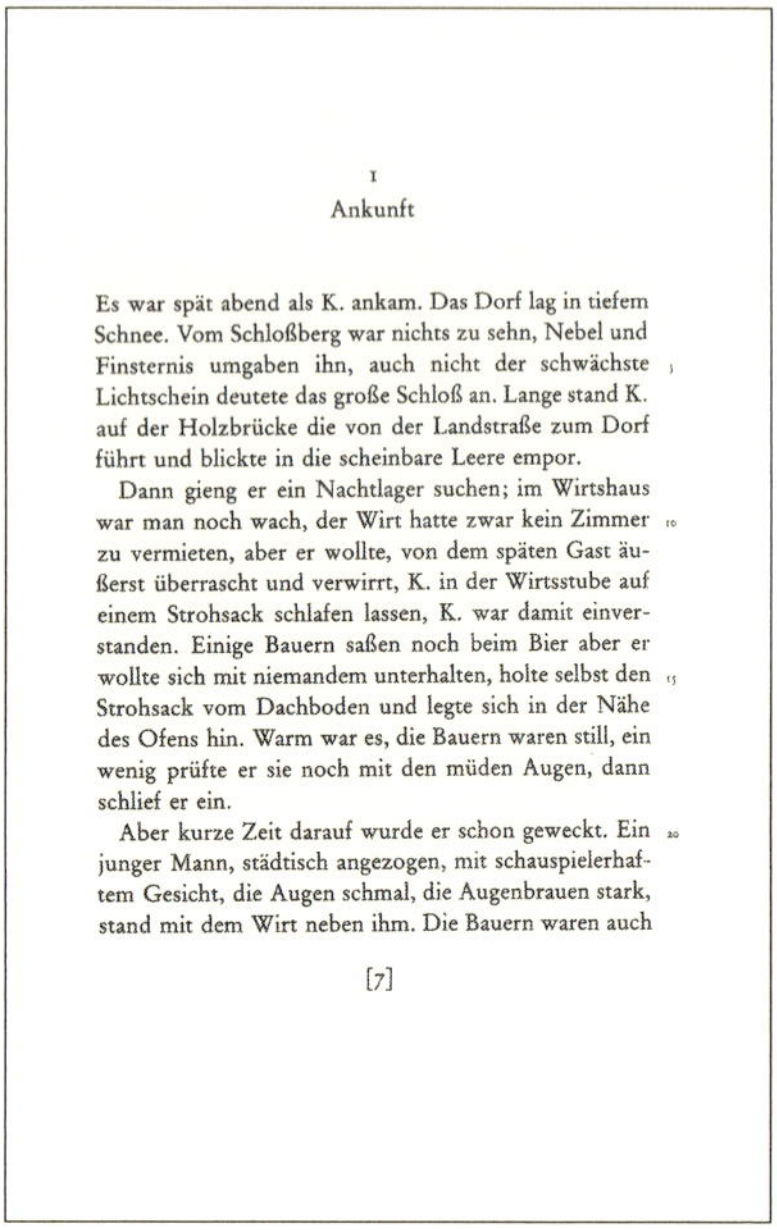

I

Ankunft

Es war spät abend als K. ankam. Das Dorf lag in tiefem Schnee. Vom Schloßberg war nichts zu sehn, Nebel und Finsternis umgaben ihn, auch nicht der schwächste Lichtschein deutete das große Schloß an. Lange stand K. auf der Holzbrücke die von der Landstraße zum Dorf führt und blickte in die scheinbare Leere empor.

Dann gieng er ein Nachtlager suchen; im Wirtshaus war man noch wach, der Wirt hatte zwar kein Zimmer zu vermieten, aber er wollte, von dem späten Gast äußerst überrascht und verwirrt, K. in der Wirtsstube auf einem Strohsack schlafen lassen, K. war damit einverstanden. Einige Bauern saßen noch beim Bier aber er wollte sich mit niemandem unterhalten, holte selbst den Strohsack vom Dachboden und legte sich in der Nähe des Ofens hin. Warm war es, die Bauern waren still, ein wenig prüfte er sie noch mit den müden Augen, dann schlief er ein.

Aber kurze Zeit darauf wurde er schon geweckt. Ein junger Mann, städtisch angezogen, mit schauspielerhaftem Gesicht, die Augen schmal, die Augenbrauen stark, stand mit dem Wirt neben ihm. Die Bauern waren auch

[7]

図4　批判版『城』本文篇の冒頭部（KKAS, S. 7）

ことを示す印はつけられていない。また、図4を見るかぎりでは、手稿上でも、しっかり「1」という数字と「到着（Ankunft）」という章タイトルが書かれているかのように思ってしまうかもしれないが、そうではないのは先述のとおりだ。さらに、図5のヴァリアントの頁を見ると、七頁三行めの手前、すなわちあの「到着した」という冒頭の文より手前に、何かたくさん書かれていることがわかる。つまり、その文が書かれている手稿上では、その文の上に何らかのテクストが書かれていることを示している。それが意味するのは、この批判版の『城』においても、編集者によってブロートと同様の〈切り出し〉がおこなわれているということである。

ちなみに、実際あの「到着した」が書かれている手稿の頁には書き出しの別バージョンが書かれていたことは、前章で言及したとおりである。前章で批判版の『城』の資料篇には、その頁の写真が載せられていると述べたが、それをここで掲げておこう（図6）。

さて、これのどこに、あの「到着した」の文が書かれているかといえば、下三分の一ぐらいのところを見ていただきたい。そこに短く太い横線が引かれているのがわかる。その下にある文が、あの「私が到着したのは、晩遅かった（Es war spät abend als ich ankam）」である。そして、その„ich“（私）という語が削除されて、右上に「K.」と書き込まれているのもわかる。なお、ここで、短

sich durch das Lächeln des Mädchens nicht mit-
ziehn, sagte aber langsam: Ich glaube Dir also, dass
ich [vor] hier vorläufig in Sicherheit bin.
(3) vergessen.“ [Der Gast . . . Sicherheit bin.] ,,Freut Dich das?“ fragte der Gast. ,,Uns macht es nicht Freude nicht Leid(. > “) sagte das Mädchen ,,solche Dinge haben für uns kleine Leute keine Bedeutung. Wenn ein Fremder kommt, so kommt er doch nicht uns ⟨zu⟩ besuchen sondern das Schloss.“ ,,Du sprichst sehr vernünftig“ sagte der Gast ,,sehr kühl für Dein Alter. Sind es Deine Meinungen oder w(xx > ur)den sie Dir gelehrt.“ ,,Es ist meine Meinung, aber gleichzeitig die aller.
(4) vergessen.“ [,,Freut . . . aller.]
71* Sehenswertes?“] Sehenswertes⟨?⟩“ [,,Du hast noch immer kein Vertrauen zu mir“ sagte das Mädchen und entzog dem Gast langsam ihre Hand.]
74* aber] (un > ab)er
76* bedienen.“,,Vom] bedienen.“ [Das Mädchen verbeugte sich] ,,[Wie wenig Du unsere Verhältnisse kennst“ sagte das Mädchen und wiederholte die ⌈W^{A}⌉] Vom
77* geschickt“] geschickt[?]⟨“⟩
78* kennst.] kennst.[“]
79* Gast,] (Ma > Ga)st⟨,⟩
81* dieses:] dieses⟨:⟩
7 3 K.] [ich] ⟨K.⟩
4 sehn, Nebel]
(1) sehn. Ich blieb
(2) sehn(. > ,) [Ich blieb] er war in Nebel
(3) sehn, [er war in] Nebel
5 auch nicht] [nicht einmal] auch nicht
6 deutete das] deutete (⌈ab^{A}⌉ > d)as
6 K.] [ich] ⟨K.⟩

120

図5　批判版『城』資料篇より冒頭部ヴァリアント（KKAS App., S. 120）

く太い横線の上に薄い文字で何か一文が書き込まれている点に注目してほしい。これは、ドイツ語でそのまま引けば „Hier beginnt der Roman ‘Das Schloß’ M. B.“ ――日本語に訳せば、「ここで長編小説『城』が始まる。M・B」。この「M・B」は、Max Brod（マックス・ブロート）のイニシャルである。ようするに、この薄い字の、おそらくは鉛筆での書き込みは、ブロートの手によるものであり、彼がここを『城』の冒頭にすると定めたことを自ら記録したものである。

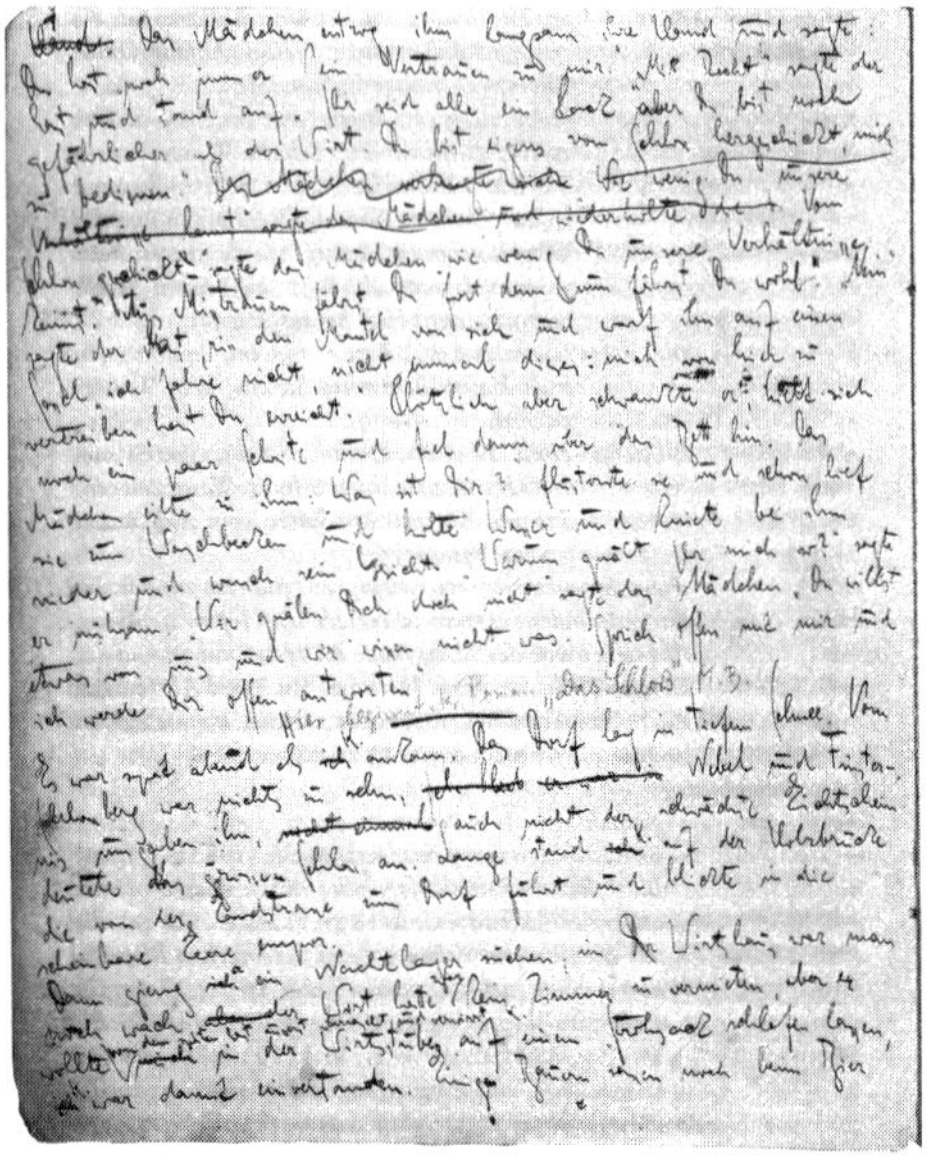

KBod AI, 18, Bl. 2v; verkleinert
(Originalgröße: 24,8 × 19,8 cm)

図6　批判版『城』資料篇より手稿の写真（KKAS App., S. 34）

新しい「始まり」と「終わり」

もう一度、図6を見てもらいたい。短く太い横線とブロートの書き込みの上には、頁の三分の二にわたって何かが書かれている。これについて、もう少し説明しておく。そのテクストは、以前少し言及した書き出しの別バージョンの終わりの部分である。実際には、その別バージョンは、図6の頁の三頁手前から書き始められている。その頁とは「城ノート1」の最初の頁にあたる。そして、そのノートの頭から書かれているのは、（前章でもふれたように）「主人が客に挨拶した」で始まる文章である。

いま私がノートの状況をそこまで詳しく説明できたのは、写真版を手にしているからである。二〇一八年に、ついに写真版の『城』が出版された。それによって、現在では、図6の四頁めの写真だけではなく、『城』の手書き原稿と見なされているもののほぼすべての写真が公表されている。

とすれば、批判版の問題点は、もう克服されたのか。写真版ということは、文字どおり写真で出しているのだから、それこそ丸写しが徹底して実現されている。つまり、『城』でも、やっと帳面丸写し主義が実現され、さらにあの本文と異文が分けられていた分割的編集の問題も解決されたといえる。であるなら、ようやくこれで〈正しい〉ものになったということか。ところが、そうともいいきれない。なぜなら、たとえ写真で丸写ししようが、こぼれ落ちてしまうこと、〈形〉をめぐる深刻な問題があるからである。以下、写真版の形態を紹介しながら、批判版の問題点の確認を続け、さらには写真版の問題点も同時に示していきたい。まず最初に、先ほどから露呈しかけている『城』の

〈形〉をめぐるクリティカルなポイントを明確に指摘しておこう。

右でいったこと、ようするにその写真版の最初の頁の最初の行に書かれているのは「主人が……」という文だということ。これが意味するのは、写真版では〈冒頭〉、始まりの地点は、あの「K」の、いや「私」の到着ではない、ということである。

この場合、一歩深く考えれば、冒頭とは何かが問題になる。〈作品〉としての冒頭と考えるなら、それを冒頭と見なすのは実際には難しい。これまで私たちは、「主人が……」から始まる断片を「別バージョン」という名前で呼んできた。その呼び名の背景には、その断片は、あの「到着した」で始まる物語とは別物だ、という認識がある。たしかに、さまざまな設定が大きく異なるそれを従来の『城』と〈同じ〉とは見なし難い。

しかし、帳面丸写し主義の編集が目指すのは、一言でいえば、〈作品〉を作らない、あえて〈作品〉に整えないことである。ノート上に並んでいる思いつきのメモや、試し書きあるいは助走のような断片テクストも、全部いわば等価値と見なして優劣をつけず、書かれている順に並べる。その方針の背景には、カフカにおいて読むべきは、ありえた完成形ではなく、カフカが書いたそのままだ、という考え方がある。

この考え方でいえば、別バージョンだからという理由で、その部分のテクストを批判版で本文篇ではなく資料篇にヴァリアントとして収録しているのは妥当ではない。図6を見ていただければわかるが、その部分には削除を示す斜め線も引かれていない（この点については前章でも言及した）。にもかかわらず、それが本文に組み込まれなかったのは、繰り返すが、それが別物だと認識されたからである。

むろん、そのような処置がなされているのは、すでに述べたように、批判版の『城』では、なぜか帳面丸写し主義が採用されていないからである。なお、ちょっと脱線するが、そもそも批判版では、その主義が採用されているとされる巻でも、正確にいえば採用されていない。注意深い読者ならすでにお気づきかと思うが、『遺稿と断片』でも『日記』でも丸写しは正確にいえば実現されていないのである。なぜなら、批判版の基本の編集方針は、本文と異文を分けるというものだからだ。つまり、削除線が引かれていれば、たとえそれが数頁に及んでいるものであっても、異文と見なされて、本文篇ではなく資料篇に収録されている。とすれば、丸写しどころか、そもそもその処置がなされた時点で、ずたずたに切り刻まれることになる。

話を戻せば、写真版は文字どおり写真で出しているのだから、それこそ丸写しだ。そして、ここで指摘しておきたいのは、その丸写しされた写真版では、先ほど始まりが変わるといったが、それと同時に、じつは終わりも変わっている、という点である。批判版での『城』の終わりは、Kがゲルステッカーの母親と会話を始めた次のところだ――「彼女の話を理解するのは大変だった。しかし彼女が言ったことには」（KKAS, S. 495）（ただし、ブロート版では、それとは異なる判断が示されている。これについては、後で語る）。写真版では、その箇所が書かれている帳面の後にも、十数頁分の帳面が掲載されている。

補足しておかなければならないのは、それら後ろに追加された帳面には、『城』の物語に属しているとは思われない文章も多く含まれているという点である。したがって、写真版『城』の終わりは、たしかに後ろにずれているけれども、『城』の物語の終わりはずれていない、ということもできる。

ここで、始まりについて考えたときには見えなかった問題が浮上したことを指摘しておきたい。先ほどの始まりについての考察では、別バージョンを新たな冒頭と見なしてよいか、いや、別バージョンという捉え方そのものがこの場合、妥当か、という点を考えた。つまり、そこでの考察では、どちらも『城』の物語に関係している、という前提があった。

ところが、終わりをめぐる思考においては、『城』に関係していないテクストをどう扱うかを考えている。ようするに、『城』のノートの始まり部分には、幸いなことに『城』と関係しているテクストだけが書かれていた。ところが、終わり部分では、不運なことに『城』とは関係していないものも含まれてしまっている。じつは、いわゆる「城ノート」には、終わり部分だけでなく、途中の何箇所かでも、『城』とは関係ないと見なされるテクストが含まれている。その結果、写真版の『城』には、それらの帳面の写真も含まれている。

ここで考えるべきは、関係があるとかないとかいうのは何を意味しているのか、ということだろう。その関係とは、物語の内容に関わること、すなわち別バージョンと見なしうるかどうかといったことだけでいいのか。ただ関係というのであれば、もっとさまざまな観点からそれを指摘することはできるだろう。例えば、同じノートに書かれているという点を取り上げて、関係がある、ということもできる。

〈本〉ではなく〈函〉

写真版の『城』の〈形〉について語るとき、本来最初に紹介しておかなければならない部分があった。先の私の説明を読むだけだと、おそらく誰もが写真版の『城』について一冊の〈本〉を想像したことだろう。そして、「始まり」というのはその本の始まり部分を、「終わり」というのはそのおしまい部分を指すと思ったことだろう。しかし、それは一冊の本ではない。

写真版の『城』は、六冊のかなり厚い冊子がひとつの函に入ったものである（六冊に加えて解説の一冊があるから、函に入っているのは全部で七冊の冊子である。図7参照）。それら六冊には「城ノート1」、「城ノート2」といった具合に名前がつけられている。つまり、その「1」から「6」まで番号の振られた冊子の「ノート1」の最初の頁に書かれているのが、あの「主人が客に挨拶した」で始まるテクストであり、「ノート6」の終わりの部分にあるのが、ゲルステッカーの母親との会話の中断部分（批判版の終わり）、さらにその〈後ろ〉の帳面上のテクストである。ただ、ここ

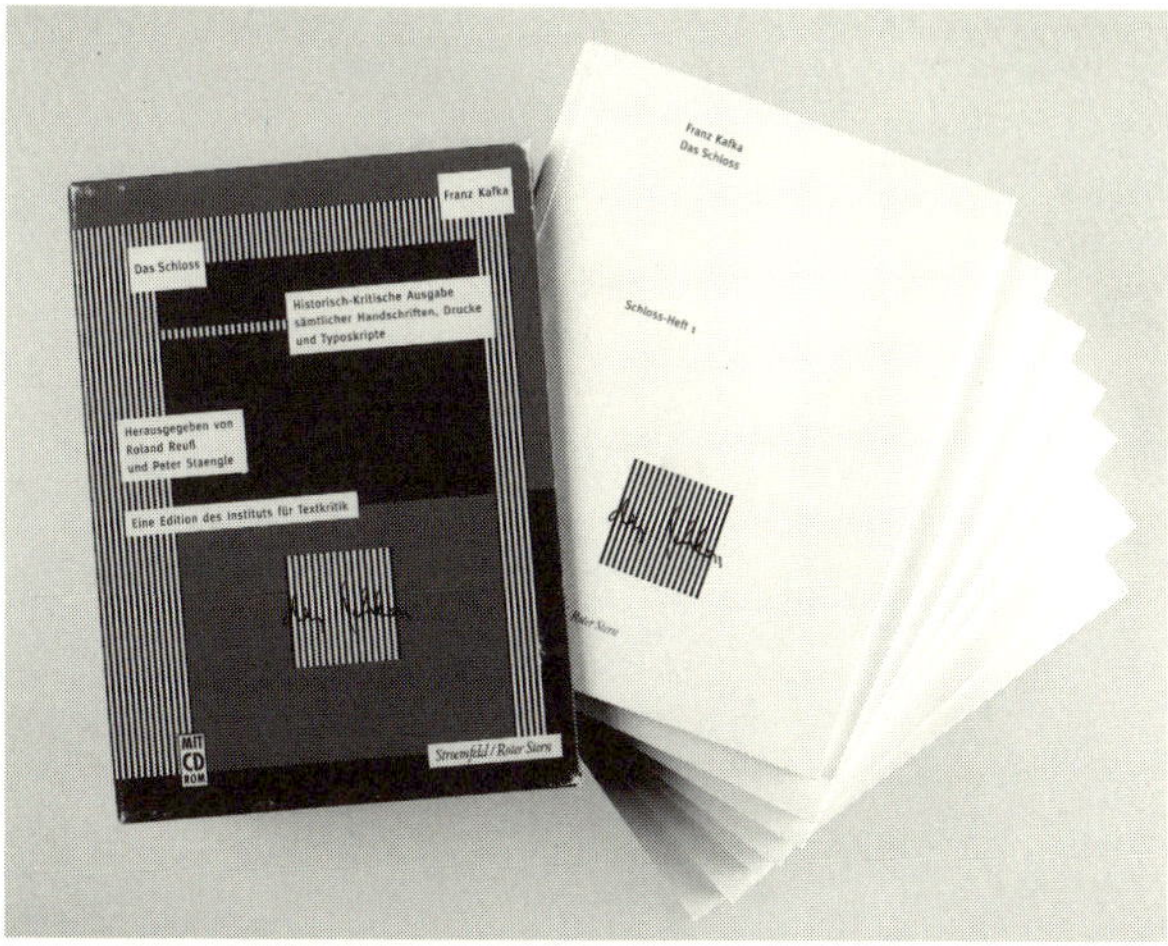

図7　写真版『城』全冊子と函（FKAS）

で気をつけなければならないのは、写真版の「ノート6」の終わりには、現物の「ノート6」にはないテクストが、そのさらに〈後ろ〉に付け加えられている、という点である。

いま私がいったのは、ようするにこういうことである。写真版で「城ノート」と名づけられている冊子と、現物の手稿資料の「城ノート」は〈同じ〉ではない。カフカは、じつは行き当たりばったりにだけでなく、あっちこっちに書く作家だった。「城ノート」ではなく、別のノートや紙にも、『城』の物語の一部のようなテクストを書いていた。そのうちのひとつが、写真版の「城ノート6」と名づけられた冊子の末尾に示されているのだ。混乱させたかもしれないが、この点はのちに扱う写真版の限界に関わる部分であり、いまのうちに少しだけふれておく。

あらためて、写真版の版面を紹介しておこう。それは、見開きワンセットの、図8のようなものである。つまり、見開きの片方の頁に手稿の写真が、もう片方の対になっている頁に、その手書き文字を活字に起こしたもの、ドイツ語でいう „diplomatische Umschrift“ が掲載されている。その「古文書学的翻字」(二〇〇二年の拙著では、こう訳していた)、いや「写実的転写」(その後の拙論では、こちらの意訳に切り替えている)は、たんなる手書き文字の活字化ではなく、削除線や書き込みの位置などもグラフィカルに再現している。この図8の版面を、先に挙げた批判版の本文篇の版面(図4)および資料篇の版面(図5)と比較してほしい。たしかに手稿の様子は写真版によって圧倒的にわかりやすくなったといえるだろう。

写真版の特徴について、もうひとつ大事な点を伝えておきたい。じつは、そこではそれだけ、つまり写真と転写だけしか提示されていない。ふつうの読みやすいテクストは示されていないのだ。写真

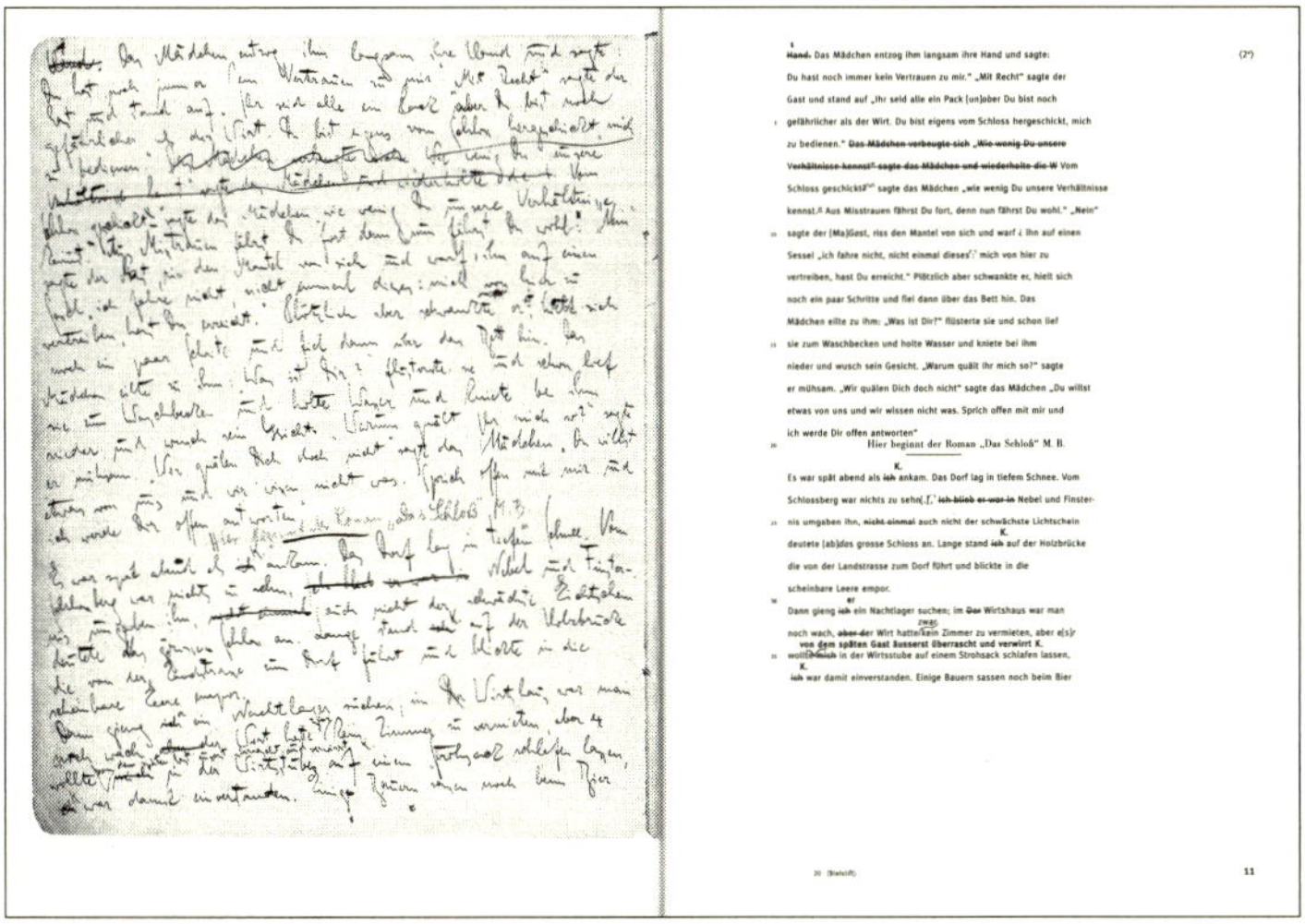

~~Hand.~~ Das Mädchen entzog ihm langsam ihre Hand und sagte: (2ʳ)
Du hast noch immer kein Vertrauen zu mir." „Mit Recht" sagte der Gast und stand auf „Ihr seid alle ein Pack [un]ober Du bist noch gefährlicher als der Wirt. Du bist eigens vom Schloss hergeschickt, mich zu bedienen." ~~Das Mädchen verbeugte sich „Wie wenig Du unsere Verhältnisse kennst" sagte das Mädchen und wiederholte die W~~ Vom Schloss geschickt?" sagte das Mädchen „wie wenig Du unsere Verhältnisse kennst. Aus Misstrauen fährst Du fort, denn nun fährst Du wohl." „Nein" sagte der [Ma]Gast, riss den Mantel von sich und warf ihn auf einen Sessel „ich fahre nicht, nicht einmal dieses: mich von hier zu vertreiben, hast Du erreicht." Plötzlich aber schwankte er, hielt sich noch ein paar Schritte und fiel dann über das Bett hin. Das Mädchen eilte zu ihm: „Was ist Dir?" flüsterte sie und schon lief sie zum Waschbecken und holte Wasser und kniete bei ihm nieder und wusch sein Gesicht. „Warum quält ihr mich so?" sagte er mühsam. „Wir quälen Dich doch nicht" sagte das Mädchen „Du willst etwas von uns und wir wissen nicht was. Sprich offen mit mir und ich werde Dir offen antworten"

Hier beginnt der Roman „Das Schloß" M. B.

Es war spät abend als ~~ich~~ K. ankam. Das Dorf lag in tiefem Schnee. Vom Schlossberg war nichts zu sehn[.], ~~ich blieb er war in~~ Nebel und Finsternis umgaben ihn, ~~nicht einmal~~ auch nicht der schwächste Lichtschein deutete [ab]das grosse Schloss an. Lange stand ~~ich~~ K. auf der Holzbrücke die von der Landstrasse zum Dorf führt und blickte in die scheinbare Leere empor.

Dann gieng ~~ich~~ er ein Nachtlager suchen; im ~~Das~~ Wirtshaus war man noch wach, ~~aber de~~r Wirt hatte zwar kein Zimmer zu vermieten, aber e[s]r von dem späten Gast äusserst überrascht und verwirrt K. wollte ~~mich~~ in der Wirtsstube auf einem Strohsack schlafen lassen, ~~ich~~ K. war damit einverstanden. Einige Bauern sassen noch beim Bier

11

図8　写真版『城』（FKAS, Heft 1, S. 10-11）

版で読めるテクストは、図8のようなものしかない。再度いえば、〈きれい〉にならすように編集されたテクストは、ここでは示されていないのである。

写真版の編集者ローランド・ロイスは、解説の冊子はもちろん、他の論文でも、こんな主張を繰り返している。カフカの生前未発表のテクストはいずれも過程的なものにすぎないのだから、そこから何か確定的なものを作るのは間違いだ——。書きかけのものは書きかけのままに、未定のものは未定のままに、カフカの手稿をできるだけ忠実に再現するべきだ——。

なるほど、そうだろう。批判版の編集者が目指していたのも同じ方向だった。だから、『日記』や『遺稿と断片』の巻では、帳面丸写し主義が採用された。ただし、『城』や『審判』といった長編小説では、それは採用されず、先述のように推測に基づく章分けがなされ、〈作品〉としての形が整えられた。なぜ『城』では採用されなかったか。その理由の一端が、ようやくわかってきたかと思う。「城ノート」の帳面上には、別バージョンもあれば、関係がないと見なしうるテクストも書かれている。それらまですべて等価値と見なして、丸写し主義で並べたら、相当に意味不明なテクストが出来上がるだろう。

少し前後するが、いまいったことの関連で押さえておきたいのは、批判版の編集者が世に送り出そうとしたのは、ようするに普及しうるテクストだということである。いいかえれば、カフカを読みたいと思う一般の読者が手に取りやすい、読みやすいテクストだ。「批判版」という名称は、本来は厳密なテクスト批判を経て研究者向けに作成された学術研究用テクストに冠されるはずのものである。たしかに、二冊で一巻を成すカフカの批判版の片方の一冊、資料篇は研究者でなければ読み解くことのできない難解な代物だ（図5参照）。ところが、もう片方の一冊、本文篇はごくふつうの〈きれい〉なテクストだった（図4参照）。そこには手稿上のヴァリアントの存在を示す印もなければ、注釈も何もつけられていない。そして、この読みやすい活字テクストは、じつは批判版（二冊セット）の出版と同時に、それだけで単体でも販売されていた。その単体の本文篇には新たに「手稿版（In der Fassung der Handschrift）」という名前がつけられ、批判版よりはるかに廉価で売られている。

写真版の編集者ロイスが厳しく批判したのは、つまりこの点である。批判版の編集では、学術的な正しさよりもビジネスが優先されているのではないか。その側面はたしかにある。それを露わにしたといえる出来事が、一九九四年に起こった。一九九四年というのは、カフカの没後七〇年にあたる（カフカは一九二四年没）。没後七〇年とは、ドイツの法律でいうと著作権の切れる年だ。その一九九九四年に批判版の七巻めとして『生前刊行書集』が刊行されたのだが、それは正確にいえば批判版ではなく、単体の本文篇のみだったのだ。すなわち、手稿版といいたいところだが、しかし、それは手稿版とまったく同じ体裁で、そのシリーズのひとつという外見は示しているものの、手稿版という名前はつけられていない。なぜなら、それは生前に刊行された活字の版を基に作成されているので、正確には手稿版とは呼べないからだ。ともかく、過去の巻の出版においては、いずれも批判版とその本文篇単体＝手稿版が同時に出版されていた。ところが、その『生前刊行書集』については、なぜかその本文篇単体だけが先行して出されたのだ。資料篇も加えられた二冊セットの正式な批判版の出版は、それから二年後の一九九六年である。

なぜ、本文篇だけが先に、見切り発車のように出版されたのか。理由は、それこそビジネス的なものとしか考えられない。批判版カフカ全集を刊行しているフィッシャー社は、従来のブロート版全集の出版社でもある。ドイツを代表する大手出版社である同社は、おそらくカフカの著作権が切れる前にブロート版に代わる普及用のテクストを出版しておきたかった。そして、その新たなテクストに、保護期間が二五年の著作隣接権を発生させておきたかったのだろう。

批判版vs.写真版

カフカの二つの学術版の真価を検討するとき、見逃してはならないのは次の点である。批判版から写真版への〈進化〉は、実際には平和的な段階的発展ではなく、それとはまったく別の、きわめて対立的なある種のヘゲモニー争いの帰結である。これは学術的とはいえないポイントではあるものの、この点を鑑みないと問題の全体像を大きく見誤ってしまうことになりかねない。批判版の版元は、いまふれたようにドイツを代表する大手出版社だが、いっぽう写真版の版元シュトゥルームフェルト／ローターシュテルン社は、はるかに小規模で、ほぼ個人経営の、しかも政治色の強い出版社である（社名にある「ローターシュテルン（Roter Stern）」は日本語にすれば「赤い星」）。そして、写真版の編集者ロイスに加えて、その出版社の社長であり、一九六〇年代の学生運動の活動家として名を馳せたK・D・ヴォルフも、各種のメディアでフィッシャー社と批判版の編集者たちを非常に攻撃的な口調で非難したのだ。その厳しい対決姿勢は、大手出版社のもつ強大な権力、さらにオックスフォード大学をはじめとする各地の伝統ある大学の権威への対抗という意味合いを十二分にうかがわせた。

そして、だから写真版『城』の出版は二〇一八年までずれこんだのである。写真版の出版プロジェクトが公表されたのは、一九九五年一月二日。まさに著作権が切れた（一九九四年一二月三一日）直後である。そして、一巻め『審判』が刊行されたのが、一九九七年暮れ。一九九九年には、二巻め『ある戦いの記録』が出される。いまではほとんど忘れられている話だが、三巻め以降の刊行の継続は当時、大いに危ぶまれていた。なぜなら、カフカの遺稿を管理しているオックスフォード大学がロイスに遺稿へのアクセスを許さなかったからである。

あらためていえば、批判版の編集チームを率いるマルコム・ペイスリーは、オックスフォード大学の教授である。ペイスリーが重病になって遺稿管理者を退いたのちの二〇〇一年に、三巻め『オックスフォード大学所蔵四つ折り判ノート1と2』が刊行された。そして、そこから順調に、といいたいところだが、写真版の刊行は、その後も遅々として進まなかった。なぜなら、そのプロジェクトの体制は、荒い言葉を使ってしまえば、あまりに貧弱だったからである。

批判版は著名な研究者たちのチームが大手出版社のもとで展開したものだが、写真版は一匹狼タイプの若手研究者が小さな出版社とゲリラ的にスタートしたものだった。血気盛んなロイスは、カフカ以外にも、明らかに個人の手には余るような大きなプロジェクトをいくつか抱えていた。資金面での危機も何度も伝えられ、世界各地のカフカ研究者のもとには、K・D・ヴォルフからの寄付を募るメールが何度も届いた。計画発表の段階では四〇巻を超す規模になるという話だったが、『審判』から二〇年たってようやく出た『城』は、まだわずか一〇巻めだ。そして、その年（二〇一八年）、ついにシュトゥルームフェルト社は倒産した。その後、ヴァルシュタイン社が後を継いで、さらに二巻が出されたが、二〇二三年暮れ、今度はヴァルシュタイン社とロイスの間のトラブルが発覚した。今後ヴァルシュタイン社では出版しないという旨の声明がロイスから出され、刊行継続が危ぶまれた。しかし、二〇二四年五月現在、今度は、ヴィットリオ・クロスターマン社が後を継いだことが発表され、『オックスフォード大学所蔵四つ折り判ノート7と8』は近日中に同社から刊行される予定である（その後、六月に刊行された）。

なお、ここで補足しておけば、批判版は先述のように著作権が切れる一九九四年までに主要な巻は出揃った。その後、出版は一気にスローペースとなり、五年後の一九九九年から『手紙』の巻の刊行が始まって、さらに五年後の二〇〇四年に『職務文書』の巻が刊行された。二〇一三年にやっと四巻めの『手紙』の巻が出されたが、そこから一〇年ストップする。ようやく今年、カフカ没後一〇〇周年となる二〇二四年に五巻めの『手紙』が出されて、刊行開始から四〇年、プロジェクト開始から五〇年を経て、批判版カフカ全集は完結する予定である。

話を戻そう。あらためて注意を促しておくが、写真版の一巻めが『審判』となったのは、その手稿資料がオックスフォード大学ではないところに保管されていたからである。『審判』の手書き原稿は、他の大半の遺稿とは別に、現在もドイツのマールバッハにある文学資料館に収蔵されている。なぜそれはそこにあって、なぜ大半はオックスフォード大学にあるのか。このあたりの事情も伝えたいところだが、あまりに脱線が行き過ぎてしまうので、今回はそこに踏み込むのは控える。若干の詳細は、二〇年前の拙著で一度紹介しており、また最近でも、ある雑誌で、右でふれた裏話的な人間模様を加え、私自身の個人的な体験も交えたエッセイとして語った（明星 二〇二四）。関心のある方はそちらを参照していただきたい（なお、その拙文には、『生前刊行書集』本文篇単体の呼び名および著作隣接権の年数に関して間違いがある。先の記述でもって訂正したい）。

ここで編集をめぐる問題の解説に一区切りをつけるために、『城』を離れて、『審判』について少し詳しく話しておこう。写真版の本質を理解するためには、『審判』の編集問題の検討が不可欠だからである。なぜ写真版があんな特異な形態になっているのか。なぜ一冊の本ではなく、ノートごとの冊子になっているのか。そこまでの忠実さにこだわる理由は、おそらく一巻めが『審判』だったことに起因している。

完結した章と未完結の章

『審判』は、そもそも一九五〇年代にブロートの編集が厳しく批判されるきっかけとなったものだ。一九五三年、ベルギーの研究者ヘルマン・ユッタースプロートが、ブロートの編集した『審判』の章配列について強い疑念を示し、それに代わる新しい章配列を提案した（Uyttersprot 1953）。『審判』の章はどう並べるのが〈正しい〉のか。詳細は割愛するが、以来この問題は繰り返し議論されてきた。

一九九〇年に出された批判版『審判』は、その四〇年近くに及ぶ議論の重要な帰結と見なされる。それが示す章配列は、ところがブロート版が示しているそれとほとんど変わらなかった。大きな相違を見せているのは、次の二点。ブロート版では第一章「逮捕・グルゥバッハ夫人との対話・次にビュルストナー嬢」とされていたのが二つに分けられて、「逮捕」とそれ以外の二つの章になっている点。また、ブロート版では第四章「ビュルストナー嬢の女友達」とされていたのが、批判版では「断片」というカテゴリーの箇所に「Bの女友だち」というタイトルで移されている点である。

なぜそんな処置がなされたかは、資料篇でこう解説されている。まず、従来の第一章が二つに分けられたのは、あの横線が理由である。あの『城』の章分けの根拠のひとつでもあった区切りを示す横線が手稿上に見つけられたからだ。そして、二つめの従来の第四章が移動させられた理由だが、これについては若干複雑な説明が必要になる。

批判版の編集者ペィスリーは、章を配列するにあたり、各章を完結している章と未完結の章の二つに分けた。そして、完結している一〇の章だけを先に並べ、未完結とみなされる六つは、「断片」という区分を作って、その後ろに置いた。全体をまず二つのカテゴリーに分けるという方式はブロート版と同じである。ブロート版では、巻末の「付録」に、「未完の章」という項目のもと、未完結と見なされたテクストが六つ収められている。

ちなみに、ちょっと細かい話になるが、注意深い読者のために次の点を補っておこう。批判版ではブロート版の第四章が未完結の章と見なされて「断片」の区分に移動させられているのだから、ひとつ数が増えていいはずだが、同じ六つと数が揃っている。その理由は、批判版ではブロート版で「断片」というタイトルで提示されていた短い文章が、「叔父・レーニ」の章の終わり部分のヴァリアントと見なされて、資料篇に収められているからである。

では、なぜブロート版を踏襲したカテゴリー分けをしながら、ブロート版の第四章（批判版でいう「Bの女友だち」）については、ペィスリーはブロートと異なる判断をしたのか。ペィスリーは、その判断の根拠として、手稿の物理的な状況を挙げている。簡単にいえば、手稿の紙の各束に、カフカの手によって二種類の表紙がつけられているというのだ。先に補っておけば、『審判』の手稿資料は、『城』とは異なり、ノートの形ではなく、ルーズリーフの束の形で残されている。カフカは、『審判』の執筆の際にはノートを複数冊パラレルに使っており、執筆を中断した後、それらのノートをばらしてルーズリーフにした。そして、それらのルーズリーフを数十枚ずつ集めて紙束を作り、それぞれに表紙をつけた。「章」と見なされているのは、そのひとつひとつの束である。そして、ペィスリーによれば、それらの束への表紙のつけ方には、紙を表に一枚添えてあるものと、紙で包んでいるものの二種類があるというのだ。ペィスリーは、そのつけ方の相違はカフカが章を完結と未完結に分けた印だと解釈した。その解釈に従って「断片」というカテゴリーを設け、そこに紙で包まれていた「章」を六つ並べた。残りの一〇については、ストーリーの内容を鑑みて並べた。

この物理的〈事実〉を根拠にした並べ方は、なるほどかなり説得力がある。しかし、考えてみれば、それもまた解釈の結果である。表紙のつけ方の違いが完結性に関わるという解釈が妥当かどうかについては、再考の余地があるだろう。なぜなら、「Bの女友だち」は、ブロートが第四章として物語本体に組み込んだことが示しているように、内容としては完結していると見なしうるからである。

少し横にそれるが、批判版では章タイトルが「Bの」とイニシャル表記になっている理由は、誰もが察するとおり、手稿上での表記がイニシャルになっていることによる。手稿のままをできるだけ伝えようと、略記は略記のまま示されているということである。ところが、この点についても、批判版の編集には矛盾する側面が見られる。例えば、別の章タイトル「支店長代理との闘い」の「支店長代理（Direktor-Stellvertreter）」は、手稿上では „Dir Stellv.“ と略記されている。そこで略記を元の語に直した理由は、この場合はそのままだとさすがにわかりづらいからだろう。ちなみに、章タイトルだけでなく、本文でも手稿上にはいたるところで略記が見つかる。それらのほぼすべてが、批判版の本文篇では元の語に直されて提示されている。忠実さよりも読みやすさを優先するという方向性は、このような点にもうかがえる。

ひとつの〈いま〉と複数の〈いま〉

表紙のつけ方の解釈の妥当性は再考の余地がある、といったばかりだが、そこに深入りするのは、それこそ妥当ではない。なぜなら、過去の章配列をめぐる議論は、そもそも断片も含めて全部の章をどう並べるかという点をめぐっていたからである。よって、その議論に参加していた研究者のひとりハルトムート・ビンダーは、批判版が出るや、すぐに次のような意見を述べた。『審判』は、そもそもそれ自体が未完結であり、一見完結したように見える章があっても、それがほんとうに完結しているとは誰にもいえない。ようするに、完結しているかどうかで分けること自体、ナンセンスだ――(Binder 1990)。

たしかに、そういえるだろう。『審判』をひとつの物語として読むのであれば、断片かどうかは関係なく、すべての章についてどうつながっているのかを考えるというのは自然な方向性だ。しかし、長年の議論の結果が示すのは、その全体の配列について、これといった〈正しい〉答えにたどり着くのは不可能だということである。逆にいえば、さまざまな並べ方が可能だということでもある。

なぜ、しかしそんなことになっているのか。そもそも、完結している(ように見える)章と未完結のままの(ように見える)章があるというのは、何を意味しているのか。手稿がそのような状態だということが示すのは、ようするにカフカはばらばらに書いたということである。すでに何度もカフカは行き当たりばったりに書いたと繰り返したが、『審判』の執筆においては、その行き当たりばったりさに新たな展開がある。

『審判』に取りかかる二年前の一九一二年、前章でふれたように、カフカは長編小説の執筆にチャレンジしていた。『判決』の成功に気をよくして、すぐに『失踪者』に取りかかった。それから三ヵ月ほどにわたって格闘し、かなりの分量を書いたが、結局は中断して放棄した。そのときの〈失敗〉が、おそらくは頭にあったのだろう、一九一四年の夏に再び長編小説を書こうとしたとき、カフカはまず最初から終点を決めようとした。あの〈逮捕〉の場面と、そして〈処刑〉の場面をほぼ同時に書いたのである。つまり、始点と終点を最初に定め、その間を埋めるように書いていったのだ。

しかし、その書き方は原理的にもっと大きな危険をはらんでいる。なぜなら、二つの点のあいだというのは、無限に分割可能だからだ。ある意味、ゼノンのパラドクスに相当する。たとえ両端が限られていても、その中は無限に細分化できる。とすれば、間を埋めようとして書き始めると、それらの始点はいくつでも設定できることになる。つまり、そこから行き当たりばったりが始まるわけで、結局は物語の〈いま〉が増殖するだけということになる。

いまいったことは、かなりわかりづらかったと思うので、ここで『城』と対比して考えてみよう。『城』では、じつは〈いま〉は一個だけだった。そこでは到着を起点として、そこから時間が流れ始め、そしてその〈いま〉はただ一直線に進んでいく。何度もふれたように、そこでは基本的には主人公が目にしたこと、聞いたこと、思ったことしか、私たちには伝えられない。作者が手探りで進むその歩みに歩調を合わせて、主人公も見知らぬ空間を手探りで進むのである。だから、そこで過去が語られるときは、その過去はあくまで〈いま〉から見た過去だと明示されながら語られる。例えば、大方の場合、会話の中において、である。会話の相手が語る思い出話として、その世界の〈過去〉が語られる。ようするに、物語の〈いま〉はキープされたまま、〈いま〉語られている〈過去〉という形が常に取られるのだ。

ちょっと難しくなるが、物語論の議論でよくいわれる錯時法は、そこでは使われない。錯時法とは、例えば恋愛小説で、第一章で二人の別れが描かれて、第二章でその二人の出会いが描かれる、といった時間を錯綜させる語り方だ。その種の複雑な設定やら構成やらが必要な物語を、カフカはまず書かない。だから、『城』では、過去は会話の中か、あるいは主人公の回想としてのみ語られる。主人公が〈いま〉思い出しているという前提で、読者に彼の過去が伝えられるのだ。

ところが、『審判』では、起点から一貫して進む〈いま〉、たったひとつの〈いま〉が消滅してしまった。大枠としての起点と終点の間に別の起点が生じることになったからである。ということは、『城』の場合であれば一度の中断がすべての中断になるが、『審判』の場合は二度も三度もいたるところで中断が発生することになる。

もう一度いうが、ポイントは『城』は前に前に進む形で書かれたという点である。つまり、頁が繰られるごとに、物語の時間も進んでいく。だから、写真版の函に入っている六冊の冊子には「1」、「2」……と「6」まで番号が振られた。それらの順番は自明だからである。そして、だから『城』における章の問題は、順番ではなく、分け目だった。前に前にと書き進められている中で、区切りを示す印がいろいろつけられている。それらの印は、章の区切りと見なしていいのか、いや、区切りの単位を〈章〉と見なしていいのか、という問いが検討された。

いっぽう、『審判』は、あっちを書いてこっちを書くという書き方だったため、複数のノートが同時に使われた。そして、カフカは、それらのノートから頁を引き抜いて、十いくつのルーズリーフのまとまりを作った。そして、それらに順番をつけなかった。誤解を避けるために少し補足すれば、完全にあっちこっちばらばらに書いたわけではなく、当初、すなわち〈逮捕〉の次の章については、筋らしきものがつながるように書いている。だから、最初の三章（ブロート版では二章）については、その順番はほぼ確定的である。ところが、だんだんタガを外して、あっちゃこっちゃ思いつくままに書いた。

　ということで、〈正しい〉答えはない。だから、写真版は一冊の〈本〉にならなかったのだ。一冊の〈本〉にしようとしたら、どうしても並べなければならない。いったん並べたら、それは順番を示すものではないといくら主張しようが、やはりひとつの解を示すものになる。また、並べる際には、やはりそれなりに何らかの妥当な配列を考えざるをえない。

　ここで批判版に話を戻して、ある小さな点を指摘しておこう。じつは、批判版の『審判』の各章には番号が振られていない。ブロート版では「第一章」、「第二章」といった文言が掲げられていた。なお、念のためにいえば、批判版の『城』も『失踪者』も、ちゃんと「I」、「II」と章の順番を示す数字が振られている（図4参照）。ところが、『審判』では、章のタイトルは掲げられているものの、順番を示す番号は振られていないのだ。それはおそらく、並べてはいるものの章の順番としては確定的なものではないということを示そうとしてのことだろう。

〈正しさ〉をめぐるジレンマ

　章の順番は決められないのだから、本にしたら、それは間違いになる。だから、一六冊の冊子が一個の〈函〉に入っている形にした。たしかに賢明な判断だろう。写真版では、その他の点でも同様に、ある意味で賢明な、別の意味でいえば破天荒な、従来の常識を覆す形でのソリューションを示している。すなわち、読書テクストは提示されていない。図8のように、そこの見開き頁には、片方に写真、片方にその転写が掲載されているだけだ。編集者によって編集された、確定的な読みやすいテクストは示されていない。それは編集の放棄とも表現することができるだろう。放棄された理由は、もちろん〈本〉にしない理由と同じ。本人が答えを示していないものについて、他人が答えを出したら〈間違い〉になる。

それはそうだろう。かくして帳面丸写し主義は徹底されたことになる。しかし、ではそれが〈正しい〉のか。これが、私たちが読むべき、ほんとうのテクストなのか。ほんとうのカフカなのか。

この問題に私が直面したのは、だから約三〇年前ということになる。写真版の刊行が始まったときだ。それから、ずっと悩んでいて、いまだ確たる答えは出ていない。いや、出なかった、と過去形でいうべきか。最近は、ようやく長年のジレンマから脱却する道を見つけ始めている。それについては、最後に述べる。先に、その問題がいかに難しいか、いかに深刻なジレンマをもたらすかについて、若干の説明を試みたい。

まず、すでにお気づきと思うが、写真版は一般読者にはとうてい読めない代物である。ここでいう一般読者とは、もちろん日本の読者ではなく、ドイツ語圏の読者だ。ようするに、ドイツ語がたとえ読めても、写真版を読みこなすのは非常に難しい、ということだ。私たちが夏目漱石や太宰治の手稿を読むのと同じである。とすれば、写真版は研究者が使用するのに特化したものと見なすことができる。

しかし、その写真版が〈正しい〉となると、研究者しかほんとうのカフカを読めない、ということになってしまう。研究者ではない読者は、ほんとうではないものを読んでいるということになる。それでいいのか。

ここで気づくべきは、批判版の編集に関して指摘した矛盾は、この問題の難しさをそのまま反映している、という点である。批判版は本来研究者向けに作られたものであり、したがって二冊セットのうちの片方は手稿に関する情報を網羅的に収録した資料篇である。そして、もう片方の本文篇に、手稿から編集されたテクストが収録されている。この本文篇の〈きれい〉なテクストは、先述のように、それ単独でも販売されている。記号や注などが一切ない読みやすいそのテクストは、明らかに売れることを意識して作られたものだ——ということで、その二股をかけたような編集方針は、ビジネス色が強すぎるとして批判された。しかし、考えてみれば、売れる商品を作ること自体は非難されるべきことではない。この場合、方針がブレている点が問題なのであって、もし最初から広く普及しうるものを作っていますと喧伝されていたら、評価は違っていたかもしれない。

いや、もしそうであったとしても、しかし、だとしたら、なお一層、批判版の編集は中途半端だといえる。むしろ、だとしたらブロート版のほうが、はるかにわかりやすく、ほんとうのカフカを示しているといえる。なぜなら、そちらのほうが、はるかに多くの手稿の内容を伝えているからである。どういうことか。批判版の本文は、手稿上削除されている箇所を、すべて削除して作られたテクストである。ところが、ブロート版では、たとえ手稿では削除線で消されていても、編集者が重要と判断したものは復活させられて組み込まれているのである。これを手稿への過剰な手入れといって批判することは可能だろう。しかし、本書でもたびたび実践してきたように、削除箇所は、かなり核心的な解釈の手がかりを与えてくれる。とすれば、それらが全部削ぎ落とされたテクストより、それらがいくぶんかでも含まれているテクストのほうが、より望ましいテクストなのではないか。

しかし、ではブロート版でいいのかとなると、また悩み始めることになる。なぜなら、例えば『城』なら、ほんとうは章立てがなされていないそれを、まるで章がきちんとあるかのような形で読むことになってしまうからだ。『審判』なら、ほんとうはどの順番で読めばいいかわからないのに、まるでその順番が自明であるかのような形で読むことになってしまう。それではあまりにほんとうの姿からかけ離れているというのであれば、ではやはり写真版で読むしかないのか。ということで、思考は一巡する。

いったんここで思い切って逆の方向に進んでみたい。いまの方向は、一般読者が読むものとして写真版でいいのか、という問いからスタートした。今度は逆に、研究者が読むものとしてそれでいいのか、と考えてみよう。だとしたら、それは〈正しい〉のか。

じつは、私は、この問題をめぐる考察を、そこから始めた。奇妙な形をした写真版の『審判』、すなわち〈読める〉テクストのない、一冊の本にもなっていないそれを手にしたとき、それでいいのか、とすぐに訝った。ほどなくして気づいたのは、この函に入っているものが『審判』だという了解でいいのか、ということである。

「夢」は含まれるか

『審判』はそれだけではない可能性がある。過去の章配列をめぐる議論では、ブロート版にも、批判版にも、そして写真版にも収録されていない、ある〈章〉が含まれていた。カフカが生前に短編集『田舎医者』で公表した「夢」という短編である。わずか二頁ほどのその小品は「ヨーゼフ・Kは夢を見た」で始まる。つまり、『審判』と同じ名前の人物が主人公だ。したがって、それもその物語のどこかに置くことができるのではないかと議論されたのである。

ブロート自身も、じつはそう考えていた。初版（一九二五年）の「あとがき」で、ブロートはいずれは断片を集めた遺作集の最終巻を出す予定であり、「夢」はその中に収録するつもりだ、と述べている。

当時この小説が持っていた厖大な紙束を前にして、わたしのしたことは、完成した章と未完の章とを区別することに限定された。未完の章は遺作集の最終巻用に残してあるが、それは筋の進行になんら本質的なものをふくんでいない。それら断片の一つは作者自身によって「夢」の題のもとに『田舎医者』の巻に収められている。（『新全』(5)二二三頁）

少し補足が必要だろう。先に、ブロート版には「付録」があって、そこで「未完の章」が提示されている、といった。しかし、実際には、その「付録」は初版にはなく、第二版（一九三五年）で加えられた。横にそれるが、ここで次の点を注意しておこう。本書でいう「ブロート版」とは、初版ではなく第二版以降、より正確には、引用している邦訳が底本としている第三版を指す、ということである。

戻れば、ブロートは初版の際の計画を変更して、第二版の『審判』に未完の章を収録した、ということである。ただし、そこには「夢」は含まれておらず、なぜ「夢」を含めなかったかの理由も説明されていない。だが、よく考えれば、逆になぜそこに含めようとしたのか、未完の章として扱おうとしたのか、そちらのほうが謎である。なぜなら、「夢」は未完ではなく、カフカが生前に〈完成作〉として自ら世に出したものだからだ。

右の引用を注意深く読むと、プロートの意識について次のような推測がなりたつ。もしかしたら彼は、「夢」についてそれが未完かどうかよりも、それが未完の章と見なされる断片群と同じ特性をもっているという点を考えていたのかもしれない。その特性とは「筋の進行になんら本質的なものをふくんでいない」という点である。

とすれば、先に検討したカテゴリー分けについて、もうひとつの観点が見えてくるだろう。復習すれば、批判版の編集者ペィスリーは、表紙のつけ方によって、完結した章と未完結の章がカフカ自身によって分けられていると解釈した。しかし、その未完結と見なされるものは、見方によれば筋とは関係がないと見なしうるということである。実際、未完結の章と呼ばれているものの大半は、物語のどこに置いていいかわからないものである。とすれば、それらはいわばサイドストーリーと見なしうるのではないか。だから、章配列をめぐる議論は混乱した。そして、ここで気づくべきは、『審判』はそれらのサイドストーリーも含むものとしてプロート版の時代から流通している、という点である。いわば番外編も含めて読まれていたと考えられるのだ。

カテゴリー分けをするにせよ、しないにせよ（そして、そのカテゴリー分けがどの観点からなされているにせよ）、問題はなぜ批判版と写真版は「夢」を含めなかったかという点だ。批判版では、その理由の説明は何もなされていないが、理由らしきものをほのめかす記述は見つけられる。創作過程についての解説で「ヨーゼフ・K」という主人公の名が最初に使われた日記（これは後で詳しく扱う）にふれた際、そこに注がつけられている。そして、その注で、カフカは「夢」という短編で同じくその名前を使っているものの、一度もそれを『審判』と結びつけて言及したことはないと、なぜかわざわざ断り書きがなされているのである。

写真版に「夢」が含まれていない理由は——説明はなされていないが——明白である。なぜなら、「夢」の手稿は現存していないから、である。手稿から書き写されたタイプ原稿は残されているが、手稿そのものは失われている（おそらくは、それを出版にまわす過程でなくなったものと思われる）。だから、『審判』の手稿群にそれは含まれていない。だから写真には写されない。

こう説明すると、まったく問題がないように聞こえるかもしれない。しかし、これは明らかに写真版のひとつの限界を示しているといえる。写真版は『審判』の〈すべて〉を含んでいるわけではない、ということだ。

しかし、〈すべて〉とは何だろうか。「夢」がそこにあれば、それで解決だったのだろうか。いや、そうではないだろう。

以前に、『城』の「城ノート6」の冊子には現物としてのノートに含まれていない頁の写真が掲載されている、と述べた。それが加えられている理由は、その帳面上の断片は『城』に関係しているからだった。関係しているなら、含んでもいい。その〈関係〉が何を意味するかという問いは、すでに考え始めていた。その答えが何であれ、カフカの編集においては、そんな常識外れの思考法が通用している。であるなら、『審判』も「夢」以外に、含みうるものがいくつもある。

いま『城』についていったことで、写真版の限界をもう一点指摘しておこう。これも前に一度指摘したことだが、繰り返しておこう。「城ノート」以外の場所に書かれているものであっても、『城』に収録するのであれば、その函に「城ノート」と名づけられて提示されているモノのテクストは、もはや現物のノートのそれと同一ではない。つまり、丸写しは実現されておらず、忠実さはその点で損なわれているのだ。

なぜ忠実でなければならないのか。いったい何に忠実であるべきなのか。『審判』とはどこまでが『審判』で、『城』とはどこまでが『城』なのか。

そもそも、『審判』とは、『城』とは何なのだろうか。

第三章　ほんとうの夢

1923年

「史的批判版」という名の写真版

おそらく不安になったのではないだろうか。私たちが読んでいる『城』とは、『審判』とは何なのだろう、と。前章で語った編集をめぐる話は、もちろんドイツ語のテクストについてのものだ。しかし、それが日本語で読む者にとって、まったく関係のない話でないことは、十分おわかりだろう。すでに、私は第一章で、批判版を訳したという日本語の訳書に問題があることを指摘した。ここで新たに、写真版を訳したという日本語訳書の問題について言及しておきたい。

写真版を訳した？　この言葉に違和感を覚えた方は少なくないに違いない。写真版は、前章で説明したように、写真と転写だけを出しているものだ。そこには、きれいに編集されたテクストはない。にもかかわらず、それが日本語の本になったという。ここで、もしかしたら多くの方は、その本の形態として、函に数冊の冊子が入っているものを想像したかもしれない。なぜなら、写真版はそこが一番の特徴なのだから。ところが、その訳書は小さな一冊の文庫本である。

それが出たのは、もう一五年も前の二〇〇九年だ。光文社古典新訳文庫として出されたその本を当時初めて手にしたとき、正直目を疑った。そして、慌てて版権表示を見て、それの底本が間違いなく、あの一九九七年にシュトゥルームフェルト社から出されたロイス編集の写真版であることを確認した。

ここで補足すべきは、その版権表示にあるドイツ語の言葉は、正確にいえば写真版ではなく「史的批判版（historisch-kritische Ausgabe）」であることだ。これが意味するのは、本書でずっと「写真版」と呼んできたモノは、出版する側のロイスたちからいえば「史的批判版」だということである。実際に函に印刷されている名称もそれである。そして、日本の文庫本の訳者も、本の中でそれを「史的批判版」と呼んでいる。にもかかわらず、なぜ私はずっとそれを「写真版」と呼んできたのか。また、史的批判版というのは、そもそも何なのか。このあたりの解説は、非常に複雑になるので、後でおこないたい。

とにかく、その文庫本（以下、「光文社版」と略記）では、写真版を訳したものとして、〈きれいな読みやすいテクストが提供されている。なぜ、と私が驚いた理由は、わかっていただけるだろう。写真版のコンセプトは、読みやすいテクストは提供しない、一冊の本では出さない——。それが、なんと一冊の読みやすい文庫本になっているのだから。

訳者もそのあたりは十分わかっているようで、「訳者あとがき」には「翻訳者は、裏切り者」という小見出しがつけられた一節がある。そして、そこではどこをどう裏切ったかが列挙されている。すなわち、本になっていないものを本にした。確定されていない本文を確定した。略記されているものを元の名詞に戻した。そして、そのたびごとに「批判版に準拠させたほうが」、「批判版を参考にしながら」、「批判版に準じて」という言葉が繰り返されている（『光文』「訴」四一五頁）。

ということは、章の配列も、底本となる本文も批判版のそれとほぼ違わないものだということである。逆にいえば、批判版と異なる箇所、すなわち写真版のほうに従った箇所は、ごくわずか、すなわち批判版を底本とする白水社版との違いもわずか、ということだ。では、写真版に従ったことによって生じている、そのわずかな違いとは何か。

それらはいずれも章の分け目とタイトルに関することである。まず一点めは、白水社版『審判』の最初の二つの〈章〉、すなわち「逮捕」と「グルーバッハ夫人との対話　ついでビュルストナー嬢」が、光文社版ではまとまって、ひとつになっている点だ。この違いは、写真版がそれら二つの章をあわせてひとつの冊子として出しているからであり、ひとつの冊子となった理由は、現物の手稿ではそれらはひとつの束だからである。ちなみに、現物ではひとつの束だという点については、前章で批判版とブロート版を比較したときにふれた。詳しいことは前述の内容を振り返っていただきたいが、ようするにブロート版ではそれらはひとつの章だった。つまり、その点でいえば、ブロート版に回帰したともいえる。

ただ、この最初の章のタイトルは、光文社版では、従来のものとは異なり、「誰かがヨーゼフ・Kを中傷したにちがいなかった」となっている（『光文』「訴」九頁）。理由は、写真版の冊子のタイトルがそうなっているからである。では、なぜ写真版のタイトルがそうなっているかの理由は、以下のとおりだ。まず、その現物の紙束には表紙がついておらず、よって他の冊子（章）のように表紙に書かれているキーワードをタイトルとして提示することができない。写真版の編集方針は手稿への徹底した忠実であるから、編集者が介入して（手稿にはない）文言等を付け足すことも極力回避されている。したがって、編集者が考えたタイトル（ブロート版と批判版のタイトルはそれ）ではなく、一枚めの一行めが冊子タイトルとして提示されているのである。

白水社版と光文社版のもうひとつの違いは、これもブロート版への回帰に関わる点である。前章で述べたように、ブロート版で「断片」という名で付録に収められていたテクストは、批判版では資料篇のヴァリアントに入れられたために〈消えている〉。だから、白水社版でも（ヴァリアントを一切訳していないために）消えている。ところが、光文社版では、それが復活しているのである。それが示すのは、写真版ではそれが一冊の冊子を成しているということである。実際そのとおり、写真版では、その断片が書かれた一枚の紙だけで一冊の冊子が作られている。そして、その紙にも表紙がないため、その冊子のタイトルも、その紙のテクストの一行めである。すなわち、光文社版の訳に従えば、「ふたりが劇場から出たとき」だ（『光文』「訴」三九〇頁）。

注意してもらいたいのは、白水社版と比較して新しくなったかのように見える点は、いずれも日本の読者にとっては実質的には新しいものではない、という点である。その点ではブロート版を訳した従来の訳書では、白水社版の最初の二章が合わさって第一章を成しており、その点では光文社版と同じである。また、白水社版と比べると新たに光文社版に加わったように見える「ふたりが劇場から出たとき」という〈章〉は、ブロート版の旧訳では「断片」というタイトルで、すでに訳出されている。ということは、光文社版でなければ読めない、本邦初公開となったテクストはない、ということである。

なお、もうひとつ、章のタイトルに関しては、小さな違いを指摘できる。章タイトルのうちのひとつにある商人の名前について、白水社版で「ブロック」となっているものが、光文社版では「ベック」になっている。この違いは、もちろん写真版では「ベック」となっていることに由来する。そして、それが意味するのは、手稿の紙束についている表紙に書かれている名前が「ベック」だということである。いっぽう、白水社版が「ブロック」になっているのは、批判版がそう修正しているからである。批判版の編集者が直した理由は明らかで、その章の本文中では商人の名前はずっと「ブロック」だからだ。つまり、タイトルと本文の間の矛盾を避けたということである。

編集の問題と翻訳の問題

白水社版と光文社版を手に取って見比べた読者であれば、これら以外に〈形〉の違いとして一目で気がつくことがあるだろう。段落の数がまったく違う。白水社版に比べて、光文社版のほうが圧倒的に段落が少ないのだ。ただし、注意しなければならないのは、その違いは写真版を底本にしたからではない。この違いは、むしろ批判版を忠実に訳したために生じている。

批判版の原文テクストでは、ほとんど段落分けがなされていなかった。一気に前へ前へ書き進めるタイプのカフカの手稿では、段落分けはあまりなされていない。句読点も少なめである。手稿をできるかぎり忠実に活字にしようとした批判版では、したがってブロート版に比べて段落分けの少ないテクストが提供されている（逆にいえば、ブロートは読者の読みやすさを考えて、自らの判断で段落を分けた）。つまり、批判版を訳したという白水社版では、いわば訳者によってブロートばりの編集がなされていたということだ。批判版の原文にないところで、たくさん段落が分けられていたのである。光文社版は、それを元に戻して、批判版の分け目に従ったことによって、段落の数が減ったということである。

強調しておくが、前項で私が取り上げた章に関する違いは、どれも写真版を底本としたことによって生じた違いだったのに対して、いま指摘した段落分けの違いは、底本の違いから生じたのではない。同じ底本を使いながら、その〈形〉に翻訳者が手を加えたことによって違いが生じている。問題の切り分けをきちんとしておくべきだろう。底本が異なれば、訳文が異なるのは当然である。

光文社版と白水社版の違いには、その底本の違いから生じる違いが、わずかながらもある。ややこしいのは、光文社版は、その違いの箇所以外は、ほんとうは別の底本、白水社版と同じ底本を使っていることである。そして、同じ底本を使っているのに、白水社版では訳者によって〈形〉に大胆に手が加えられていたため、光文社版との間にそのことに起因する違いも生じている。

もう一点、注意しておこう。ふつう訳文の違いを語るとき、底本の〈形〉の違いなど考慮されない。翻訳の問題が語られる際、おもに話題になるのは、意訳か逐語訳かといったスタンス、あるいは表現や言い回し、言葉の選択、といったことだ。もちろん、カフカにおいてもその問題はあり、すでに本書でも何回かふれてきた。しかし、その種の翻訳それ自体の問題は、先に私が検討した〈形〉の違いの問題とは別次元のものである。このレベルの切り分けをしっかりするのは大事である。

そこを切り分けないことが、いかに危ういか。ごっちゃに語ってしまうことで、いかに問題の本質が見えなくなるか。それがよくわかるのが、光文社版の「訳者あとがき」である。先述のように、その文章ではまず裏切りが列挙され、しまいには「ああ、裏切りのオンパレード」と開き直りのような言辞が弄されている。そして、それに続いてそこで述べられているのは、白水社版の翻訳がいかに意訳がすぎるか、ということだ。「負けない翻訳」という言葉を使いながら、白水社版の翻訳は原文に「負けない」で自らの流儀や芸を駆使して訳している、と批判している。いっぽう、自分の翻訳は「負ける翻訳」であり、その「負ける翻訳」とは「オリジナルからできるだけ逸脱せず、犬のように忠実」に訳すことだという（『光文』「訴」四一八頁）。

たしかに、白水社版の翻訳が、かなりの大胆な意訳を含み、ところどころ訳し飛ばしや明らかな誤訳もある点は、第一章でも指摘した。したがって、そうした点を正すために訳し直そうという意図はわかる。しかし、なぜ忠実に訳すのかという説明の際に、次のようなことが根拠として述べられているのは、まったく理解できない。

カフカのようにずば抜けた作家の場合、ブロート版から批判版へ、批判版から史的批判版への流れを見てもわかるように、オリジナルには圧倒的な敬意が払われている。(『光文』「訴」四一九頁)

続けて、クラシック音楽のピリオド奏法を例にあげて、「芸術や文学ではオリジナルを尊重することが、ほとんど常識になってきている」と述べる。そして、「古典新訳文庫の底本は史的批判版だから、翻訳のスタンスはもちろん、「負ける翻訳」だ」(『光文』「訴」四一九頁)。

先ほど指摘した二つの異なる問題の混在が、ここに明らかに認められるだろう。ブロート版から批判版へ、さらに史的批判版へという流れは、テクストの〈形〉に関わるものである。そこにあるのは編集をめぐる問題であって、翻訳のレベルの問題ではない。編集のレベルで見れば、光文社版は自称底本の史的批判版=写真版を大きく裏切っている。にもかかわらず、史的批判版を底本としているから、翻訳のスタンスは「負ける翻訳」、「犬のように忠実」だという。論理は完全に破綻している。

光文社版の文庫本の裏表紙には、こんな宣伝文句が躍っている。

「草稿」に忠実な、最新の〈史的批判版〉をもとに、カフカをカフカのまま届けるラディカルな新訳！

この宣伝文がもつ〈構造〉は、あの白水社版の宣伝文で確認したそれと同じである。あのときも、ドイツ語の底本に冠されるべき形容の語句が、そのままなぜか訳本の形容へとすり替えられていた。こちらもそうだ。「カフカをカフカのまま届けるラディカルな」というのは、実際には、その訳本のドイツ語底本を表している言葉である。とくに「ラディカルな」は、写真版のあの常識外れな形態を指すときに使われてきた形容だ。しかし、繰り返すが、その形容を受けている「新訳」は、形態としてはまったくラディカルではない。史的批判版のラディカルさの実現である部分を全部裏切って出来上がったのが、その「新訳」である。

ほんとうの「史的批判版」

繰り返しになるが、光文社版では、宣伝文でも解説でも「訳者あとがき」でも、一貫して「史的批判版」という言葉が使われている。しかし、そこでそう呼ばれているものは、ほんとうに史的批判版なのか。ここでは、事情は一層複雑である。なぜなら、光文社版が誇らしげに宣伝している「史的批判版」は史的批判版ではない可能性があるからだ。

では、史的批判版とは何か。その聞き慣れない言葉について、ここで説明しておこう。それは、端的にいってしまえば、ある作品に関して歴史的に存在したすべての稿および版と、それらを批判的に精査する際に参考にした資料のあらゆる情報を集めたもののことである。「すべて」とか「あらゆる」という言葉を使ったのがミソで、つまり全部集めることが目的とされているということだ（ただし、これは現在の理論から導かれる定義であって、歴史的には異なる定義もあったのだが、複雑になりすぎるので、ここでは踏み込まない。森林 二〇二四を参照）。

だから、私が、あの自称史的批判版の存在を頭から外して、カフカの史的批判版という言葉を聞くと、脳裏に思い描くのは、現存するそれとはまったく別のものである。イメージされるのは、巨大な出版物、すなわちブロート版も、批判版も、ブロート版といっても第一版、第二版、第三版の間の異同をめぐる情報も、もちろん手稿の写真も転写もタイプ原稿も、それから執筆の際に使われた資料やら何やら、とにかく何もかも全部含んだ代物だ。

おそらく、いまの話を聞くと、そんなものを現実に作れるのかと訝しく思うだろう。そう、現実には実現不可能なもの、それが史的批判版である。理論上の「史的批判版」とは、ようするに理想形、理論の理想の到達点を示す概念だといってしまったほうがいい。しかし、であるなら、史的批判版という出版物は現実には存在しないのかといえば、そうではない。逆に、だからいろいろあるのである。それらの多くは、その理想に向けて進みながら、ぎりぎりのところで現実と妥協した結果の産物だ。つまり、妥協がさまざまな方法でおこなわれているので、さまざまな形態を示しているわけである。

一番ぎりぎりまで理想を攻めた例として、一九世紀の夭折の劇作家ゲオルク・ビューヒナー（一八一三―三七年）の史的批判版全集（二〇〇〇―一三年）が挙げられる。そこでは、それこそ手稿の写真や転写、そこから編集された確定テクスト、また刊本の各版との異同や、執筆で用いられた当時の新聞記事等といった文献まで、あらゆる資料が収められている。だから、各巻のボリュームは異様に膨れ上がった。例えば『ダントンの死』という戯曲は、文庫では八〇頁ほどの小さな作品だが、史的批判版のそれだと、全四冊で総頁数が約一六〇〇頁と、分量はなんと二〇倍だ（Büchner 2000）。

ただし、これは極端な例であって、現実にはほとんどが、もっと手前の段階で妥協して、もう少し手頃な形態の本に収まっている。つまり、ドイツには理論上の史的批判版の要件を厳密にいえば満たしていない実践例がごろごろある、ということだ。だから、「史的批判版」という用語をめぐる理解は研究者によってもまちまちで、どれを史的批判版と見なすかという判断もばらばらになる。また、じつをいえば、ドイツでも大方の文学研究者は史的批判版についておぼろげな理解しかしていない。どの版を史的批判版と呼んでいいのか、といった話におそらく興味もない。だから、本の表紙に「史的批判版（historisch-kritische Ausgabe）」という文字が印刷されていれば「史的批判版」と呼ばれているというのが実態だろう。

「史的批判版」、あるいは「批判版」、あるいは「研究版（Studienausgabe）」といった学術版テクストのカテゴリー概念について議論を交わすのは、もっぱら編集文献学を専門とする者である——もうひとつ聞き慣れない言葉が出てきただろう。「編集文献学」だ。本来は、史的批判版の話をするのであれば、先に編集文献学という学問分野を紹介しておくべきだった。なぜなら、史的批判版とは何かといったことは、繰り返しになるが、専門性の非常に高いその分野以外で議論されることはほぼないからである。

私は、この特殊な分野に、カフカ研究に本格的に取り組み始めてほどなく、かなり深く関わることになった。なぜなら、カフカが何を書いたのかを深く理解する、いわばほんとうにカフカを読むためには、テクスト編集の問題に関する洞察が不可欠だと感じたからである。本書を読んでくれている方々も、次第にそれを感じてくださっていると思う。

では、その編集文献学とは何かだが、それについて丁寧に解説をしようとすると、そうでなくてもはまり込んでいる横道に一層どっぷりはまることになり、戻ってこれなくなってしまう。だから、ここではごく簡単に、以下の説明にとどめたい。それは、学術的に文学テクストをどう編集するか、その思想や方法に関する理論、またそれをめぐる事象も含めて実践的にも検討する学問分野である。戻れば、一六冊の冊子が入ったあの函について、それは「史的批判版」と見なせるかと編集文献学者たちに尋ねたら、九割方はノーと答えるだろう。そして、あれはFaksimile Ausgabeだ、と続けて答えるはずである。直訳すれば「ファクシミリ版」、もっと簡単な言葉でいってしまえば「写真版」である。

編集文献学の必要性

あの写真版を「史的批判版」と名づけて最初に日本に紹介してしまったのは、ほかならぬ私である。二〇年前の拙著のなかでは「写真版」という言葉をまったく使わず、それを「史的批判版」という言葉で何度も呼び続けた。つまり、事情はなお一層複雑であり、したがってここから先の解説は、私の個人的な感慨を含めた、かなり主観的な視点からのものとなる。お許しいただきたい。

いまさらの言い訳になってしまうが、当時からすでに不思議には感じていた。なぜ「史的批判版」という文字が、あの函に印刷されているのだろう——。自分の学んだ知識からいえば、それはどう見ても史的批判版には見えなかった。とはいえ、堂々とそう名乗っている出版物に対して、いや、それは違う、というだけの自信も勇気も当時はまだなかった。

さっきも九割方といったように、この件は編集文献学の学者たちの間でも完全なコンセンサスを得るのは難しい類のものである。編集文献学のメインのコミュニティにかぎれば、おそらく見方は一致する。しかし、そこに属さない者たちのなかには、異なる見解をもつ者もいる。じつは、写真版（史的批判版）の編集者ロイスは、新しいカフカの編集プロジェクトを発表するや、すぐに「テクスト批判研究所」を設立して、機関誌『テクスト——批判論集（*Text: Kritische Beiträge*）』を発刊した。つまり、独自のコミュニティを作り始めていた。

「史的批判版」という用語自体を作った、すなわち日本語での訳語を編み出したのも、たぶん私が最初である。「歴史批判版」と訳されていたのを見たことがあったが、それだと歴史を批判するように誤解されるかと思って「史的」という言葉に変えた。ついでにいえば、「批判版」という訳語についても、自分が最初とはいわないものの（なぜなら「歴史批判版」という語がすでにあったのだから）、定着させてしまったのは、たぶん私だ。正直にいえば、そんな不恰好な言葉たちがこう頻繁に使われるようになるとは、当時は思わなかった。„kritische Ausgabe“の訳語としては、「批判版」ではなく、もっとこなれた「校訂版」という語がすでに人口に膾炙していた。あの白水社版の宣伝文でも、底本を指すのに「新校訂版」という言葉を使っていた。「批判版」という、ふつうに聞いたら意味不明な座りの悪い言葉より、できれば「校訂版」というよくできた言葉を使いたかった。

「校訂」とは、文字どおり、各版を校合して訂することを意味している。カフカの場合、ところが訂しないことが正しいという主張のもと、「史的批判版」という名のついた書物が出版されている。となると、それを「史的校訂版」と呼ぶのは大きな誤解を招いてしまうことになる。„kritische Ausgabe" そして „historisch-kritische Ausgabe" という二つの言葉の連なりを考えると、原語の „kritisch" は、もはや直訳的に「批判的」と訳すしかない。つまり、それらの訳語は妥協の産物、苦肉の策であり、いつか誰かがもっといい言葉を生み出してくれるに違いない——と、当時まだ若かった私は無責任にも思っていた。

ここで大事なポイントを指摘しておきたい。文学研究に携わったことがあれば、おそらく一度は「テクストクリティーク」という言葉に出会ったことがあるだろう。カタカナのままで呼ばれることもあれば、「本文校訂」とも「本文批判」とも「テクスト批判」とも訳されることもある。いずれにせよ、その原語はドイツ語の „Textkritik" であり、それがドイツ文献学における学術的な文学テクストの編集作業を指す言葉だということも、かなりよく知られていると思う。ただし、それがほんとうはどういうものか、その理論をめぐる歴史的な議論は、ほとんど知られていないのではないか。これは日本の文学研究の領域における深刻な欠落だと思っているのだが、この問題について話し始めることも、ここでは控えたい。

ようするに、思い切っていってしまえば、誰もわかっていなかったのだ。史的批判版とは、ほんとうはどういうものか、を。だから、史的批判版を忠実に訳したと標榜する文庫本が存在しえた。ほんとうには誰もわかっていなかったから、ドイツの編集文献学者が聞いたら腰を抜かしそうな出版物が、日本では社会的に問題なく流通できてしまっているのだ。

その文庫本を手にして途方に暮れたのは、きっと私だけだったと思う。不遜に響くかもしれないが、だから以来、私は後悔と責任感に苛まれ続けた。光文社版の解説と「訳者あとがき」からは、あの拙い若書きの私の本を訳者が大いに参考にしてくれたことが推察できた。「史的批判版」だけでなく、「古文書学的翻字」という不恰好な訳語もそのまま使ってくれていた。„diplomatische Umschrift" という用語は、いまでは「写実的転写」という若干思い切った訳語を使っているが、当時は意訳する勇気がなくて、意味不明なそんな直訳の言葉でお茶を濁していた（付言すれば「写実的転写」という訳も正直まだかなり意味不明だと思っている。「転写」は英文学の領域から "transcription" の訳語を拝借したのだが、むしろ日本文学の領域からの「翻字」のほうがわかりやすいかと思い、そちらに戻すべきか思案中である）。

このままだと、カフカのテクストについてのみならず、編集文献学についても誤解を広めてしまうのではないか。とくに光文社版の解説と「訳者あとがき」を読んだ人々の多くが、史的批判版とは、ようするに手稿の写真と転写を掲載しているものだと誤解しかねないと思うと頭を抱えた。またもや理論の全体が理解されないまま、難しそうな外国由来の用語だけが都合よく使われていく――そんないつもの光景が、この分野でも繰り返されるだろう。そのときの煩悶がひとつのきっかけだった。カフカ研究を進めるかたわら、編集文献学という新しい学問の導入にも取り組もう。そう決意して、共同研究を本格的にスタートさせた。

ほんとうの底本

責任を感じたというのであれば、なぜもっと早くに声を上げなかったのか。そんなお叱りが聞こえてきそうである。またもや言い訳になるが、けっして黙っていたわけではない。むしろ、さまざまな機会を捉えては、白水社版や光文社版の問題点を指摘する論考を発表していた。二〇〇九年に光文社版が出た翌年の二〇一〇年には『文学』（岩波書店）の誌上で、冊子入りのカフカの函を「史的批判版」と呼んでしまったのは〈間違い〉だったと認めたうえで、光文社版の問題を指摘して注意を促した（明星 二〇一〇）。また、翌々年には同じ誌上で、白水社版と光文社版の両方をめぐって、ここで展開したような話をコンパクトにまとめて、正面切った批判をおこなった（明星 二〇一二a）。私にとっては、既存の訳書の問題を取り上げることよりも、編集に関する問題の存在をわかってもらうことのほうが大事だったから、その後はとにかくその点の重要性を何度も強調し続けた。激しい徒労感に苛まれながら——と、ここで吐露させていただきたい。なぜなら、その主張は、その時点でもすでに一〇年以上前から繰り返していたことだったのだから。

しかし、残念ながら届いてほしい人たちの耳には届かず、他にもさまざまな誤解が広められ、共有され続けている。この機会にいくつかを取り上げて、修正を加えておきたい。

まず、もうひとつの光文社版について。私の説明が拙かったかもしれないが、本書の読者はここまで読んで、二〇〇九年のものが光文社古典新訳文庫として出された最初のカフカ本であるように思われたかもしれない。ところが、その二年前にも、光文社古典新訳文庫として、カフカの訳書が一冊刊行されていた（『変身／掟の前で　他2編』）。同じ訳者によるものであり、そしてその裏表紙にも、こんな宣伝文がある――「カフカの傑作4編を、もっとも新しい〈史的批判版〉にもとづいた翻訳で贈る」。

初めてそれを見たとき、私はまったく意味がわからなかった。「傑作4編」というのは「変身」、「掟の前で」、「判決」、「アカデミーで報告する」（これらのタイトルの訳は、いまは光文社版に従う。このタイトルの訳のひとつに問題があるが、それについては後で扱う）。これらは、すべてカフカが生前に自ら活字にしたものばかりである。つまり、カフカ自身によって完成形が確定されたものであり、〈形〉という点では、ほぼ問題にならない。ブロート版だろうが、批判版だろうが、世間にドイツ語で出回っているテクストは、どれもほぼ同じである（句読点や綴りなどまでが完全に一致しているわけではないので、あくまで「ほぼ」であるが）。

その文庫本の版権表示では、シュトゥルームフェルト社からの（自称）史的批判版が、三冊分列挙されている。しかし、それら三冊はどれも新しく編集し直されたテクストを示すために出されたものではない。別の目的のために「史的批判版」というレッテルがついた〈本〉として出されているものである。繰り返しになるが、それらに収録されている四つの短編のテクストは、たとえ史的批判版という枠で出されていても、ブロート版、批判版とほぼ同じである。

では、いったい別の目的とは何か。以下、さらに複雑な話になってしまうが、こんな複雑な話をせざるをえないところが、正直カフカらしいと思っている。だから、もうしばらくカフカ・テクスト、さらには編集文献学についての理解のために、お付き合いいただきたい。

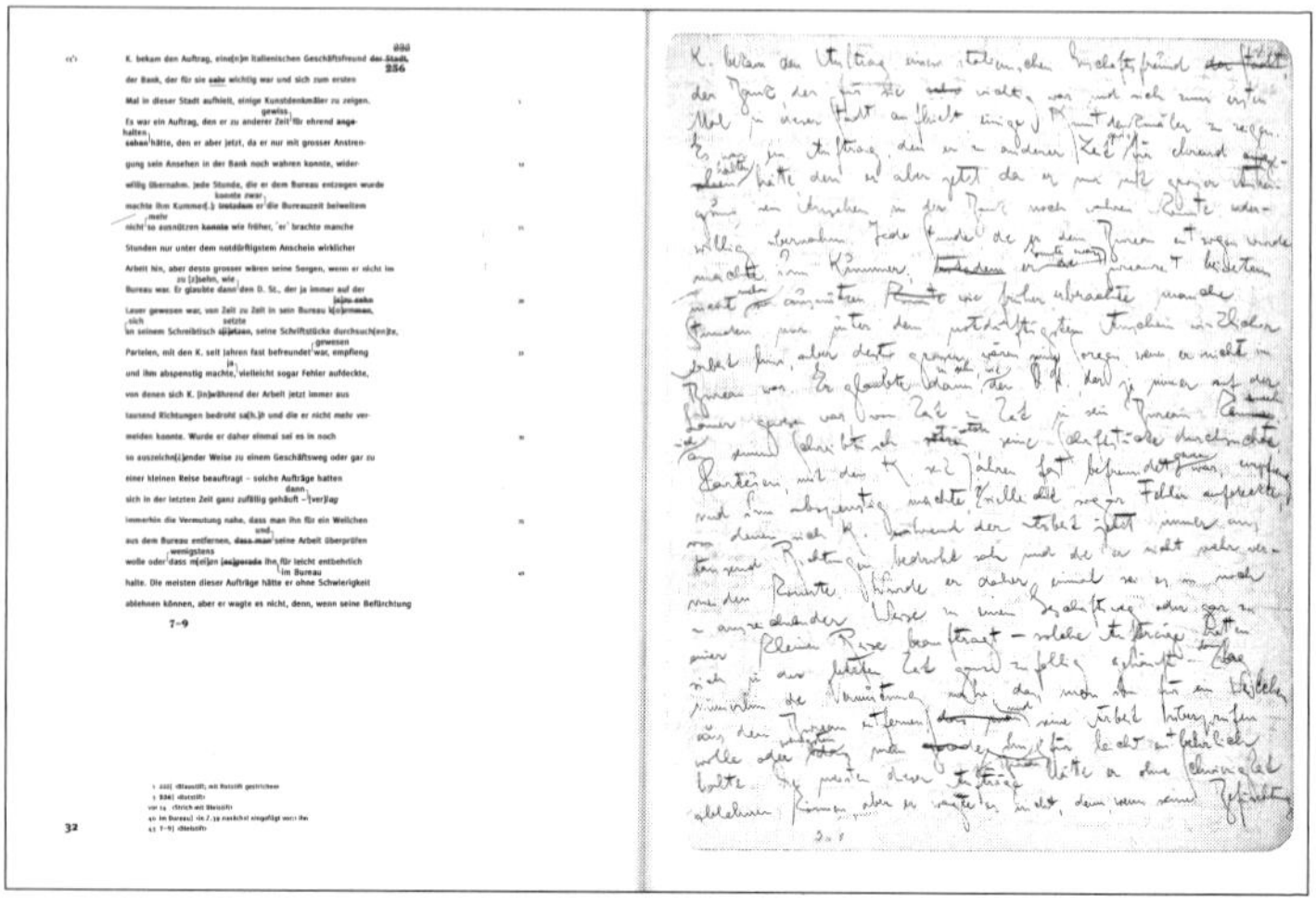
K. bekam den Auftrag, eine(n)m italienischen Geschäftsfreund der Stadt,
der Bank, der für sie sehr wichtig war und sich zum ersten
Mal in dieser Stadt aufhielt, einige Kunstdenkmäler zu zeigen.
Es war ein Auftrag, den er zu anderer Zeit gewiss für ehrend ange-
sehen hätte, den er aber jetzt, da er nur mit grosser Anstren-
gung sein Ansehen in der Bank noch wahren konnte, wider-
willig übernahm. Jede Stunde, die er dem Bureau entzogen wurde
machte ihm Kummer(.) trotzdem er die Bureauzeit beiweitem
nicht so ausnützen konnte wie früher, er brachte manche
Stunden nur unter dem notdürftigstem Anschein wirklicher
Arbeit hin, aber desto grosser wären seine Sorgen, wenn er nicht im
Bureau war. Er glaubte dann den D. St., der ja immer auf der
Lauer gewesen war, von Zeit zu Zeit in sein Bureau k(o)mmen,
an seinem Schreibtisch s(i)tzen, seine Schriftstücke durchsuch(en)te,
Parteien, mit den K. seit Jahren fast befreundet war, empfieng
und ihm abspenstig machte, vielleicht sogar Fehler aufdeckte,
von denen sich K. (in)während der Arbeit jetzt immer aus
tausend Richtungen bedroht sa(h.)h und die er nicht mehr ver-
meiden konnte. Wurde er daher einmal sei es in noch
so auszeichn(i)ender Weise zu einem Geschäftsweg oder gar zu
einer kleinen Reise beauftragt – solche Aufträge hatten
sich in der letzten Zeit ganz zufällig gehäuft – (ver)lag
immerhin die Vermutung nahe, dass man ihn für ein Weilchen
aus dem Bureau entfernen, dass man seine Arbeit überprüfen
wolle oder dass m(el)an (as)gerade ihn für leicht entbehrlich
halte. Die meisten dieser Aufträge hätte er ohne Schwierigkeit
ablehnen können, aber er wagte es nicht, denn, wenn seine Befürchtung
7–9

32

図9　写真版見本巻より「伽藍で」(FKAE, S. 32-33)

版権表示の順に説明しよう。まず、一番上に『判決』の底本として挙げられているのが、一九九五年に出された見本巻である。ドイツでの史的批判版の全集の刊行は本格的には一九九七年の『審判』を皮切りに始まったが、その二年前にその版がどんな形態になるかを示すべく薄い見本巻が出された。それに収められているのが、『審判』の「伽藍で」の章=紙束と、それから『判決』である。それら二つが選ばれた理由は、かたや生前未刊行、未完成の手稿しか残されていないものの編集例として、かたやカフカの生前に刊行された〈完成形〉のある作品の編集例として、である。だから、「伽藍で」のテクストは、図9のように見開きが写真と転写の対になった形で掲載されている。いっぽう、『判決』は、図10のように見た目はふつうの活字テクストである。ただ、下のほうに小さな字で注釈があるのに気づくだろう。この注釈は、刊本間の異同を示すものである。『判決』はカフカの生前に三回出版されており（一九一三年にある雑誌上で、また一九一六年に薄い本の形で二回）、それらの相互の違いが注として示されているのである。この活字テクストの編集の際の底本は、一九一六年の三番めの版である。そして、それは批判版の底本と同じである。ブロート版は二番めの版を底本にしているが、二番めにせよ、三番めにせよ、図10の下のわずかな注からわかるように、それらの差異は句読点など、いくつかの些細なものである。ようするに、ブロート版だろうが、批判版だろうが、史的批判版だろうが、作品本体のテクストはほぼ同じである。（自称）史的批判版がその見本巻で示したかったのは、頁の下のその小さな注釈なのだ。自分たちの編集する新しい

Das Urteil

Eine Geschichte

Für F.

Es war an einem Sonntagvormittag im schönsten Frühjahr. Georg Bendemann, ein junger Kaufmann, saß in seinem Privatzimmer im ersten Stock eines der niedrigen, leichtgebauten Häuser, die entlang des Flusses in einer langen Reihe, fast nur in der Höhe und Färbung unterschieden, sich hinzogen. Er hatte gerade einen Brief an einen sich im Ausland befindenden Jugendfreund beendet, verschloß ihn in spielerischer Langsamkeit und sah dann, den Ellbogen auf den Schreibtisch gestützt, aus dem Fenster auf den Fluß, die Brücke und die Anhöhen am anderen Ufer mit ihrem schwachen Grün.

Er dachte darüber nach, wie dieser Freund, mit seinem Fortkommen zu Hause unzufrieden, vor Jahren schon nach Rußland sich förmlich geflüchtet hatte. Nun betrieb er ein Geschäft in Petersburg, das anfangs sich sehr gut angelassen hatte, seit langem aber schon zu stocken schien, wie der Freund bei seinen immer seltener werdenden Besuchen klagte. So arbeitete er sich in der Fremde nutzlos ab, der fremdartige Vollbart verdeckte nur schlecht das seit den Kinderjahren wohlbekannte Gesicht, dessen gelbe Hautfarbe auf eine sich entwickelnde Krankheit hinzudeuten schien. Wie er erzählte, hatte er

2 Geschichte] Geschichte von Franz Kafka D^1 D^3 ‹Titel und Untertitel in allen drei Zeugen in Versalien; in D^2 und D^3 Verfassername, Titel und Untertitel nicht über dem Text, sondern auf Titelblatt›

3 Für F.] für Fräulein Felice B. D^1 ‹in D^2 und D^3 in Versalien›

4 Es] ‹in D^2 und D^3 Initiale mit versalem s›

95

図10　写真版見本巻より『判決』（FKAE, S. 95）

版には、これまでの版にはなかったものとして、下に注釈がつきますよ、というのが見せたかったことである。しかし、その新しい版を底本にしたと喧伝している光文社版には、当然のようにその注釈はまったく示されていない。

「オリジナル」概念の難しさ

二〇〇七年の光文社版に収録されているその他の三編も、最新の版に基づいているといいながら、実質的には従来の版だという点を確認しておこう。

『変身』についても、光文社版での版権表示は、二〇〇三年に出た（自称）史的批判版となっている。たしかに、二〇〇三年には『変身』と題された函――『審判』と同様に〈本〉ではなく〈函〉が出版されている。そして、そこには分厚めの冊子が二冊と通常の形の本一冊の計三冊が収められている（図11）。二冊の冊子のうちの一冊は、見開きに手稿の写真と転写が並べられて掲載されているもの（図8と同様の形）。そして、もう一冊は、編集者による解説と〈完成形〉の活字テクストである。ようするに、見本巻で示されていたような、下に刊本間の異同を示す注釈がつけられたテクストである。そして、函に入った本とは、カフカが生前に出した初版本の復刻本だ。

この復刻本を付録にするというのは、なかなか面白いアイデアであり、最初見たときは感心した、と同時に困惑もした。なるほど、復刻本は写真版のコンセプトの論理的帰結を示しているといえるだろう。オリジナルへの徹底した忠実というのであれば、写真という二次元的な複製ではなく、三次元的な複製を実現した復刻本というモノのほうが理にかなっている。そして、その復刻本は、たしかに

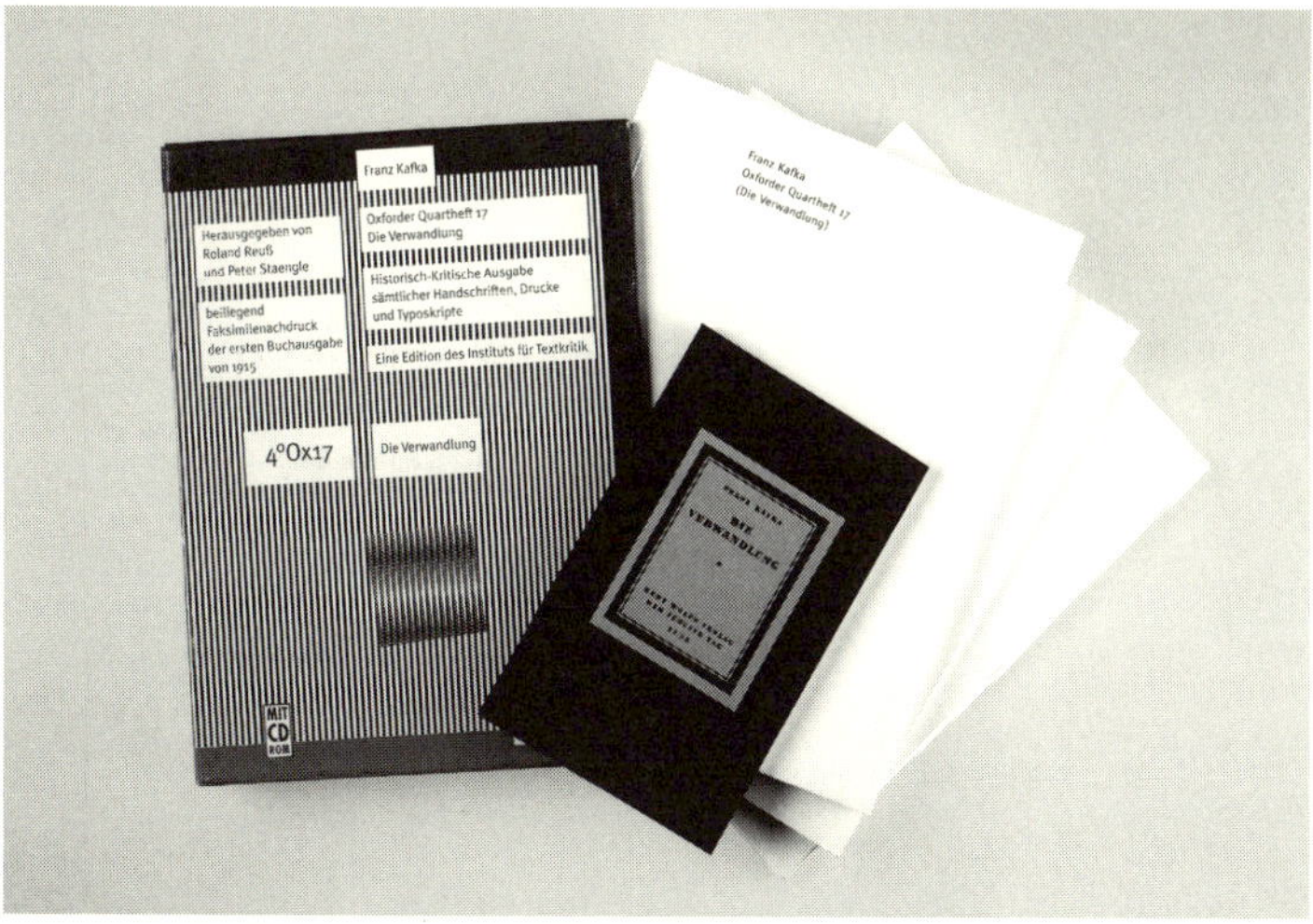

図11　写真版『変身』全冊子と函（FKAQ17）

それでなければ表現できない、その作品の重要な美的側面を伝えている。図12が、その復刻本の版面の写真である。ごらんのように、そこで使われている活字はウィリアム・モリスによって開発されたゴールデン・タイプである。つまり、そこには視覚的な美しさにもこだわった当時の本作りが見て取れるのだ。

　とすれば、オリジナルへの徹底した忠実というのなら、写真という二次元の複製で満足するのではなく、三次元的にも複製された模造品、レプリカを作るべき、ということになるのか――。だが、もしそうだとしたら、手稿も、写真の冊子ではなく、ノートならノートとして、ルーズリーフならルーズリーフとして、3Dコピーしたモノが作られたほうがいい、ということになるだろう――。付録の復刻本を手にして感心した、と同時に困惑したのは、そこに考えが至ったからである。実際、その予想は半ば当たっていて、二〇一〇年にはベルリンのある出版社から、カフカの手紙や絵葉書や各種の個人的な書類（小学校の成績表も！）の本物そっくりの複製品が函に入ったセットが発売された（Čermák 2010）（なお、このあたりの〈複製〉をめぐる問題については、二〇一二年に詳しく論じた（明星二〇一二b））。

ここで、オリジナルとは何か、という非常に厄介な問題に少しふれておくべきだろう。文学作品のオリジナルとは何だろうか。ここまで主に見てきた『城』も『審判』も、生前には出版されていない。だから、手稿がオリジナルだと素直に受けとめられ、手稿に忠実なテクスト作りがなされてきた。しかし、よく考えてみれば、それがほんとうにオリジナルかどうかは難しい問題だ。なぜなら、〈作品〉のオリジナルという場合、その〈作品〉とは物質的なモノというより観念的な何かであると

I.

ALS Gregor Samsa eines Morgens aus unruhigen Träumen erwachte, fand er sich in seinem Bett zu einem ungeheueren Ungeziefer verwandelt. Er lag auf seinem panzerartig harten Rücken und sah, wenn er den Kopf ein wenig hob, seinen gewölbten, braunen, von bogenförmigen Versteifungen geteilten Bauch, auf dessen Höhe sich die Bettdecke, zum gänzlichen Niedergleiten bereit, kaum noch erhalten konnte. Seine vielen, im Vergleich zu seinem sonstigen Umfang kläglich dünnen Beine flimmerten ihm hilflos vor den Augen.

»Was ist mit mir geschehen?«, dachte er. Es war kein Traum. Sein Zimmer, ein richtiges, nur etwas zu kleines Menschenzimmer, lag ruhig zwischen den vier wohlbekannten Wänden. Über dem Tisch, auf dem eine auseinandergepackte Musterkollektion von Tuchwaren ausgebreitet war — Samsa war Reisender —, hing das Bild, das er vor kurzem aus einer illustrierten Zeitschrift ausgeschnitten und in einem hübschen, vergoldeten Rahmen untergebracht hatte. Es stellte eine Dame dar, die, mit einem Pelzhut und einer Pelzboa versehen, aufrecht dasaß und einen schweren Pelzmuff, in dem ihr ganzer Unterarm verschwunden war, dem Beschauer entgegenhob.

Gregors Blick richtete sich dann zum Fenster, und das trübe Wetter — man hörte Regentropfen auf das Fensterblech aufschlagen — machte ihn ganz melancholisch. »Wie wäre es, wenn ich noch ein wenig weiter-

3

図12 『変身』初版復刻本より最初の頁（*Die Verwandlung* 2003, S. 3）

もいえるからだ。このあたり、深く入り込むと複雑な議論になるので、いまはここでとどめよう。

それらと事情が異なるのは、先ほどから話題にしている『判決』や『変身』である。カフカの生前に出版されたそれらは作品としての完成形が実現されているといえる。だとしたら、たとえ手稿が残っていても、作品としてのオリジナルは、その活字になった完成形だと見なしうる。だから、史的批判版＝写真版でも、刊本同士の異同を示すことに重点が置かれていた。ただ、注意してもらいたいのだが、刊本がいくつもあるということは、オリジナルと見なしうるものもいくつもあるということだ。生前に刊行されたといっても、雑誌上の初出もあれば、本になった初版もあれば、その後、作者自身が手を入れた改訂版もある。どれが作品のほんとうのオリジナルかというと、判断はかなり難しい。

このオリジナルがたくさんありうるという点は、じつは編集文献学という学問領域がなぜ新しく興ったかということと関連が深い。この機会に少しそれについても説明しておこう。前に「テクストクリティーク」という言葉について少しふれたが、その言葉が指す作業は、従来は古代や中世のテクスト、すなわちグーテンベルクによる活版印刷技術の発明前のそれに適用されるものだった。古いそれらのテクストは、基本的にオリジナルはとうに失われてしまっている。失われてしまっているから、写本同士を相互に校合して、できるかぎりオリジナルを復元し、研究の基盤となる信頼のおけるテクストを作成することが求められたのである。

いっぽう、印刷メディアの普及以後の近現代のテクストは、いましがたいったようにオリジナルはたくさんある。一九世紀になって、文学研究が古典以外の近現代テクストまで対象にするようになると、その研究対象となった近現代テクストについても、古典の場合と同様に信頼のおけるテクストが求められるようになった。つまり、それについてもテクストクリティークが問題になったのだが、ところが、その方法論は少し考えればわかるように古典の場合とは異なるものにならざるをえない。なぜなら、あちらではオリジナルが喪失していたが、こちらではオリジナルは過剰にあるのだから。ということで、二〇世紀初頭から本文批判をめぐる新しい議論が始まり、さらにその議論が一九六〇年代以降のテクストをめぐるポスト構造主義的な検討と結びついて、編集文献学という新しい学問の創設へとつながっていったのである（明星・納富（編）二〇一五）。

もっとも新しい復刻本？

話を光文社版の問題に戻そう。ようするに、史的批判版＝写真版の『変身』は、手稿の写真と転写のみならず、〈完成形〉の活字テクストも提示している。そして、光文社版の翻訳で底本とされたのは、手稿ではなく、活字テクストのほうであることは間違いない。であるなら、それは批判版ともブロート版とも同じテクストである。

残りの二編についても確認しておこう。光文社版に付された版権表示として最後に挙げられているのは、二〇〇六年に出た『田舎医者』である。しかし、それは「史的批判版」というカテゴリーで出されているものの、実態はたんなる復刻本である。すなわち、カフカの生前に刊行された初版の短編集（一九一九年）の複製品だ。つまり、そこで提示されているテクストは、実質としては従来流通しているそれ、ブロート版、批判版とまったく変わらない。なお、この複製品で注目すべきは、本としての外見の面白さである。図13は、その復刻本の版面だ。ごらんのように、大きめの活字が余白たっぷりの紙面にゆるく並べられている。

こうしたゆったりした余裕のある組版は、カフカが生前出版した本の特徴のひとつである。その点について補足しておけば、第一章で先に話題にした『判決』に加えて、『火夫――断片』も、いずれも短い作品でありながら、それぞれ一冊の本として出版されたと述べた。とくに『判決』は、たった一晩で書き上げられた作品なのだから、分量は推して知るべしだろう。これらが一冊の本になりえたのは、同様に大きな活字で、ゆったり組まれていたからである。

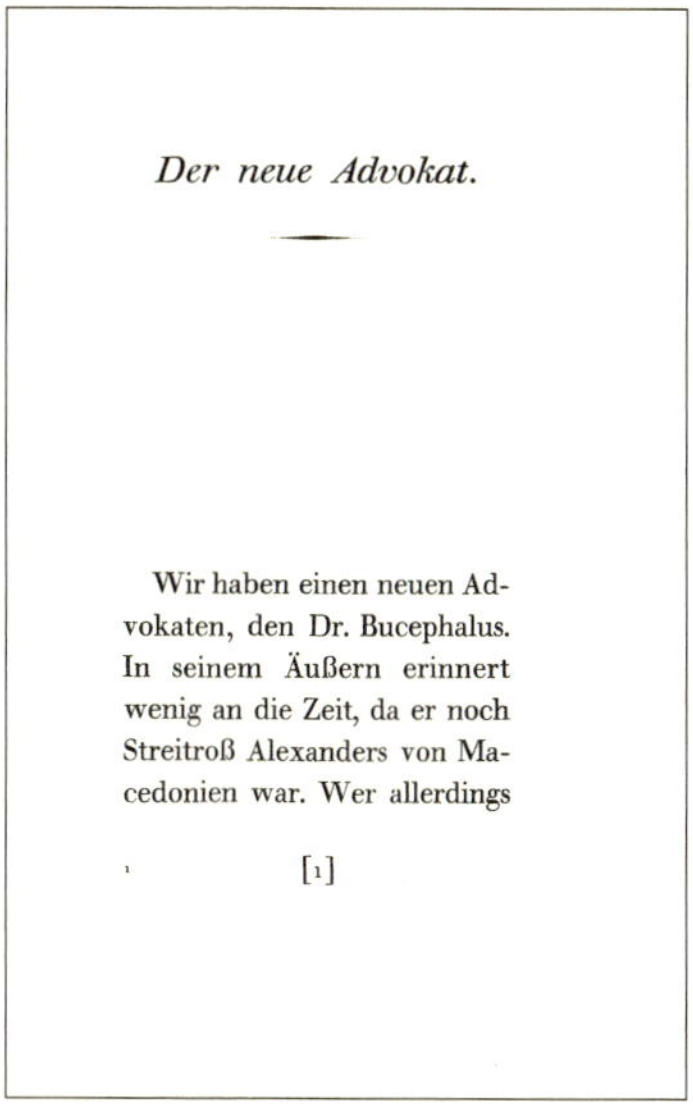
Der neue Advokat.

Wir haben einen neuen Advokaten, den Dr. Bucephalus. In seinem Äußern erinnert wenig an die Zeit, da er noch Streitroß Alexanders von Macedonien war. Wer allerdings

[1]

図 13　『田舎医者』復刻本より「新しい弁護士」（*Ein Landarzt* 2006, S. 1）

この点に気づくと、カフカが生前に出版したテクストが量としていかに少なかったかを確認できる。カフカは生前に七冊の本を出した――これはよく語られる事実である。七冊というと十分たくさんであるように聞こえるかもしれないが、実態としてのそれらはいずれも大きめの活字で組まれた薄い本である。だから、ブロートは、カフカの死の早くも翌年（一九二五年）に、大慌てで『審判』を編集して出版したのである。

フランツ・カフカはこれまで、ある程度当然のことながら、一個のスペシャリスト、つまり短篇の名手と見なされてきたが、これらの長篇によって初めてカフカの本領は大きな叙事的形式にあることがわかるであろう。(『新全』(5)二二一頁)

『審判』の「初版あとがき」からの引用である。この一文からは、当時まだ一般にはほぼ無名だったカフカを、長いものもばりばり書ける作家、長編小説もうまい大作家、いわば文豪に仕立てていこうというブロートの意図が読み取れる。ブロートは、その箇所で、短編『火夫』についても、それは「アメリカを舞台とする長篇小説の第一章であり、最終章も存在するので、どんな欠落もないはず」だと述べている(『新全』(5)二二二頁)。しかし、これは明らかに事実に反した誇張である。なぜなら、『失踪者』(ブロートのつけたタイトルでいえば『アメリカ』)は、ストーリーとして中断しているばかりか、断片的な章(らしきもの)もいくつかある、欠落の多い小説なのだから。

なお、話を戻せば、二〇〇六年に出された短編集『田舎医者』の復刻本は、同年に出された史的批判版の五番めの〈函〉の『オックスフォード大学所蔵八つ折り判ノート1と2』の付録が単独で販売されたものである。つまり、逆にいえば、その函に収められているのは、タイトルどおり小さな「八つ折り判ノート」の手稿(もちろん見開きが写真と転写の形になっている)の冊子が二冊と、解説の冊子、復刻本だということである。なぜそこに復刻本が付録にされたかといえば、その短編集に収録されている短編二作「新しい弁護士」と「ジャッカルとアラビア人」は、その原稿をそれらのうちの一冊のノートに見つけることができるからである。(なお、光文社版で訳出されている二編の作品は、二〇〇六年に写真版が出版されたそれらのノートには含まれていない)。

もう一度確認するが、となると、やはり二〇〇七年の光文社版に収められている四編は、いずれもカフカが生前に活字にしたテクストに基づいて訳されたものである。何度も繰り返すが、すなわちその底本となっているドイツ語テクストは、従来のどの版、ブロート版とも批判版とも同じである。にもかかわらず、宣伝文は「もっとも新しい〈史的批判版〉にもとづいた翻訳」と謳っている。

アカデミーへ「提出する」？

宣伝文は間違えているものの、さすがに解説ではきちんと事実が伝えられているのではないか。そんな淡い期待を抱いたが、あっさり裏切られた。二〇〇七年の光文社版の「解説」では、史的批判版を紹介する際に『変身』の冊子のほうの見開き頁(手稿と転写)の写真が大きく掲載されている。そこにある文章は、ふつうに読んだら、手稿から直接訳したと誤解してしまう流れで書かれている。訳の底本は従来の版と同じだという事実は示されていなかった。そして、締めくくりで言及されているのは「ピリオド奏法」だった。現代はピリオド奏法の時代だから、自分もオリジナルに忠実に訳す、という主張で終わっていた(『光文』「変」一五六—一六八頁)。

「訳者あとがき」でも、レベルの違う二つの問題(編集と翻訳)を混ぜながら、犬のように忠実に訳すのだ、と述べられていた。その際、二〇〇九年版のそれと同様に、白水社版の翻訳への批判が展開されている。すなわち、白水社版がいかに大胆に意訳をしているかが指摘されていた(『光文』「変」一七四—一八〇頁)。

だが、だったら、なぜ？――と頭を抱えざるをえなかった。だとしたら、どうして白水社版の意訳が、こちらではもっと大胆に拡大されてしまっているのだろう。光文社版で訳出されている四編の短編のうちのひとつはタイトルが「アカデミーで報告する」である。その作品の冒頭部分を光文社版から引用する。

アカデミーのみなさん
光栄にもこのアカデミーに招かれ、以前ぼくがサルだったときのことを報告するように依頼されました。（『光文』「ア」一三二頁）

「アカデミーで報告する」というタイトルを見た後、この文章を読んだ読者は、猿だった「ぼく」が壇上に立って講演を始めようとしている光景を目に浮かべることだろう。では、白水社版はどうか。まずタイトルは「ある学会報告」、冒頭の訳文はこうである。

学会の諸先生方！
かたじけなくも、猿であったころの前身につき当学会で報告せよとの要請をいただきまして、いまここにまかり出た次第であります。（『白全』⑷二四五頁）

同じように、ここでも元猿の男は聴衆の前に「まかり出」ている。しかし、これらの訳文から受けるイメージには間違いの可能性がある。かつて猿であったその者は、人々の前に姿を現していないかもしれないのだ。元のドイツ語の文章に „einreichen" という言葉がある。それの通常の意味は「(書類などを) 提出する」。すなわち、彼がアカデミーから依頼されたのは報告書を提出することだと解せるのである。

別の訳も見てみよう。じつは光文社版の刊行とほぼ同じころ、二〇〇八年に批判版を底本にして中短編を訳したシリーズが刊行されていた。筑摩書房から出版されている『カフカ・セレクション』(ちくま文庫) の三冊 (I～III) である (以下、「ちくま版」と略記。三巻とも編者は平野嘉彦。訳者は、Iが平野嘉彦、IIが柴田翔、IIIが浅井健二郎)。このシリーズはいずれの巻においても、よく練られた良質な訳文を示しているのだが、しかし編集という点ではやはり看過できない問題を有している。その問題については、後でふれよう。ここでは当該箇所の別の訳の一例として、そのIIIの巻から引用することにする。

アカデミーの高邁なる先生方!

貴方《あなた》がたは私に対して敬意を表され、猿であったという私の前歴についての報告をアカデミーに提出するよう、求めておられます。(『ち文』(3)六二頁)

「報告」を「提出する」。なかなか絶妙な訳であり、これだと、報告書を提出するとも、報告書に基づいて口頭で報告するとも、あるいは口頭で報告を提供するとも受け取れる。じつは、現代の語感でいえば、原語の文は「報告書を提出する」と読めるのだが、一〇〇年前の、しかもプラハでの語感だとどうかというのは判断が難しい。そのドイツ語で、当時の当地ではたんに「報告する」ことを意味していた可能性もないとはいえない（その可能性がまったくなかったと証明するのは相当に厄介な作業である）。この部分はおそらく解釈で対処すべきところであり、そして私は、この報告は書かれた報告だと理解している。ただし、もしかしたら、その報告書を読みながら人々の前で報告している可能性もあるかもしれない——。また、もしかしたら、カフカ自身が、そのあたりをよくわかっていて、あえてその原語 „Bericht“（報告）を使っている、すなわち書面での報告と口頭での報告の両方を意味しうる単語を使っていると考えられなくもない。

ともかく、原文には光文社版にあった「招かれ」に相当する言葉もなければ、白水社版にあった「まかり出た」に相当する言葉もない。ちなみに、このちくま版では「あるアカデミーへの報告」というタイトルがつけられている。「アカデミーへの報告書」と訳してしまいたくなるところだが、しかしそれだと間違いになってしまう可能性も否めない。というわけで、たんなる「報告」が妥当だとは思うが、いずれにせよ光文社版の「アカデミーで報告する」は濃いグレーの意訳といっていいだろう。

この報告が報告書の可能性があるというのは、理解の根幹に関わる部分である。簡単に解説しておこう。まず、この作品は、カフカが生前刊行した短編集『田舎医者』に収められている一四編のうちの一編である。そして、それはその一番末尾に置かれている。いっぽう、一番最初に置かれているのは「新しい弁護士」である。「新しい弁護士」は、かつては馬だったが人間になった弁護士の話である。つまり、この短編集の作品配列は、人間になった馬の話で始まり、人間になった猿の話で終わるようになっている。この配列がカフカのこだわりの結果であることは、研究者にはよく知られている(Neumann 1982)。

要点をわかりやすく示すために、ここであの『変身』を思い出そう。一九一二年一一月に書かれたそれは、人間が動物になった話だった。逆バージョンの変身である。その約四年後の一九一七年一月から二月ごろに「新しい弁護士」(以下、「弁護士」と略記)は書かれた。そして、その数ヵ月後の五月から六月ごろに「アカデミーへの報告」(以下、「報告」と略記)は書かれた。これら三編の変身譚を執筆された順番に比較すると、気がつくことがある。それは、変身をめぐる事実性が、より曖昧になっている、という点だ。

『変身』では、主人公が動物になった姿は家族によって目撃されていた。そして、彼が動物になった姿は〈同じ〉ものとして、すなわち作品世界内の事実として人々に共有されていた。「弁護士」でも、その姿は目撃されている。冒頭箇所をちくま版から引用しよう。

> 我々に新しい弁護士が加わった。ブケファロス博士である。その外見には、彼がまだマケドニアのアレクサンドロスの軍馬だった頃を思い起こさせるものは、ほとんどない。(『ち文』(3)二一頁)

『変身』と異なり、こちらの物語の語り手は一人称である。その語り手から見れば、ブケファロスの姿に馬だったころの面影は見当たらない。ところが、語り手はこう続ける。ただし、事情通であれば気がつくこともあるのだ、と。「私」も先日、裁判所の正面階段で、こんな場面を目撃した――

〔…〕裁判所のまったく単純な廷吏が、競馬のちょっとした常連客の通のまなざしで、両の太股《ふともも》を高く上げてこの新しい弁護士が大理石に足音を響かせながら登ってゆく姿を、目を瞠って見つめていたのだ。(『ち文』⑶二二頁)

語り手の「私」は見抜けなかったが、競馬ファンであれば「まったく単純な廷吏」ですら見抜けるという。だとすれば、いったい弁護士はどんな姿をしているのか。

ここで、半動物半人間という存在が「弁護士」では『変身』に比べてより一層不可解に、謎めいて語られている点に着目しよう。『変身』の主人公の姿は、本書の「はじめに」でも見たように、かなり具体的に描写されていた。『変身』は主人公が三人称で語られており、すなわちそこには主人公を物語世界の外から眺めている語り手がいる。いわば〈神〉の視点の語り手であるが、ただしその語り手は基本的にその視点をぴったり主人公に寄り添わせているかなり特殊な存在だった。読者には、主人公が見たこと、聞いたこと、感じたことしか、基本的には伝えられない。だから、その伝達内容には多くの穴があり、それらが謎を生じさせた。しかし、語られた内容自体は断片的であるにせよ、物語世界の外の語り手の存在によって事実だと保証されていた。

ところが、「弁護士」では、語り手は「私」である。ということは、「私」は主観的に語っているということだ。逆にいえば、そこにはその内容が客観的にも事実だと保証してくれる語り手がいない。そして、そのことは右に引用した冒頭部分で早くも示唆されている。「私」の見方と他の人の見方は異なるのだ、と。

ほんとうの外見

では、「報告」はどうだろうか。こちらは、その作品世界の全体が「私」が書いたことで出来上がっている可能性がある。つまり、そこで書かれていることも主観的だ。ただし、「弁護士」と異なるのは、こちらは報告書である（かもしれない）ことによって、〈事実〉に二重の構造が生じている可能性があるという点である。

なるべくシンプルに説明するために、「私」の外見はどうかという点に絞って考えてみよう。「報告」では、「私」の外見についての描写はない。人間になった猿の彼が実際どんな姿をしているのかは、具体的には伝えられない。どんな外見かはわからないものの、彼がたしかに半猿半人間の存在だということは、彼の周りの者たちには認められている。ただし、注意したいのは、その周りの者たちもまた、彼が書いたテクストのなかの人物かもしれない、ということだ。つまり、「報告」では、それ自体が書かれたものかもしれないがゆえに、書かれた虚構世界のなかに、もうひとつの書かれた虚構世界が生じている可能性があるのだ。別のいい方をすれば、「アカデミーへの報告」という世界のなかには、「私」が書いた報告書の世界のなかに存在している人物たち以外に、その報告書の世界の外の物語世界に存在している人物たちがいる可能性があることになる。その人物たちとは、報告書を読むアカデミーのメンバーだ。そして、アカデミーのメンバーたちは、まだもしかしたら「私」の姿を実際には見ていない。つまり、その半猿半人間の存在が〈事実〉だとは物語の世界でもまだ保証されていない、ということだ。極端な話をすれば、もし「私」が嘘を書いていたら、すべては嘘になる可能性があるということでもある。

もう一度いうが、『変身』でも「弁護士」でも、その物語世界では、変身は〈事実〉だった。ただし、後者は前者に比べて、その点に揺らぎがあった。ところが「報告」においては、さらにそれが揺らいで、変身がそこでも〈事実〉ではない可能性が示唆されている。半動物半人間という境界上の存在は、物語の世界においてすら真偽不明な謎と化しているのである。

あらためていえば、〈境界〉というトポグラフィーは、カフカにとってきわめて重要な要素である。本書でも何度も言及した「橋」をはじめ、「門」や「ドア」といった境界が頻繁に登場することは、カフカを読めばすぐに気づくだろう。さらに、逮捕されているのに逮捕されていないかのようなヨーゼフ・K、村に受け入れられているようで受け入れられていないKも、境界上の形象である。いまいった所属の不透明さという点での境界でいえば、「弁護士」も「報告」も、じつはその点まで扱っている。

「弁護士」の物語は、新しい弁護士を弁護士会に受け入れたというところから話が始まっていた。先に引用したように、冒頭の言葉は「我々」であって、この「我々」が「弁護士会」のメンバーだということは、すぐ後ろの段落で示唆される。つまり、この作品は弁護士会というコミュニティに元馬の男が入ることをめぐる物語である。先にこの一人称の語りには事実を保証してくれる語り手はいないといったが、じつはその物語には、弁護士会というコミュニティを存在させることによって、その半馬半人間の存在自体を〈認定〉する仕組みが用意されている。

いっぽう、「報告」での元猿の「私」は、まだアカデミーというコミュニティには入っていない。だから、報告を提出するよう求められている。そして、「私」は、このコミュニティに入るつもりは、おそらくほとんどない。報告を出すよう求められて、男は非常に光栄だとはいうものの、しかしすぐに要求されたとおりにおこなうことを拒否している——「貴方がたのお考え通りには、私は残念ながら、このお求めに応えることができません」（『ち文』(3)六二頁）。また、〈現在〉演芸場に属している彼は、すでに実際には学問的な集まりに招かれている。それは終わりのほうの次の箇所からうかがえる。

夜遅く、宴会や学術的な会合やくつろいだ集《つど》いから帰宅すると、調教半ばの小さなチンパンジー娘が待っていて、猿流にですが、彼女のかたわらで、懇《ねんご》ろな時間を過ごすのです。（『ち文』(3)八一—八二頁）

はたして彼はほんとうに人間になったのか、いや、人間とは、猿とはそもそも何なのかを考えさせられる興味深い箇所だが、そこに踏み込むのは控えよう。半猿半人間の「私」は、すでに学術的な活動もしているが、アカデミーには入らず、おそらくはアカデミーのメンバーを自分の読者として報告書を書いている。そして、この「書く」という行為によって、境界上の存在としての自分を完全に謎と化すことに成功している。「報告」は、この直後に続く、彼が自分の成し遂げたことへの満足感を伝える以下のような文章で終わる。

全体として見れば、私はとにかく、達成しようとしたものは達成しました。そんなものに苦労するだけの値うちはない、などとは言わないで下さいますように。〔…〕私はただ報告しているだけであって、貴方がたに対しましても、アカデミーの高邁なる先生方、私はただ御報告申し上げただけであります。（『ち文』(3)八二頁）

この「報告」は、再度いえば書面での報告である可能性がある。とすれば、「私」はこの報告をただ「書いた」だけだと締めくくっているともいえるのである。

先に「報告」は短編集『田舎医者』の最後に配置されていると述べた。最初に置かれているのは「弁護士」である。つまり「弁護士」から「報告」へ。その報告は弁護士並みの巧みさで書かれており、すなわち書き手としての成熟が見て取れる並べ方だとも理解できる。いや、〈進化〉という言葉でいいかえてもいいかもしれない。猿から人間への進化と書く手法の進化のシンクロ。僕はこんなに複雑にうまく書けるようになったんだ——カフカの内心の声が聞こえるような気がするといったら、うがちすぎだろうか。

書いたものを観察する

短編集『田舎医者』には、カフカが自分の作品を自分で評価して、その評価自体を形象化したような作品がいくつか収められている。このことは、すでに六〇年も前にペィスリーが卓抜な洞察で指摘している（Pasley 1965／二九―四九頁参照）。例えば「一一人の息子」という作品は、短編集に収録されている一一編について、それぞれの特徴を「息子」の特徴として擬人化して語ったものと解釈される。

これまで言及してこられなかったが、しかし非常に大事な点をここで補足しておきたい。じつはカフカの書き方には、行き当たりばったり以外にもうひとつある。そのもうひとつの書き方がこれである。端的にいえば、観察して書く、という方法だ。とくにこの時期のカフカは、自分の書いたものを自分で観察しながら書くというメタ視点からの創作に取り組んでいた。この時期というのは、「弁護士」や「報告」を書いた一九一六年の終わりから一七年にかけての、小さな八つ折り判ノートを使っていたころだ。カフカ好きにはよく知られる「オドラデク」という名前の物体、いや、動物が出てくる作品「家父の心配」も、そのひとつである。「父」は、生んでしまった奇妙な形の物体について、自分より長生きするのではないかと気に病む。ペィスリーは、そこで観察されているのは生前未公表の「狩人グラフス」の断片群だという。その断片群もその時期の創作物であり、「弁護士」と「報告」と同じ八つ折り判ノートに記されている。

ペィスリーの洞察をもう少し発展させて述べれば、その断片群では、それこそ物語をどの視点から語るかが何度も模索されている。三人称のいわゆる「神」の視点から語られている断片もあれば、まさに一人称で自分が書いているスタイルの断片もある。ちなみに、狩人グラフスとは、山のなかで死んだにもかかわらず、生きたまま水辺を舟に乗って永遠に彷徨っている人物、まさしく境界上の存在である（「狩人グラフス」断片群における語りの視点の模索については、以下で詳しく検討している。明星二〇〇二、一〇四―一一〇頁）。

短編集『田舎医者』には、『審判』との関連が深い「掟の前で」も収録されている。それから、あの「夢」も。これらのいずれも、書き方としては、観察して書く、という範疇に入りうるものだ。「夢」については後で扱うので、ここでは「掟の前で」について簡単に説明しておこう。

田舎から来た男が門の中に入れてくれと門番に懇願するこの話が長編『審判』の一種の劇中劇だということはよく知られている。ヨーゼフ・Kは、伽藍で教誨師を名乗る僧と出会い、その僧から「法の入門書」に書かれているという逸話を聞かされる。その逸話が、この物語だ。入れ子になったこの短い物語の構造は外枠の長い話の構造と一致しており、そのこともすでに指摘されている（明星二〇〇二、二九〇―二九三頁）。

ようするに、こういうことだ。『審判』で、Kは芸術家のティトレリから裁判を生きのびるための三つの可能性を教えられる。ひとつは「ほんとうの無罪」、もうひとつは「見せかけの無罪」、もうひとつは「引き延ばし」。これら三つの可能性が田舎から来た男に与えられている可能性と重なると見なせる。

まず「見せかけの無罪」からいうと、それが意味するのは、たとえ一度無罪という判断が下されても、裁判所から出てきたところで逮捕されることもあれば、しばらくたって忘れたころに逮捕されることもある、ということだ。これは、たとえ最初の門番をすり抜けても次から次に門番が現れる、といわれたことに対応する。また、「引き延ばし」は、裁判でいえば、最初の裁判官を定期的に訪れて、彼だけを相手にすることで裁判を一番下の段階に引きとどめておくことを意味する。そうすれば、無罪判決も受けない代わりに、有罪の判決が下されることもない。これは田舎の男が実際にとった方法だ。彼もまた最初の門番だけを相手にし続け、それによって、中へ入れなかった代わりに、決定的に追い返されることもなかったのだから。そして、「ほんとうの無罪」とは、門番が最後にいう言葉と同じだと見なせる。ほんとうの無罪の場合、裁判記録もすべて破棄され、裁判そのもの、無罪判決までもが消されてしまう。門番が物語の最後にいう言葉はこうだ――「ここでは、ほかの誰も入場を許されなかった。この入り口はおまえ専用だったからだ。さ、おれは行く。ここを閉めるぞ」（『光文』「掟」一五五頁）。

正確にいえば、この門番の物語の場合、観察して書くというよりも、行き当たりばったりに書いているうちに、結果としてメタなものを書いたというべきだろう。批判版の解説によれば、これが書かれたのは一九一四年一二月である。もしかしたら、そのメタなところに行き着いたことに、何らかの区切りを感じたのかもしれない。ほどなくして、おそらく翌年の一月ごろ、『審判』の執筆は放棄された。なお、非常に重要な点なのだが（しかし、どうして重要かの説明は、またの機会に譲るが）、「伽藍で」の章は一気にではなく九月後半から四回ほどに時期を分けて書かれたと見なされている（KKAP App., S. 117)。

ここでもう一点確認しておきたいのは、この『田舎医者』に収録されている短編はいずれも読者への謎かけ、ある種のチャレンジになっているという点である。先述のように「一一人の息子」がそうであり、それからまだふれていなかったが、「鉱山の客」は、なんとある文学年鑑に掲載された自分以外の作家たちの作品をメタに形象化したものである（ようするに、これは他の短編とは性質が異なり、自分ではなく他人が書いたものの批評ということだ）。

いずれも一見まったくそうはわからないように書かれていて、その構造を見破るのはきわめて難しいとは思うが、しかし、おそろしく洞察の鋭い読者であれば不可能ではなかっただろう。ところが、「家父の心配」に仕掛けられた謎については、当時は絶対に誰も見破れない。なぜなら、観察対象のだから。「狩人グラフス」は未完の断片の集合体であって、それらはカフカの死後にようやく公表されたのだから。その意味でいえば、門番の物語とKの裁判との構造の類似も、同時代の人たちにとっては、まったくわからないものだっただろう。『審判』も同様に、彼が死んだ後で初めて世に出たものなのだから。

ここで「家父の心配」が、まさに息子が自分より長生きしてしまうことを心配していた話だったことを思い出したい。もしかしたら、カフカは自分が生きている間は絶対に表に出ることがない未完の断片たちが自分の死後に世に出ることを予感、いや、確信していたのだろうか。

話を戻せば、「報告」が報告書だという点が解釈にとっていかに肝要であるか（とすれば、白水社版と光文社版の翻訳ではその点がまったく見えなくなっているのがいかに問題か）は、これでおわかりいただけただろう。なお、カフカ理解におけるきわめて重要なポイントを、さらにもうひとつあげておきたい。私は、いまその報告書が「報告」という作品世界においても嘘となりうる可能性を示唆した。

いってしまえば、その書状はうさんくさい、と。うさんくささはカフカの登場人物たちにうかがわれる大事な特徴だということは、繰り返し指摘してきた。補足したいのは、うさんくささは、じつは人物についてよりも、作品世界に登場する書きものに関してもっと特徴的だということだ。ようするに、書類あるいは手紙だ。『審判』でも『城』でも、裁判のための書類やら役所の書類やら、書類をどう書くか、書類がどこにあるかが始終話題になっている。『城』で、Kは謎の肩書きの人物から署名の不明な手紙を受け取る。『失踪者』でも、伯父と称する上院議員は女中から手紙を受け取る。あの『判決』、カフカがブレークスルーを体験した重要な作品も、まさに主人公が手紙を書き終えた場面で始まっている。そして、それに言及した際にほのめかしたように、カフカにおいてもっともうさんくさいものとは、彼が実生活で書いていた手紙である。

『審判』か『訴訟』か

光文社版のタイトルの翻訳を問題にするのであれば、なぜあれを問題にしないのだ——そろそろ、そんな非難の声が聞こえてきそうである。光文社版に言及する際には、もしかしたら、その点を一番最初に取り上げるべきだったかもしれない。しかし、最初にそれを問題にすると重要な本質的な問題が伝わりづらくなるような気がして、あえて後回しにした。遅ればせながら、ようやくそれを指摘して検討をおこないたい。すなわち、『審判』の光文社版の翻訳タイトルは『審判』ではない。それが名乗るタイトルは『訴訟』である。ようするに、従来「審判」と訳されてきたドイツ語の言葉が「訴訟」と別の言葉で訳されているということだ。

原語のタイトルは*Der Process*（デア・プロッェス）。いや、じつはこの単語については綴り方が非常に問題で、歴史上その〈正しい〉綴りは他に三つある——„Der Prozeß"と„Der Proceß"と„Der Prozess"だ。なぜこんなに異なるのかという点も、お伝えしておくべき事柄なので、後で扱おう。ここでは„Der Process"で通すことにする。

*Der Process*の訳語は「審判」ではなく「訴訟」が正しい——。この主張は何十年も前から繰り返されてきた。*Der Process*の最初の邦訳である『審判』というタイトルの訳書が出版されたのは一九四〇年（本野亨一訳）。ほどなくして、それは誤解を呼ぶ訳語であって適切ではない、という指摘が相次いだ。「審判」という言葉は「最後の審判」を容易に連想させる。だから、読者を神学的な解釈に誘導する危険性がある、というわけである。にもかかわらず、その後訳し直された訳書のタイトルは、どれも『審判』だった。二〇〇一年に出された白水社版も『審判』である。

つまり、これまでの〈間違い〉がついに訂正された初めての邦訳書だ——。二〇〇九年の光文社版は、そう評価することができる。その「解説」では、こう述べられている——「おどろおどろしく深刻な『審判』は卒業したい」（『光文』「訴」三九三頁）。

*Der Process*の訳語として「審判」に問題があるという点は理解できる。しかし、だからといって「訴訟」がより適切なのだろうか。

「審判」という語の問題点は、宗教的なものというより、むしろ次の点だろう。その言葉に含まれる、何かに決着をつける、ジャッジする、というイメージだ。「判」という漢字が同様のイメージで使われている「判決」や「判断」と類義の言葉であり、検討過程のいわば〈終わり〉を示すものである。

いっぽう、ドイツ語の „Process“ には、その字面からもわかるように「プロセス」、「過程」あるいは「手続き」といった意味がある。原語を正しくイメージするなら、その語が示唆するのは終わりではなく、まだ終わっていない何かだ。もちろん、辞書を引くと第一義として載っているのは「訴訟」、「審理」、「裁判」である。

では、「訴訟」がいいかといえば、そうもいいきれない。なぜなら、今度は〈終わり〉ではなく〈始まり〉が連想されるからだ。「訴訟」という語は、容易に「訴える」という行為を思い浮かばせる。そこに含まれる「訴」という漢字は、むしろ手続きをスタートさせるイメージだ。もちろん「訴訟」という語は、訴える行為そのものではなく、実質は訴えた後の手続きのほうを指す言葉だろう。だから、「訴訟」のほうがふさわしいとは、たしかにいえる。

ただし、「審判」のほうにも手続きや過程を指す意味がある。「労働審判」や「少年審判」という語が示すように、法律用語としての「審判」には、むしろそちらの意味合いが強い。それは、ほぼ「訴訟」あるいは「裁判」と同義である。

私は、じつは „Der Process“ という語の訳には「裁判」をあてるほうがいいのではないかと考えている。これなら宗教的な意味を含むことも回避できるし、始まりや終わりというより、その途中経過を指していると解されやすいからだ。少し前までは、「審理」のほうが「裁判」より過程的な意味合いを強調できるのでそちらが適切かとも考えていた。ただし、それだと逆に専門用語に寄りすぎていて、意味を狭めてしまうきらいがあるのではないかと思い始めた。だから、最近では「裁判」のほうが無難かと考え始めたものの、「審理」も捨てきれないでいる。

ちなみに、「裁判」であれば、また「審理」でも英語のタイトルの定訳である *The Trial* としっかり結びつくことができる。„Der Process"という語は、それが持つ意味の全体を日本語に訳すのも不可能なら、英語に訳すのも不可能なものである。英語で"process"と訳してしまうと、ドイツ語の„Process"がもつ法的な意味合いは落ちてしまうからだ。物語内容との整合性から法的な意味は含めるべきであり、であるなら「裁判、審理」を意味する"trial"という語を使わざるをえない。なお、"lawsuit"、すなわち日本語の「訴訟」に対応する英単語は英訳のタイトルとしては使われていないことも指摘しておきたい（さらに付け加えれば、"trial"なら「試練」という意味も含まれており、ドイツ語の„Process"の「過程」と完全に重なりはしないものの、少なくともその多義的な側面を伝えることはできる）。

ということで、本書でも「裁判」か「審理」を使いたかったが、まだそのタイトルの訳書は存在していないので、読者に無用な混乱を生じさせてしまうおそれがある。というわけで、より人口に膾炙している「審判」を使っている。

ここで、前にふれた„Process"の綴りについて解説しておこう。まず、„Process"という綴りは、カフカが書いたとおりの綴り、すなわち彼の手稿に残されているとおりの綴りである。ところが、ブロートが最初にこの小説を出版したときのタイトルは„Prozeß"という綴りだった。それは、ブロートが人々への受け入れられやすさに配慮して、当時のドイツにおける正しい綴り方に直したからである。以後六〇年以上ずっとその綴りで流通してきたが、一九九〇年に批判版『審判』が出版されたとき、それは„Proceß"となった。できるかぎりカフカの書いたものに忠実に、という方針から、

「z」ではなく「c」という特徴的な綴りがそのまま残されたのである。しかし、「ß」は元の「ss」には戻されなかった。おそらく「ß」は本文中にもきわめて多く出現する文字なので、それを「ss」にしてしまうと、ドイツの一般読者に馴染まないテクストになると考えたからだろう。本書ですでに、学術的な正しさと一般読者への配慮との板挟みで、批判版の編集は中途半端なものになってしまっていると指摘したが、まさにその一例である。もちろん、七年後の一九九七年に刊行された写真版では、タイトルの綴りは „Process“ である。

なお、非常に皮肉なことに、二〇世紀末にドイツ語の新正書法が採用されて、「先行する母音が短母音の場合は〈ss〉と書く」という綴りの規則が定められた。この規則に従うと、正しい綴りは „Prozess“ となる。つまり、現在の学校で教えられる正しい綴りはそれである。また、結果として、現在ではその綴りのタイトルの普及版も出版されて流通している。ようするに、『審判』の原題の綴りは四種類存在していて、どれもそれぞれの正当性を有しているのである。

ヴァリアントの提示

Der Process を『審判』ではなく『訴訟』と訳している訳書は、光文社版だけではなく、もう一冊ある。本書の「プロローグ」で『変身』について語る際に紹介したアンソロジー、二〇一五年に集英社から文庫として出された「ポケットマスターピース」の一冊『カフカ』に収められているものである。この『訴訟』においても、編集に関する点について、かなり深刻な誤解を招く解説がなされているので、ここでふれておきたい（以下、その翻訳は「集英社版」と呼ぶことにする。なお、それは『訴

訟』というタイトルのものではあるが、本書では「審判」という訳語で通しているので、以下でも作品を名指す際は『審判』を使う)。

この集英社版の作品解題において、翻訳の底本について次のような記述が見つけられる。

その側面をよりよく照らし出すため、本書では批判版を底本とし、完成したと見なされる章の部分のみをあえて訳出した。修正・削除箇所については注で目ぼしいものを示した。(『集文』七七四頁)

ようするに、底本は批判版であること、ただし、その全体ではなく、あえて一部を訳したことが述べられている。「その側面をよりよく照らし出すため」という部分の「その側面」が何を指しているのかが気になるだろうが、それは後で説明する。先に「目ぼしいもの」が示されたという「修正・削除箇所」について言及しておきたい。

先述したように、批判版のいわば真髄は、本文篇ではなく資料篇にある。とくにそこで初めて網羅的にヴァリアント、すなわち手稿上の修正や削除の跡が公開されている点が学術的に意義深いということは、すでに述べた。批判版を訳したという白水社版では(そして、実質的に批判版を訳した光文社版でも)、そのヴァリアントはまったく無視されていたが、それが今回の集英社版では一部にせよ「訳注」という形で提示されているのである。

その点は高く評価すべきところだが、ただし「目ぼしいもの」、あるいは「「訴訟」訳注」の前書きにある「訳者の興味を引いたもののみを選び出し」という言葉には少し引っかかりを感じる。むろん、大量にあるヴァリアントを全部取り上げるのは非現実的である（また、翻訳不可能な言語的な差異に関わるものも多くある）。そもそも集英社版はアンソロジーの、しかも文庫という形態であることから、それが一般読者向けの本であることは明らかだ。だから、選択したこと、またその選択が主観的な解釈に基づいていることを問題視しようとしているのではない。その選択の基準となった解釈について何の言葉もないことが言及せざるをえない点だ。

その言語化が少しでも試みられていれば、ヴァリアントの本質をめぐる訳者自身の理解もいくぶん進んで、以下に示すような点も回避できていたかもしれない。まず、そこでのヴァリアント提示は、ほとんどが要約という形でなされている。削除された箇所が、そのまま文章として訳出されているのではなく、訳者によって内容が一言か二言でまとめられて示されているのだ。問題は、その要約という処置にある。

具体例で語るべきだろう。例えば「グルーバッハ夫人との会話／続いてビュルストナー嬢」の章の訳注の11は、以下のものである。

この文に続く、「ひどい人ね。本気なのかそうでないのか、ちっとも分からない」と言うビュルストナー嬢に対し、Kが「美しい娘とおしゃべり」できるのを喜ぶ箇所を削除。（『集文』「訴」六〇〇頁）

この注によれば、削除されたのはKが喜んでいる内容だということになる。これを読むかぎりだと、削除理由をめぐる推測は、うっかり女性に対する下心を露わにしてしまったから、というものにならざるをえない。しかし、この要約ではなく、その削除箇所の全体を読むと、理由については別のものが浮かび上がってくる。

まずは、この注が付された箇所までの物語の文脈を伝えておくべきだろう。以下、集英社版の翻訳に依拠しながら、説明を加えていく。ある朝「逮捕」されたヨーゼフ・Kは、その晩、同じ下宿に住むビュルストナー嬢と彼女の部屋で会話を交わす。その朝の逮捕の際に彼女の部屋が使われたことについて、Kは詫びる。この部屋で審問委員会が開かれたのだというと、彼女はそれを訝しみ、そこから彼の罪をめぐる会話が交わされる。結局、彼女が、あなたは私をからかったのね、と失望を示すと、Kはこう述べる。

「からかってなんかいません。信じてくれないんですか! 知っていることは、もう全部話しました。知ってること以上を、ですよ。たとえば、あれは審問委員会なんかじゃなかった。他に呼び方が分からなかったから、そう言っただけです。審問を受けたりはしなかった。ただ、逮捕されただけです。何かの委員会に」(『集文』「訴」三四七頁)

これに次の文が続く——「ビュルストナー嬢はトルコ風長椅子に座り、またくすくす笑った」。先に挙げた訳注は、この文につけられている。

では、集英社版の訳注で「「美しい娘とおしゃべり」できるのを喜ぶ箇所」と要約されている箇所には、ほんとうは何が書かれているのか。じつは、その全文は、すでに日本語で訳出されている。前章で、ブロートは第二版で「付録」として「未完の章」を公表したと述べた。その「付録」には、それに加えて「著者によって削除された箇所」というタイトルがつけられた部分もある。すなわち、そこでは手稿上削除されている文章断片が全部で二二個、掲載されているのである。そのうちのひとつが、いま問題にしている削除箇所だ。というわけで、ブロート版を底本とした新潮社版（第五巻）に、その箇所の全文の訳が見つけられる。引用しよう。

「あなたはいやな人ですね、本気で言ってるのかどうかちっともわからない。」「まんざら当ってなくもありません」、とKは美しい娘とおしゃべりできるのをよろこんで言った、「それは当ってなくもない、というのは、ぼくは本気というものを持ってないからです、だから真面目なことにもふざけたことにもすべて冗談で間にあわせるしかないんです。でも、逮捕されたことは本当です。」（『新全』(5)二一四頁）

たしかに「美しい娘」という言葉があり、それはそれで注目すべきだろう。だが、この箇所で一番に読み取るべきは、もっと別のことではないだろうか。

この削除箇所を、先に引用したその直前のKのセリフとつなげて読んでみよう。そのセリフの内容は、審問委員会などという深刻な名前を自分は勝手につけたのだ、という告白だった。審問委員会があったと自分でいいながら、ほんとうは審問なんてなかったと自分で打ち消している。にもかかわらず、Kは逮捕は本当だと主張している。

それに続けて書かれているのが、いまの引用箇所だ。Kのその言葉を聞いたビュルストナー嬢が、彼を非難して、本気で話しているかどうかわからない、という。すると、Kは自分は「本気というものを持っていない」とあっさり認める。全部冗談ばかりだ、自分は真面目なことでもふざけてしかいわない、とまでいう。つまり、ここまで開き直った言葉をKが口にしてしまうや、この部分は削除されたのである。

『城』のいくつかの削除箇所で確認されたのと同じことが、ここでも確認される。書き手の内情を暴露する言葉が書かれてしまうと削除されるのだ。ここでの暴露は、かなり恐ろしい内容である。逮捕だの、審問だの、委員会だの、「真面目な」言葉を駆使しているけれど、自分はそういう言葉もすべてふざけて使う——。この真面目な言葉のふざけた使用は、前章で指摘した出まかせの肩書きに通じる。ようするに、カフカは私たちがふだん真面目に深刻に考えている部分に冗談を持ち込む。だから、あらゆることがうさんくさい。この削除箇所から読み取るべきは、一瞬手の内が見せられて、そして消された、ということだろう。そして、それは悲しいかな、要約では伝えられない。

「幹」はあるのか

カフカを翻訳するのは難しい。すでに何度も繰り返しているが、あらためてそう思う。そして、カフカの場合、一番難しい部分は、翻訳そのものよりも、翻訳にあたっての編集にある。ここまでの説明で十分におわかりいただけたと思うが、カフカにおいては底本をそのままの形で訳するというのは不可能だ。いや、正確にいえば、かつてのブロート版では可能だった。ところが、ブロート版を〈修正〉する形で出された批判版、それから写真版については、加工して訳さざるをえない。再度いうが、どちらの学術版も、その価値は手稿上数多く認められるヴァリアント、またテクスト形態としての特異性を示そうとしている点にある。ところが、それらこそまさに翻訳で伝えるのがきわめて難しい部分なのだ（明星・森林・冨塚 二〇一九参照）。

その難しい部分にチャレンジしているという点で、集英社版の試みには敬意を表している。だが、その試みが新たな理解ではなく、新たな誤解を生じさせてしまっていることは指摘せざるをえない。もうひとつ、もっと編集の問題の根幹に関わることで残念な点がある。先に作品解題で底本について言及されている箇所を引用した。その一文めを、もう一度、以下に引く。

その側面をよりよく照らし出すため、本書では批判版を底本とし、完成したと見なされる章の部分のみをあえて訳出した。（『集文』七七四頁）

ここでいわれる「その側面」というのが問題である。順を追って説明すれば、この解題のなかで、訳者はカフカ編集史を振り返って、ブロート版、批判版、そして史的批判版（そこではこの言葉を使っている）という流れを概説している。そして、史的批判版のあの一六分冊になった特異な形態に言及して、そのような形に至ったのは、この小説がそもそも「始点も終点もなく無数に枝分かれして延長していく」テクストだという議論があったからだ、と述べている（『集文』七七二—七七四頁）。ポイントは、それに続けて訳者がその見方に以下のように反論している点である。

断片群に目を向ければ、たしかに当初の小説構想には収まらない枝葉の部分が増殖し、無限に分岐していきそうな気配を示しているにせよ、ひとまず完成した章には多くの場合、明らかに前後関係と一本のストーリーが存在しており、そこには樹木の「幹」と呼ぶべきものが厳然としてあると言わざるをえない。（『集文』七七四頁）

これに続くのが先の引用文であり、すなわち「その側面」というのは、いま引用した箇所の内容を指している。つまり、訳者はストーリーが「厳然としてある」という側面を明示するために、批判版の、しかも「完成したと見なされる章の部分のみ」を「あえて」訳した、というわけである。さらに、その解題には、一本の「幹」のようにストーリーがどっしりあることを示すために、一〇の「完成したと見なされる章」を「幹」として並べ、そこに「枝」のように残りの六つの未完と見なされる章を配置した「木」の絵を添えている（『集文』七七三頁）。

そこでの編集史の解説と合わせてこの絵を見ると、これが作品構造についての一番新しい理解だと思ってしまうだろう。しかし、この絵自体は実質的には一番古い理解を示すものである。なぜなら、完成されたと見なされる章だけを並べてストーリーがそこにあることを示すという方法は、まさにブロートが最初に実践したことにほかならないからだ。ブロートは、一九二五年に『審判』を最初に世に送り出したとき、「枝」を取り払って「幹」の部分だけを出した。つまり、集英社版で訳出されているのと、ほぼ同じものだ。違うのは、前章で批判版とブロート版の違いとして確認したわずかな箇所だけである。そう、思い出してほしいが、章配列に関して批判版とブロート版の間にほとんど違いはない。したがって、その「木」の絵には「批判版が想定する『訴訟』各章配列」というキャプションがつけられているが、もし同じコンセプトで「ブロート版が想定する」絵が描かれたとしても、ほぼ同じものになっただろう。

ブロートは、一九三五年に第二版を出したときに『審判』は未完成だったということを露わにするテクストを三十数頁にわたって追加した。それが前項でも言及した「付録」の「未完の章」と「著者によって削除された箇所」である。このように後出しの形で断片性が明らかにされていったことが、のちにブロートがおこなった編集に対する不信を招くことになる。カフカはほんとうはどう書いたのかが議論の対象となり、長年の検討のひとつの帰結として、一九九〇年に批判版が出された。ところが、その〈答え〉を不満として、もっと断片性が強調された写真版が、〈本〉という形すら解体して、一九九七年に刊行された。

再度確認するが、この流れの背景には、カフカにおいてはテクストの断片性、未完結性を重視すべきだという研究者たちの共通認識がある。私もそれに与する者であり、だから本書でもヴァリアントを読むことの重要性を強調してきた。『審判』における「未完の章」(とブロートが分類して名づけたもの) というのは、「ヴァリアント」という言葉で呼ばれてはいないが、しかし本質としては最重要のヴァリアントである。だとしたら、なぜ集英社版では、それらが省かれて、「訳注」として他のヴァリアントが提示されているのか。ヴァリアントの重要性を認識してそれらを示すのだとしたら、いっぽうで「未完の章」を全部省いたことは方針としてまったく矛盾する（ちなみに、それらの章では、先の例で見たようなヴァリアント特有の内容、すなわち手の内の暴露を思わせる内容が多く描かれている。また、それらのうちのひとつのタイトルが「支店長代理との闘い」、あの「代理」という肩書きに関わるものだという点も指摘しておきたい）。

あらためて確認するが、いま「ヴァリアント」という言葉を使ったように、未完と見なされている章で書かれていることは、内容としては別稿にあたるものだといえる。前章で、それらを「サイドストーリー」という言葉を使って表したが、そのときは派生したものという意味ではなく、「どこに置いていいかわからない」ものという意味で使った。別のいい方をすれば、もしメインのストーリーがあるのだとしたら、それらはそのメインの流れのどこにでも入りうる、ということだ。正確さを期すなら「サイドストーリー」という言葉は誤解を呼ぶいい方であって、筋の進行にさほど影響がない内容でも印象的なエピソードが組み込まれることはよくある。だとしたら、先の「ヴァリアント」や「別稿」という言葉も、いささかズレた呼び方かもしれず、それらはどこにでも組み込めるパーツといったほうがいいかもしれない。いや、もちろん「どこにでも」というのは言い過ぎであって、もし時系列順に並べるのであれば、この章断片はここか、そこか、あそこか、といったように制限はつく。いま「時系列順に」という留保をつけたのもミソで、前に「錯時法」について言及したように、ストーリーの流れとその世界での時間の経過は本来別物である。

詳しい説明は割愛せざるをえないが、補足しておくべきは、従来の章配列の議論は基本的には時系列で並べることをめぐってのものだったという点である（したがって、そこでも結局は一本の「幹」を示すことが目指されてはいるのだが、しかし正確にはその「幹」はストーリーを示すものではないということである）。そして、前にもいったが、従来の議論では「枝」と「幹」の区別はなく、すべての章断片を等価のものとしたときの一本の流れが思考されていた。もう少し言葉を足せば、「枝」と見なされがちな「未完の章」（とブロートが名づけたもの）の重要性が十分に認識されて、それらをどう従来の「幹」と等価のものとしてそこに組み込むかが試みられていたといえる。

ここで注意を促したいのは、集英社版で「幹」を構成すると見なされた章、すなわち批判版で完成されたと見なされた章のなかにも、いまいったユーティリティなパーツはある、という点だ。例えば「笞刑吏」、それから「伽藍で」は、かなり自由に場所を移すことができる。実際、従来の章配列の議論では、それら二つの章の配置場所について、さまざまな可能性が示されていた（森林 二〇二二）。たぶん、その点は批判版の編集者であるペィスリーも気づいていて、おそらくはだから、前にふれたように、批判版にはブロート版にあったような確定的な章番号がつけられていないのだろう。とすれば、あの「木」の絵は、厳密にいえば「批判版が想定する」ものということもできないことになる。

繰り返しになるが、批判版で施された、物理的状況を基にして未完かどうかでカテゴリーを分けるというその処置自体、妥当ではないとの指摘がなされていた。では、未完かどうかではなく、その分類は別の何かに基づくのではないか、という意見も考えられるだろう。例えば、それこそ時間的な前後関係が明示的に描かれているかどうかで区別することも考えられなくはない。ただし、そのように分ける場合、それは物理的状況が示すそれ、すなわち批判版が示している二つのグループとは一致しない（いまいった「伽藍で」などの例からもわかるように）。

なお、集英社版の解題には、本書で先に説明したことに関わる点で、もうひとつ誤りが含まれている。あのタイトルの綴りについて、一九二五年の初版のものとして *Der Prozess* が示され、それが一九四六年の第三版で *Der Prozeß* と微修正されたと説明されている（『集文』七七二頁）。しかし、「ss」綴りはあくまで初版の表紙においてであって、「あとがき」も含めて、本文中ではすべて「ß」で綴られている。ようするに、表記が揺れているように見えるのはデザイン上の問題であり、綴りという点でいえば、ブロート版は初版から一貫して「ß」である。なお、光文社版の解説にも同様の誤りがあり、こちらも初版は「ss」、（第三版ではなく）第二版以降で「ß」だと示されている。

もうひとつ、この機会に指摘しておいたほうがいいと思うことがある。光文社版の解説には次のような記述がある。

『訴訟』の「弁護士／工場主／画家」の章の最後の段落は、草稿（つまり史的批判版）では94枚目から121枚目まで、ひとつも改行がない。（『光文』「訴」四〇六頁）

これはかなり誤解を呼ぶ記述であって、カフカの手稿の束に一〇〇枚を超えるほどの大きなものはない。「94」から「121」という数字は、写真版の頁数である。手稿の枚数でいえば、一二三枚めの表の面から一二九枚めの裏面までだ（写真版は転写の頁を見開きで加えているため、頁の数字としては四倍となる）。

これに関連して、以下の点をおことわりしておく。本書では、できるかぎり手稿の分量について正確なイメージをもってもらいたいと思い、手稿上の箇所についての〈場所〉の指示は現物の枚数でおこなっている。論文などでは当然ながら写真版の頁数も併記するが、複雑になるので、本書ではそれは省略している（写真版の各頁には手稿の枚数の数字も記されているので、その枚数の数字だけで該当頁には問題なくたどり着ける）。

「私」が現れて消えるとき

本書の第一章で起点とした問いについて、まだ私は答えを伝えていない。そこに戻ろう。なぜ「私」は「K」に変わったのか。第二章では、手稿のどこにその切り替えポイントが見つけられるかを確認した。それは、もう一度いえば、手稿の二五枚めの表の面にある。

「私の本心を見抜きましたね」と、Kはそんなにも不信を向けられていることに疲れてしまったように、いった。（『筑大』「城」一五七頁）

背景を少しだけ説明しよう。『城』についてこれまで紹介したのは、「私」が到着した晩から翌朝にかけての出来事である。その後「私」は宿屋を出て、村をまわり、村人たちと言葉を交わしたのち、もうひとつの宿屋にたどり着く。そして、そこの酒場で働いているフリーダという女性と出会い、会話を交わし、その会話が急速に親密度を増したところで、右のセリフとなる。そこにある「K」が

„ich“ではなく最初から書かれている「K」である（図14）。

前章でも述べたように、その起点の問いは、五〇年以上も前に立てられ、取り組まれたものである。そして、いまのポイントも、そのときに発見された。じつは『城』が一人称小説だったということは、『城』が初めて世に出された九八年前に、同時に明らかにされていた〈事実〉である。一九二六年に刊行された初版の「あとがき」で、ブロートは、『城』と『審判』の主人公の名前の類似性について指摘した際、カッコ書きで以下の文章を付け加えていた。

（ここで一言しておくと、『城』は、一人称小説として書きはじめられたらしい。のちに作者自身の手によって、最初の数章が修正され、いたるところで〈わたし〉が〈K〉にあらためられている。それ以後の章は、初めからすでに〈K〉と書かれている。）（『新全』(6)三九八頁）

「私」で語られているのが最初の数行ではなく、最初の「数章」と、かなりの分量に及んでいることが明らかにされている点に注目したい。この記述に目をとめて、カフカの遺族から許可を得て、現物の手稿を調査したのが、ナラティブ（物語）理論の専門家であるドリット・コーンだった。コーンの出した〈答え〉をさっそく確認しておこう（Cohn 1968）。

それは、端的にいえば、「私」で語るかぎり未来が既知のものになってしまうから、というものである。前に、一人称小説では、物語の〈いま〉を体験する「私」と、その「私」から見れば未来の「私」にあたる物語る「私」がいる、という話をした。そして、カフカの場合、通常とは異なり、そ

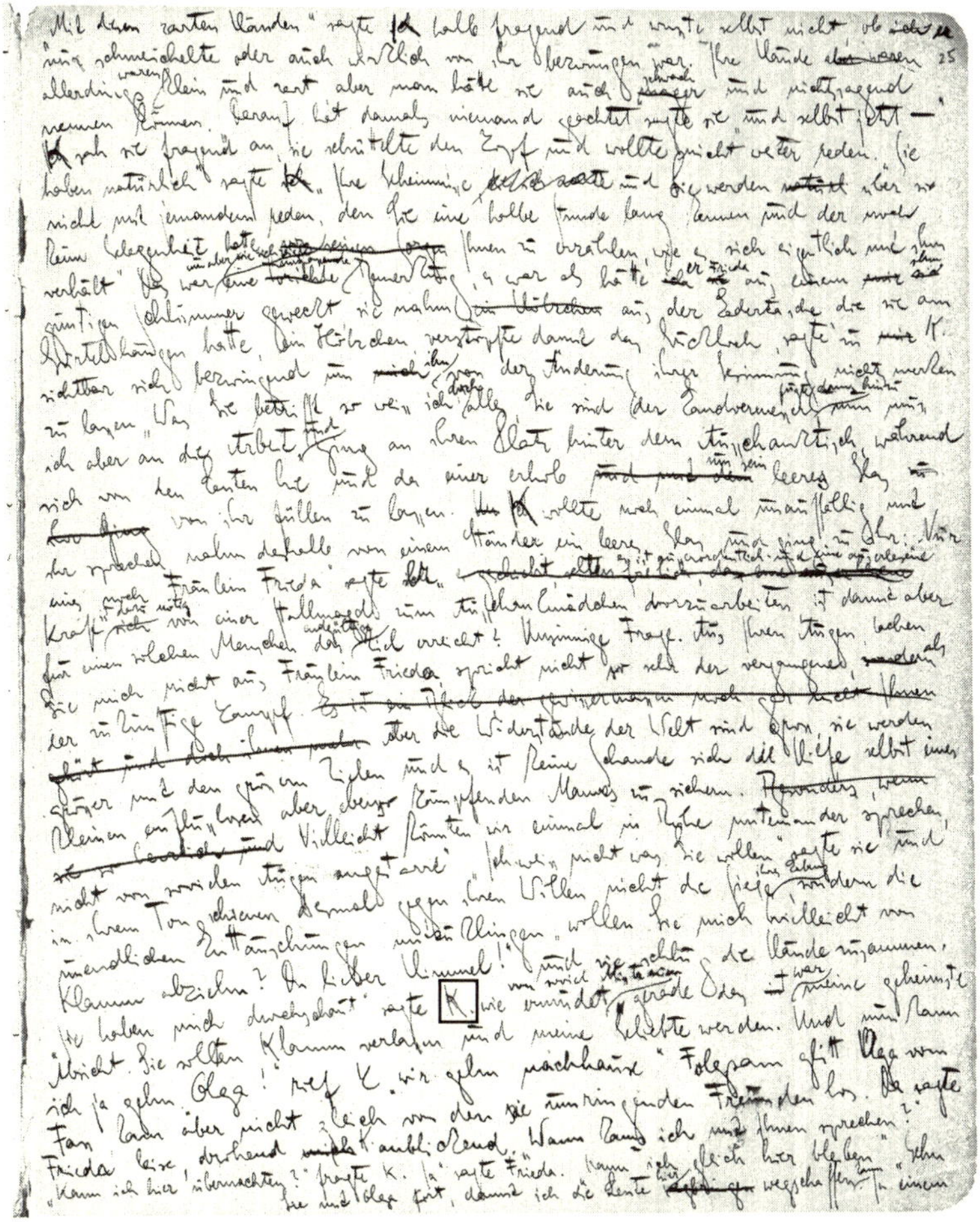

図 14 『城』手稿で最初から「K」と書かれている部分（該当箇所を枠で囲った）（FKAS, Heft 1, S. 103）。

の二人の「私」は実際にはほぼ同時に存在している、とも述べた。コーンの表現を使えば、語る「私」は姿を消している。

一九六八年に発表した論考のなかで、コーンはまずその特殊な語りの構造を明らかにし、だからそんな特殊な転換が可能だったのだと述べた。第一章でもふれたように、手稿上、「私」を消して「K」を書き加えたこと以外に、その変更に伴う他の修正はほとんど見当たらない。ようするに、もともと「私」で語られながら、その「私」の体験をめぐる記述には、それを語る未来の「私」からの補完が何もなかった、ということである。別のいい方をすれば、語る「私」は体験する「私」の身の上に起こったことをすべて知っているはずなのに、知っていることを伝えない。だから、「私」はうさんくさくなる。

右に引用した切り替えポイントのセリフには、まさにあの「ように」というフレーズが入っている。第一章で述べたように、「私」で語っていながら「ように」といってしまうと、それは語り手の「私」に対する不信につながる。「そんなにも不信を向けられていることに疲れてしまったように」(『筑大』「城」一五七頁)という表現には、一人称で語ることの難しさにギブアップした書き手の心情が共鳴しているように感じる。

語りの視点の転換に関するこの問題については、じつはもう一点、コーンがまだ取り組んでいない点がある。それは、もう一歩手前にあるべき問いであり、そこを捉えて初めてこの問題に関する全体像が理解できると私は思っている。その問いとは、なぜそもそも「私」で語られ始めたのか、だ。

『城』の冒頭は何か、という問いを思い出してほしい。「城ノート」の最初に書かれていたのは、あの到着の場面ではなく、亭主が客を迎える場面だった。ブロートは『審判』と同様に『城』でも第二版で「補遺」を追加しており、そこで「発端部の異稿」というタイトルのもと、その断片は公表されている。したがって、その日本語訳は、ブロート版を底本とした新潮社版（第六巻）に見つけることができる。あらためて最初の数行を引用しておこう。

亭主は、客に挨拶をした。二階の一室が、用意してあった。「王侯貴族にもお泊りいただける部屋でございますよ」と、亭主は言った。（『新全』(6)三四五頁）

ごらんのように、このバージョンでは、主人公は「客」として丁重にもてなされていた。あの食堂の床に寝た「私」バージョンとは対照的な設定ということがわかるだろう。「客」は、この後すぐに宿屋の部屋係の娘と出会う。宿屋の亭主が部屋を出て娘と二人きりになるや、二人は急に親密さを増す。ところが、その会話は、またたく間に互いへの不信の表明となる。そして、以下のやりとりとなる。

「きみたちは、どうしておれをこんなに苦しめるのだ」と、彼は苦しそうに言った。
「わたしたちは、あなたを苦しめてなんかいませんわ。あなたは、わたしたちからなにかを求めていらっしゃいますが、それがなんであるか、わたしたちにはわからないのです。はっきりとおっしゃってください。そうしたら、こちらも、はっきりとお答えしますわ」（『新全』(6)三四七

頁）

手稿では、この娘のセリフの下に短い横線が引かれている（前章の図8）。そして、その次の行から書かれているのが、あの一文だ――「私が到着したのは、晩遅かった」。

娘のセリフで「はっきりと」と訳されているのは、原語でいえば„offen"、すなわち英語でいう"open"だ。つまり"open"に話してほしい、と懇願されて「私」の話が始まる。そして、娘に見抜かれたと思うや、「私」は消えるのだ。

ほんとうの結末

『城』の始まりが始まりでない可能性があるなら、終わりも終わりでない可能性がある。

そもそも、『城』の「終わり」はこれまで何度も変わってきた。一九二六年に出された初版では、婚約して一緒に住んだフリーダとKが別れたところで終わっていた。九年後、一九三五年に出された第二版は、それに続く話が八〇頁ほど追加されて、宿屋のおかみとKの会話で終わる（正確には中断する）。前に第二版で「補遺」が加えられたと述べたが、それだけではなく本文自体も増やされていたのだ。なお、そこでの「補遺」には、「発端部の異稿」だけでなく、『審判』と同様、「断片」また「作者が抹消した箇所」というタイトルのもと、相当量のテクスト断片が追加されており、「補遺」は合計で六〇頁分にも及ぶ。ようするに、これら全部を合わせると約一四〇頁になり、第一版からそれほどの分量が増殖したということだ（第二章の表参照）。

いわゆるブロート版での終わりとされてきたのは、その、おかみがKに宿屋の玄関で自分の新しい服を見に来てくれるよう呼びかけるところであり、したがってブロート版を底本とした従来の翻訳もそこで終わっている。ただし、ブロートは、一一年後の一九四六年に、さらに別の終わりを公表する。第三版の「あとがき」で、手稿ではまだ続きが書かれていると述べて、一頁ほどのテクストを引用しているのだ。そこでは、Kが御者のゲルステッカーと言葉を交わして彼の家に連れられる様子が描かれており、それはゲルステッカーの母親が何かをKに語ろうとする、以下のところで終わっている――「その言葉を理解するのは、骨が折れた。しかし、彼女が言っていることは」（『新全』(6)四〇六頁）。

その三六年後の一九八二年に出された批判版の『城』の終わりは、これである。よって、白水社版の『城』も、そこで終わっている。ところが、さらに三六年後の二〇一八年に刊行された写真版の終わりは、それとは異なる。どう異なるかは、第二章で述べたとおりだ。

私はここで、さらに別の終わりの可能性を示唆しておきたい。カフカが『城』の執筆を放棄したのは、批判版の解説によれば、一九二二年八月末ごろと見なされている（KKAS App., S. 70）。ほどなくして（おそらく一一月ごろ）、彼はある短い物語を書く。ノートに書き下ろされたそれは、カフカ自身によって「夫婦」というタイトルがつけられて数枚の紙に清書されている。一九三一年にブロート編集の短編集『万里の長城が築かれたとき』で初めて公表されたその短編「夫婦」は、きわめて奇妙な物語である。「私」は、久しぶりになじみの客の老人のもとを訪れる。老人は妻と息子と一緒に住んでいて、そこにはちょうど別の代理人も来ている。この物語の途中で老人は息絶える、が生き返る。

最後は「私」が階段を降りながら、うまくいかなかった商売の重荷は、ずっと背負い続けなければならない、と嘆くところで終わる。

ブロートが公表したテクストでは、それは「K」だ（KKAN II, S. 534）。この老人の名前は「N」である。ところが、批判版のテクストでは、それは「K」だ（KKAN II, S, 534）。一九九二年に批判版の『遺稿と断片Ⅱ』が出たとき、その「N」がほんとうは「K」と書かれていたことが公になった。なぜブロートはノート上（また清稿上）の「K」を、わざわざ「N」に変えて発表したのか——。ブロートは何の説明もしておらず、よって彼の本心は誰にもわからない。だから、勝手な推測ではあるが、もしかしたらブロートは読者がその短編を『城』と結びつけて読んでしまうのを避けたかったのかもしれないと私は思う。であるなら、私はなおさらそれを『城』と結びつけて読んでみたい。

では、「夫婦」と『城』を結びつけて読むと、どうなるのか。どんな新しい解釈が立ち上がるのか。これについては、かなり混み入った議論になるので、いずれ別の場所でしっかり論じるつもりである。ここでは、ごく簡単に以下の点を示唆しておく。まず、最初におさえておくべきは、『城』の「私」＝「K」には妻と子供がいるという点だ。到着した翌朝、すなわち、あの電話の騒動の次の朝、「私」＝「K」は宿屋の亭主とこんな言葉を交わしている。

「私はまだ伯爵を知らないが」と、Kはいった。「いい仕事をすればいい金を払ってくれるということだけれど、ほんとうかね？　私のように妻子から遠く離れて旅をすると、帰るときにはいくらかはもち帰りたいものだよ」（『筑大』「城」一三六頁）

つまり、彼は妻子を残して、出稼ぎに来ているのだ。にもかかわらず、Kがこれ以降、妻子のことを思い出すことは一度もない。この点は、あの『失踪者』のカールと同じだ（カールもKもじつは父親だという点は大事なポイントである）。ちなみに、Kのこの発言をしっかり耳にしたはずの亭主も、このことを思い出すことはない。他の登場人物たちも、その点を気にする様子はまったくない。まるで彼が独身であるのが当然であるかのように、そこではあのフリーダとの結婚がずっと話題になり続ける。しかし、なぜ彼女と結婚する話になっているのか。フリーダは婚約者と呼ばれているが、いつそうなったのか。じつは、その間の事情はほとんど伝えられていない。出会ったその晩の二人の性行為は描かれているが、二人が〈愛〉を語って結婚を約束した過程はまったく語られていない。

いずれにせよ、「夫婦」の「K」が、もしもこの「K」なのだとしたら、Kは、あの旅を生き延びて、妻子のもとに戻ったのだということになる。そして、面白いのは、このテクストの直後に書かれているものでは、今度はもうひとりの主人公がまさに妻子のもとを去ろうとしている、という点である。批判版で見ると、ノート上、その「夫婦」の次には、長い航海の後、小さな港——どうもそこはイタリアらしい——に着いた「私」の話が書かれている。その文章にちりばめられている言葉からは、あのリーヴァの港にたどり着く「狩人グラフス」の断片群が思い起こされる。その断片群の約五年後に書かれた新たな断片では、上陸しようとする「私」は、婦人用の船室に降りて、末の子供に乳を含ませている妻のもとに行く。妻の頬に手をあて、これからの予定を伝えようとするところで、この短い文章は途切れている（この断片も含めて、本章で紹介する数々の断片からどんな解釈が展開できるかは、またの機会に譲りたい)。

いずれにせよ、もしも「夫婦」が『城』のラストとして想定されているのだとしたら、ブロートによって伝えられているそれとはまったく異なるものになってしまう。『城』の初版の「あとがき」で、ブロートはカフカから直接聞いた話として、この物語のエンディングは主人公の死だと語っている。Kは死んで、その死の床に村人たちが集まり、その場に村での条件つきの滞在と労働の許可が届くのだという(『新全』(6)三九六頁)。

『城』という未完の物語が最初に世に出されたときに、著者本人が語った言葉として、それに添えられたこの結末は、かなりの信憑性をもって人々に受け入れられただろう。そして、それは、この物語の解釈に大きな影響を与えてきたに違いない。なお、前に紹介したコーンによる語りの視点をめぐるあの論考でも、「私」から「K」への変更の理由のひとつとして、そうしなければ主人公は死ぬことができない、というものが挙げられていた。

しかし、結末はほんとうにKの死なのだろうか。ブロートの証言を疑うわけではない。が、鵜呑みにしてしまうことも問題だろう。いずれにせよ、ほんとうの答えは永遠に失われてしまっている。

白水社版の意義

じつは、カフカはまだKの話を書いている。「夫婦」の物語が書かれているのと同じノートに、もうひとつKが登場する断片がある。「先だってわたしはM町にいた。Kと相談する必要があった」(『白全』(6)四九四頁)と始まる断片は、批判版では一頁にも満たない短いものだ(KKAN II, S. 531)。

ただし、ブロート版では、小さな字で二頁以上（批判版の版面だとおそらく三頁以上）の、約三倍ほどの長さのものである（H, S. 202-204. 翻訳なら、『新全』(3)二一〇—二一二頁）。なぜそんな違いが生じているかといえば、ブロート版は手稿上で削除されている箇所を復活させて入れ込んでいるからである。逆にいえば、批判版では、削除された箇所は資料篇のほうにヴァリアントとして収録されているため、本文篇のテクストはごく短くなっている。

つまり、その断片は、ブロート版で読むほうが——ということは邦訳では新潮社版で読むほうが、はるかに多くの文章が読めるということだ。が、それはいい点ではあるものの、いっぽうでそちらのほうがまずい点もある。ブロート版、新潮社版だと、もっとも肝心な、その断片がいつ書かれたかという点がわからないのだ。ちなみに、ブロート版では、その断片はどこで見つけられるか。むろん『城』の巻ではない。別のところに収められており、いま指摘した問題点は、その収録場所に関わる。少し複雑な話になるので、後で説明しよう。

むしろ、逆に批判版であれば執筆時期がなぜわかるか、それを簡単に述べておこう。先に、「夫婦」のテクストは批判版の『遺稿と断片II』で提示されていて、また右で紹介した断片は、その「夫婦」と同じノートに書かれている、といった。『遺稿と断片II』は帳面丸写し主義で編集されているため、そこでは各断片がノートごとに、ノート上の順番で提示されている。そして、大事なのは、そこではそれぞれのノートについて執筆時期が推定されており、例えばその「夫婦」が書かれているノート（「夫婦ノート」と名づけられている）については、本文篇の目次で「一九二二年一〇月、一一月、もしかしたら一二月まで」（KKAN II, Inhalt）と示されている。また、資料篇では、その推定に至った根拠に関して詳しい説明がなされている（KKAN II App., S. 124-128）。

いま問題にしている断片は、批判版の「夫婦ノート」という区分において、その物語テクストの後に配置されている。ということは、「夫婦」が書かれた後、その断片が書かれたのだ——と思うかもしれない。ところが、この断片には、次の注釈がつけられている——「以下はノートの最後の頁から書かれている」（KKAN II, S. 531）。批判版の本文篇では、まずめったにこの種の注釈は見られないのだが、ここにはそれがつけられている。批判版の編集者（この巻の担当は、ヨスト・シレマイト）がわざわざこの注釈をつけた理由は、いまのような〈早合点〉を防止するためだろう。つまり、その断片がノートのおしまいから書かれているということは、批判版での断片の配列順は必ずしも執筆順とは一致しないということである。想像してもらえばわかると思うが、次々と思いついたことを書いているうちに、まったく別の新しい何かを書きたくなったら、ノートの続きにではなく、後ろから書き始める、ということはありうるだろう。とすれば、ノートの後ろから書かれた断片は、ノート上に並ぶ断片のうち、どの順番のところで書かれたかはわからないことになる。もしかしたら最初かもしれないし、もしかしたらずっと後かもしれない。

批判版の解説でもその点の不明さは指摘されており（KKAN II App., S. 127）、したがって「私」がM（先の引用の訳では「M町」だが、原語では「M」が地名かどうかは不明）にいるKに相談に訪れるというこの断片は、あの「夫婦」の前に書かれたのか、後に書かれたのかはわからない。ちなみに、この断片では、「私」はKを訪れるものの、Kは出かけてしまった後で、彼を迎えるのはKの「姉」か「妹」（白水社版では「姉」、新潮社版では「妹」。原語では姉か妹かは不明）である。なお、批判版の資料篇でヴァリアントを確認すると（ブロート版でも確認できるが）、削除された箇所では、Kは近郊の「村」に商売上の旅行に出ているとのことである（KKAN II App., S. 415-416）。とすれば、もしかしたら、これは『城』の後日談ならぬ、前日譚の可能性もある。ただし、「姉」あるいは「妹」に「老いた」という形容がついている点を考えると、前日譚の可能性は低くなってしまうのだが——。

ここで横にそれるが、この機会に強調しておきたい大事なことがある。それは、批判版の訳である白水社版の翻訳の意義、日本のカフカ受容における重要性である。第一章で、私はこの翻訳について、かなり厳しい指摘を繰り返した。たしかに、そこには不正確さに関わるさまざまな深刻な問題が見られる。しかし、いっぽうで、きわめて優れた貢献を果たしている側面もある。その優れた面を一言でいえば、批判版が示したテクストの新しいマクロな形を日本の読者にそのまま伝えている、という点である。例えば、長編小説の〈章〉に関して批判版は新しい判断を見せていると述べたが、その判断の結果は白水社版の章配列や章タイトルを見ることで確認できる。先述の『城』の新しい章の区切りやタイトル、また『審判』の新しい配列は、白水社版でしっかり確認できるのである。

また、とくに批判版の『遺稿と断片Ⅰ』と『遺稿と断片Ⅱ』の翻訳である『万里の長城ほか』と『掟の問題ほか』の巻における訳業は、きわめて重要である。右で述べた「夫婦ノート」に「夫婦」以外にもKが登場する断片が書かれていることは、白水社版『掟の問題ほか』で確認できる。また、前に少しふれた、あの「狩人グラフス」の断片群が、どのノートにどの順番で並んでいるのかも、『万里の長城ほか』で確認できる。念のためにいうが、従来のブロート版、すなわち新潮社版では、「夫婦」も「狩人グラフス」も、短編としてノートから〈切り出された〉形で提示されていた。それらが今度はノート上での並びのまま、他の断片と混じり合う形で、いわば〈埋もれる〉形で、白水社版では掲載されているのである。帳面丸写し主義で編集された批判版のあの二巻の画期的な並べ方が日本語でも読めるということは、（たとえ資料篇を欠いた形であるにせよ）日本の読者にとって大変な僥倖だと思う。

なお、読者の混乱を避けるために、次の点を整理しておこう。あらためて注意を促せば、白水社版の各巻のタイトルは、批判版のそれを忠実になぞった訳にはなっていない。批判版で（直訳すれば）『生前刊行書集』は、白水社版『変身ほか』であり、いまいったように（直訳で）『遺稿と断片Ⅰ』は『万里の長城ほか』、『遺稿と断片Ⅱ』は『掟の問題ほか』である。

また、ついでに新潮社版と底本の構成との関係も確認しておこう。新潮社版の『決定版カフカ全集』の全一二巻には「一」から「一二」までの巻の番号が振られているが、底本であるブロート版全集には、そのような巻の番号は振られていない。名前も新たに付されていて、生前刊行されたテクストを集めたブロート版の（直訳すれば）『物語集』は新潮社版では第一巻『変身、流刑地にて』、また生前未公表の遺稿から〈切り出された〉短編を集めたブロート版の『ある戦いの記録』は新潮社版では第二巻『ある戦いの記録、シナの長城』である。それから、〈切り出された〉短編を除いた、いわばノート上の残りの断片、また未完の中編「田舎の婚礼準備」、また「父への手紙」など、かなり雑多なテクストが寄せ集められているブロート版の『田舎の婚礼準備』は、第三巻の『田舎の婚礼準備、父への手紙』である（詳細は省くが、第四巻から第六巻があの長編小説三編であり、日記が第七巻、手紙が第八巻から第一二巻である）。

話を戻せば、あのMにいるKの断片は、第三巻『田舎の婚礼準備』に収録されている。その巻には「断片――ノートおよびルース・リーフから」（以下、「断片」と略記）というカテゴリーがあり、そのカテゴリー内には大量の断片が集められていて、そのなかに見つけることができる。そして、その断片はブロート版を底本としているので、白水社版でのそれに比べると三倍の長さがある。ただし、先にもふれたように、それがいつ書かれたものかは、まったくわからない。ブロート版（新潮社版）のその「断片」のカテゴリーにある大量の断片は、ただそこに集められているだけで、いくつかのものには短い注釈が加えられているものの（一例は次に見る）、残りのほとんどには、まったく何の情報も付されていない。

丘の上の小さな家

カフカは、おそらくは姉妹が登場する断片の後もKの断片を書いている。批判版で見ると、「夫婦ノート」の後に書かれた「青い学習ノート」（批判版の推定では、一九二三年秋から一九二三／二四年の冬）のなかに、もうひとつ、Kが登場する断片を見つけることができる（KKAN II, S. 569）。それは一頁にも満たない短いものであり、そこでは領主（地主）の家庭に紹介抜きで入り込もうとするKの姿が描かれている。なお、資料篇のヴァリアントを見ると、削除箇所には、現在の主の祖父と父が放漫経営をしたために資産の大部分を失ってしまい、おそらくはその立て直しのためKがそこに入る可能性が示唆されている（KKAN II App., S. 424）。

この断片もブロート版の「断片」のカテゴリーのなかで見つけることができる。そして、その断片にはブロートによって以下の注釈がつけられている――「これは『城』の草稿のひとつである。ノートに挿入された一枚の用箋に、一九二〇年という年号が記されている」(『新全』⑶三三四頁)。若干曖昧な言い回しがされているものの、注が示唆するのは、この断片が書かれたのは一九二〇年ごろだということだろう。新潮社版の訳では「草稿」となっているが、その原語は „Vorstudie"、すなわち「予備的作業」を意味する語であり、ようするにブロートは、その断片を『城』の執筆の前に書かれたものと見なしているということだ。しかし、その推定はおそらく間違いである。批判版では、その断片は右で示したように一九二三年秋から一九二三/二四年の冬に書かれたとされており、そうだとすると『城』の執筆放棄の後になる。

ここで確認しておきたいのは、ブロート版における文献学的推定の不正確さである。さまざまなところでそれはうかがわれるが、一番顕著な例は『田舎の婚礼準備』の巻の「八つ折り判ノート」をめぐる判断だ。その巻では、「八つ折り判ノート・八冊」というタイトルのもと、第一冊から第八冊までのノート上の断片が並べられているが、そのノートの順番はでたらめである。じつは、本章で扱ったあの「弁護士」や「報告」といった短編、また「狩人グラフス」といった断片は、いずれもそれらの「八つ折り判ノート」に書かれたものである。したがって、ノート上でそれらの短編や断片がどういう順番で書かれているかを知ることは、それらがどういう連想のなかで生み出されたかを理解する重要な手がかりになる(ただし、ブロート版で提示されている「八つ折り判ノート」は、それらの多くがすでに〈切り出された〉後のものだが)。幸い、すでに批判版が刊行されて、その八冊のノートの成立順は訂正されている(批判版では「A」から「H」にノートの名前がつけ直されている)。そして、日本の読者は、その訂正の結果を白水社版の『万里の長城ほか』と『掟の問題ほか』の二巻で確認することができるのである。

ここで、もう少しだけ補足しておく。白水社版のそれら二巻は二〇年以上も前に刊行されたものである。にもかかわらず、ノートやルーズリーフ上の断片を執筆順に読むことの重要性は、ほとんど認識されてこなかった。だから、その後、批判版を底本とする訳書はいくつか出版されているものの、その点を伝達しようとしているものはない。例えば、前に良質の訳文を提供しているものとして『カフカ・セレクション』の三冊を挙げた。たしかに、そこでは丁寧に検討されたわかりやすい訳文が示されているが、しかし、テクストの並べられ方は読者に困惑を与えてしまうだけのものではないかと思う。

あらためていえば、そこではテーマごとに（「時空／認知」、「運動／拘束」、「異形／寓意」）カフカの生前に刊行された作品と未公表の断片が混在させられ、（執筆順ではなく）テクストの長さという観点で、短いものから長いものへと並べられている。いまいったことが示唆しているように、じつは底本は批判版の異なる四巻、すなわち『生前刊行書集』と『遺稿と断片』の二冊、さらには『日記』である。残念ながら、どの作品や断片がそれら四巻のどの巻から採られたかの記載はない。したがって、訳文を参考にしながらドイツ語の原文でも読んでみようとする読者は途方に暮れるだろう。三巻めの巻末の索引で、少なくともそれぞれの断片などの成立年（おそらく批判版に基づくもの）が示されてはいる。とはいえ、それだけの情報からどの断片がどの巻のどこにあるかを探るのは、専門家でも手間のかかる作業だ。また、その成立年の一覧から、それらの作品や断片の執筆順を再構成して、カフカの発想の繋がりを理解するのも、きわめて難しいだろう。『カフカ・セレクション』の第Ⅰ巻の「あとがき」には、じつはむしろ執筆順には並べないという方針が、はっきり書かれている。

〔…〕完結した作品を成立順に排列したり、断章を日付にしたがって整序したりするといった形式を、あえてとらなかった。暦にしたがって連続していると見做される時間を切断し、破壊することによって、あるいは途絶し、あるいは継起していく、それぞれのテクスト間の、それまでは隠されていた連関がみえてくるように、と考えてのことである。〔…〕訓詁学的な厳密さとは背馳するかもしれぬ、そうしたカフカの読み方もあるにちがいない。(『ち文』(1)三三二―三三三頁)

ようするに、目的がまったく逆だということである。たしかに、そんな読み方も有効かもしれず、むろん読み方にはさまざまなものがあってしかるべきだ。であるなら、先のような指摘は全部的外れだといえるのかもしれない。しかし、そもそも「訓詁学的な厳密さ」がほとんど伝えられていない状況下で、あえてそれと背馳するものを出すことにどんな意義があるのだろうか。「破壊すること」によって見えてくるものがあるというが、実際にはその破壊される対象そのものが、まだ人々には見えていないのである。残念ながら、順番が逆ではないかと思う。学術的に取り組んでいる専門の研究者にしか見えていないものを、まずはできるだけわかりやすく人々に伝えることこそ、あえて大仰な言葉を使えば、学者のひとつの使命であるかと思う。

話を戻せば、カフカはその後もさらにKの断片を書いている。「一九二三年一一月終わりから一二月」に書かれたと見なされている「「巣穴」ノート」に、それは見つけられる。その断片で、Kはかなたの小さな丘を見ている。丘の上には、「Kのめざしている建物」がある。暗くなりかけた道を進むと、突然その丘のふもとにいる。「つまり、あれがわが家だ」と彼はつぶやく――「ちっぽけな、古ぼけた、みすぼらしい家」だが、自分の家なんだから、数ヵ月のうちには見違えるようにしてみせよう。それから丘をのぼると、ドアが開いている。階段があって、その上から「ふるえた、喘ぐような声がして、誰が来たのかとたずねた」。そして、Kは壊れた階段を上がると、「上のドアも開いたままで」（『白全』⑹五三六―五三七頁）――ここで、その断片は途切れている。

先にふれたように、この一頁ほどの短い断片は一九二三年の暮れに書かれたものと見なされている。カフカが没したのは一九二四年六月だから、亡くなる半年前だ。ノート上、その断片の下には横線が引かれ、その次には批判版で五十数頁ほどのかなりの長さのテクストが続いている。ブロートによって「巣穴」と名づけられた未完の小説だ。最晩年に書かれたこれらの断片がいったい何を〈意味〉するのか、またそれらと『城』（と呼ばれている断片）との関連については、いつか別の場所でしっかり考察してみたいと思っている。

ほんとうの夢

『審判』についても、別の始まりと終わりの可能性があることに言及しておきたい（明星 二〇二一）。『審判』の執筆の開始は、通説では一九一四年八月上旬といわれている。ただし、日記ノートでは、それより前の七月二九日の日付で、次のように書き出された断片を見つけることができる。

ヨーゼフ・K、ある富裕な商人の息子は、ある夕方、父とやりあった激しい口論のあとで、——父は彼のだらしない生活を非難し、それを即刻止めよと要求した——これというあてもなく、港の近くの四方へ開けたところに建っている商館のなかへ、ただひどくあやふやな気持と疲労とを覚えながら入っていった。門番は深く頭を下げた。(『新全』(7)二九七—二九八頁)

このように始まる短い断片は、『審判』のいわば〈助走〉として、多くの研究者から注目されてきた。しかし、これに続けてノート上に書かれている以下の断片については、管見ではあるが、ほとんど顧みられていない。

私はまったく途方に暮れていた。〔…〕「出て行け!」と主人が叫んだ。「泥棒! 出ていけ! 出ていけってんだ!」「違います」と私は幾度も叫んだ。「盗んではいません。まちがいです、でなかったら中傷です! さわらないで下さい! 訴えますすよ! まだ法廷というものがあるんですから! 私は出ていきません! 五年間、息子のようにあなたに仕えたんです。ところが今、泥棒として扱われている。私は盗みませんでした、お願いですから聞いて下さい、私は盗まなかったのです。」(『新全』(7)二九八頁)

盗みを疑って憤る上司とのさらなるやりとりの後、「私」は通りに出て、再び途方に暮れる——。

そして、今や私はどうしていいか分からなかった。私は盗んでしまったのだ。晩にゾフィーと劇場に行くことができるように、レジから五グルデン紙幣を引きだした。彼女には劇場に行く気など全然なかったのに。三日後は給料支払日だったから、それまで待てば自分の金を持っていたのに。その上愚かにも、白昼、帳場のガラス窓の横で、盗みを働いてしまった。ガラス窓の向こうには主人が坐っていて私を見ていたのだ。「泥棒！」と彼は叫んで、帳場からとび出してきた。「盗んではいません」というのが、私の最初の言葉だった。しかし五グルデン紙幣は手に握られていたし、レジは開いていた。（『新全』(7)二九八―二九九頁）

つまり、「私」は告白する。「私」が盗んだのだ、と。最初に声高に冤罪を主張し、同情を誘いながら、じつは彼は罪を犯していた。この断片を書いた数日後、カフカが書いたのが、この文章だ。

誰かがヨーゼフ・Kを誹謗《ひぼう》したにちがいなかった。なぜなら、何もわるいことをしなかったのに、ある朝、逮捕されたからである。（『新文』五頁）

これまで日記と見なされてきた断片群を合わせて、書かれた順番で読んでいくと、これまでとは異なるヨーゼフ・Kの姿が浮かんでくるだろう。

終わりも見てみよう。『審判』の執筆が放棄されたのは、一九一五年一月後半と推測されている(KKAP App., S. 76)。あの「夢」が最初に世に出たのは、ある雑誌上で、一九一六年(雑誌の奥付では一九一七年)のことだ。前述のように「夢」の手書き原稿は残っておらず、正確にいつ書かれたかはわからない。批判版における推定でも、一九一四年から一六年と、かなり幅が広い。ただ、そのタイトルと最初の一文だけは、一九一六年に書かれたと見なすことができるだろう。なぜなら、現存している二種類のタイプ原稿(出版準備のためにカフカ自らが作成したと推定されている)のうち、古いほうにはタイトルと冒頭の一文が欠けているからだ。批判版のヴァリアント記述によれば、新しいほうのタイプ原稿に、初めてその二つが見つけられる(KKAD App., S. 359; 明星・納富(編)二〇一五、二三九―二四一頁)。

出版に際してカフカが自ら「夢」と名づけたそれは、こんな話だ。「夢」のなかで散歩に出たKは、墓石を土に突き入れている二人の男に出会う。ベレー帽をかぶって鉛筆を手にした男も現れ、石に金色の文字を書き始める。その彼が書きあぐねている様子を見て、Kは何かを納得して自分の手で土を掘る。大きな深い穴に仰向けにされて引き込まれていくなか、石の上には彼の名前が堂々とした文字で刻まれていく。

地中に自分の身体が埋もれていくや、完成される淡く光る名前。埋葬された後に初めてもたらされる名前の栄光。「この眺めに恍惚として、彼は眼をさました」(『新全』(1)一二二頁)。これがこの物語の最後の一文である。

先に述べたように、この物語の冒頭の一文は、一番最後に書き加えられた。『審判』の執筆もとうに断念された後、カフカはこの短い物語を公表するに際して、こう書き加えた――「ヨーゼフ・Kは夢を見た」(『新全』(1)一二二頁)。

もちろん、そのとき、まだヨーゼフ・Kの物語は世に出ていない。『審判』が人々に読まれるようになるのは、カフカの死後である。なお、「夢」の本文中には「ヨーゼフ」の名前は書かれていない。すべて名前は「K」とだけ記されている。つまり、「夢」がヨーゼフ・Kの物語だというのは、最後に書き加えられたその最初の一文で初めて示されたのだ。

「ヨーゼフ・Kは夢を見た」――終わりはこれかもしれない。だとしたら、彼はほんとうは何を夢に見ていたのだろうか。

エピローグ

ほんとうの手紙

フェリーツェ・バウアーと（1917年）

タイプライターで書かれた手紙

カフカはどんな手紙を書いたのか。この点に戻ろう。フェリーツェと出会って一ヵ月半後に、やっと書けた手紙。『判決』の成功のきっかけとなった大事な手紙。それはどんなものだったのか。そこにはこんな一節がある。

どれほど変にきこえても、さらにまた、どれほどいま述べたことにあわなくても、ひとつだけ告白しておかなければなりません。私は几帳面に手紙が書けない人間です。そう、もしタイプライターをもっていなければ、いまよりもっとひどいでしょう。つまり、手紙を書く気分にはなれなくても、タイプを打つ指先はいつでもあるわけですから。(『新全』⑽三五頁)

一九一二年九月二〇日のこの手紙は、カフカが当時勤務していた役所の公用便箋にタイプライターで書かれている。タイプライターで書いていることを不可解なほど何度も強調するこの手紙で、カフカはこう続けている。自分は手紙がうまく書けない、だから「そのかわり私はまた、手紙がきちんと届くことを、けっして期待しません」(『新全』⑽三五頁)。

〈嘘〉といっていいだろう。なぜなら、二通めの手紙(九月二八日)で、彼は返事をすぐにくれるよう要求しているのだから――「どうかまた、まもなくお便りをください。〔…〕小さな日記を書いてよこしてください」(『新全』⑽三八頁)。そもそも、筆まめでない、というのも違う。彼ほど筆まめな人間はいない。現存しているだけでも、約一五〇〇通の手紙が残されている。そして、そのほとんどは、タイプライターではなく、手で書かれている。

彼女への初めての手紙を書いた同じ日、カフカは旅行中のブロートたちにも手紙を書いている。同じく「ボヘミア王国プラハ労働者災害保険局」というレターヘッドのついた公用便箋に、職場のタイプライターで――。

君たちに執務時間の最中に手紙を書くのは、ともかくじつに神経の立つ楽しみなのだ。手紙がタイプライターを使わずに書けるのだったら、こんなことはしないだろう。しかし、このすてきな気晴らしはとてもやめられない。いかにも大ていの場合はそれほど気のりがしないとしても、指先はいつでも動かせるわけだ。（『新全』(9)一一一頁）

カフカは、有能な官僚だったが、同時にたぶんサボリの名手でもあった。この手紙は、明らかに職場で勤務時間中に書いている。「神経の立つ楽しみ」という箇所からは、上司や同僚の目を盗んで書くスリルを味わっていることがわかる。同じ日にフェリーツェに宛てたあの手紙も、職場で、タイプライターで、ただしそれはおそらく勤務時間の後に（なぜなら「六時間の勤務時間のあと」（『新全』(10)三五頁）という文言があるから）書いた。タイプライターでなら、気分が乗らなくても書ける。気楽に遊び気分で書ける。そう友人に書いた後で、彼女に初めての手紙をタイプライターで書いたのだ。

カフカにとって、タイプライターはある意味で〈騙し〉の道具だったといえる。三ヵ月後にフェリーツェに宛てた手紙（一二月二〇日から二一日）で、自分はタイプライターにとても魅了されているのだ、と彼はいう。なぜなら、自分は「責任を蛇のように」嫌うから。機械で書かれた文字は「匿名的」だ（『新全』⑽一七四頁）。手書きの文字であれば表現される個性も身体性も、印字された文字には無縁である。

タイプライターは、ほんとうは誰が書いたかわからない機械、すなわち責任逃れのための機械、心にもないことが書ける機械だ。そんな機械を使って、ようやく彼女に最初の手紙が書けたということになる。その手紙の書き出しをあらためて見てみよう。

もう私のことはまったく御記憶がないかもしれぬという、きわめてありうべき場合のため、いま一度自己紹介いたします。私はフランツ・カフカといい、プラハのブロート取締役のお宅での晩、はじめて貴方《あなた》にお会いし、タリーア旅行の写真を一枚ずつテーブル越しにお渡しして、最後にいまタイプライターを打っているこの手に、貴方のお手を取ったとき、来年パレスチナ旅行をしようという約束を、その手で確認して頂いた人間です。（『新全』⑽三五頁）

最初から「タイプライター」という言葉が使われている。そして、それはよく考えてみると、あまりにもおそろしいことを伝えている。一緒に旅行に行こうという約束を交わした握手は、「タイプライターを打っているこの手」、騙しの道具を操っているこの手でなされたのである。

この手紙は、いったい何を伝えようとしているのか。最後の締めくくりの部分も引用しておこう。

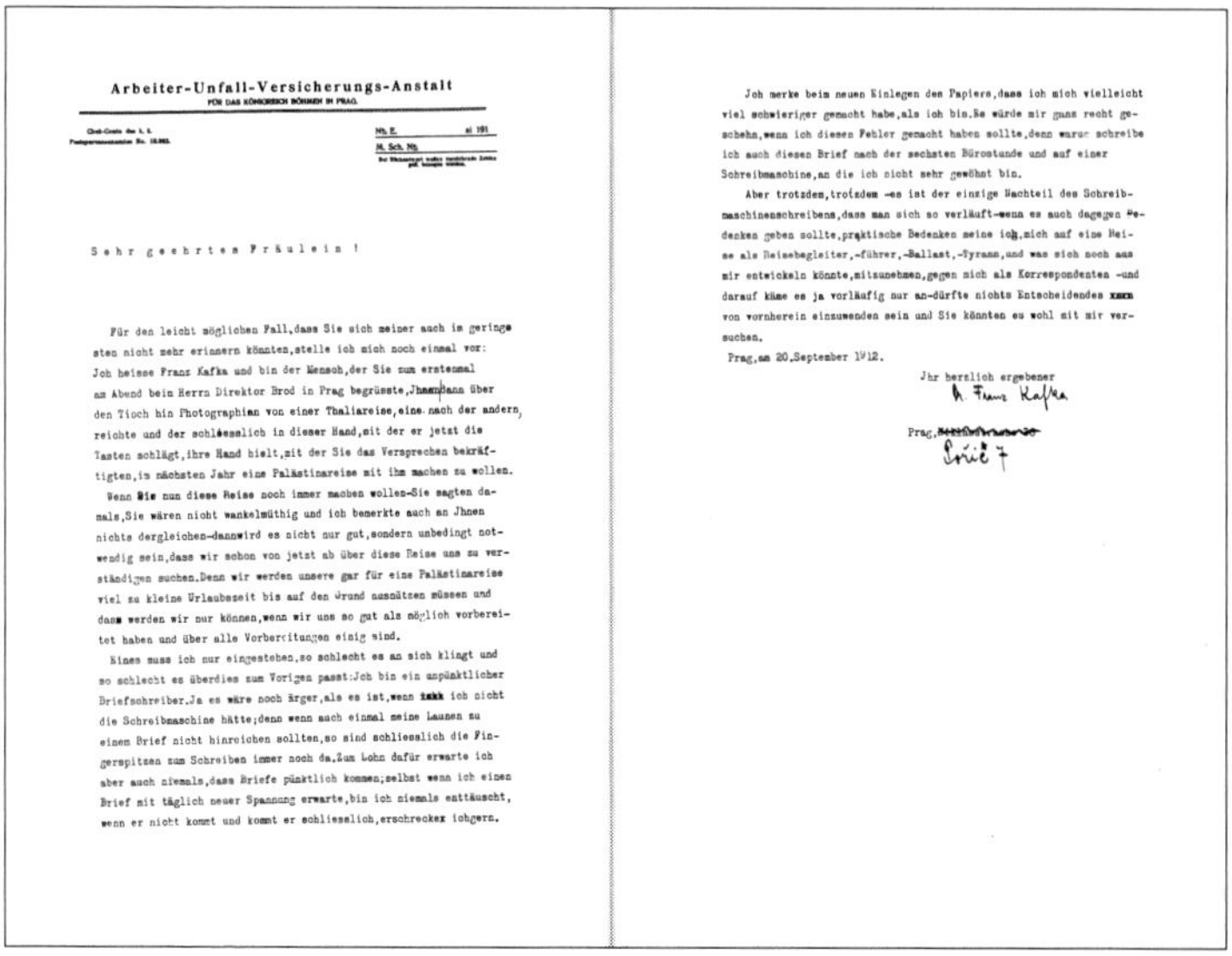

Arbeiter-Unfall-Versicherungs-Anstalt
FÜR DAS KÖNIGREICH BÖHMEN IN PRAG.

Nr. E. ... ai 191
M. Sch. Nr.

Sehr geehrtes Fräulein !

Für den leicht möglichen Fall,dass Sie sich meiner auch im geringsten nicht mehr erinnern könnten,stelle ich mich noch einmal vor: Jch heisse Franz Kafka und bin der Mensch,der Sie zum erstenmal am Abend beim Herrn Direktor Brod in Prag begrüsste,Jhnen dann über den Tisch hin Photographien von einer Thaliareise,eine nach der andern, reichte und der schliesslich in dieser Hand,mit der er jetzt die Tasten schlägt,ihre Hand hielt,mit der Sie das Versprechen bekräftigten,im nächsten Jahr eine Palästinareise mit ihm machen zu wollen.

Wenn Sie nun diese Reise noch immer machen wollen-Sie sagten damals,Sie wären nicht wankelmüthig und ich bemerkte auch an Jhnen nichts dergleichen-dannwird es nicht nur gut,sondern unbedingt notwendig sein,dass wir schon von jetzt ab über diese Reise uns zu verständigen suchen.Denn wir werden unsere gar für eine Palästinareise viel zu kleine Urlaubszeit bis auf den Grund ausnützen müssen und dass werden wir nur können,wenn wir uns so gut als möglich vorbereitet haben und über alle Vorbereitungen einig sind.

Eines muss ich nur eingestehen,so schlecht es an sich klingt und so schlecht es überdies zum Vorigen passt:Jch bin ein unpünktlicher Briefschreiber.Ja es wäre noch ärger,als es ist,wenn ich nicht die Schreibmaschine hätte;denn wenn auch einmal meine Launen zu einem Brief nicht hinreichen sollten,so sind schliesslich die Fingerspitzen zum Schreiben immer noch da.Zum Lohn dafür erwarte ich aber auch niemals,dass Briefe pünktlich kommen;selbst wenn ich einen Brief mit täglich neuer Spannung erwarte,bin ich niemals enttäuscht, wenn er nicht kommt und kommt er schliesslich,erschrecke ichgern.

Jch merke beim neuen Einlegen des Papiers,dass ich mich vielleicht viel schwieriger gemacht habe,als ich bin.Es würde mir ganz recht geschehn,wenn ich diesen Fehler gemacht haben sollte,denn warum schreibe ich auch diesen Brief nach der sechsten Bürostunde und auf einer Schreibmaschine,an die ich nicht sehr gewöhnt bin.

Aber trotzdem,trotzdem -es ist der einzige Nachteil des Schreibmaschinenschreibens,dass man sich so verläuft-wenn es auch dagegen Bedenken geben sollte,praktische Bedenken meine ich,mich auf eine Reise als Reisebegleiter,-führer,-Ballast,-Tyrann,und was sich noch aus mir entwickeln könnte,mitzunehmen,gegen mich als Korrespondenten -und darauf käme es ja vorläufig nur an-dürfte nichts Entscheidendes von vornherein einzuwenden sein und Sie könnten es wohl mit mir versuchen.

Prag,am 20.September 1912.

Jhr herzlich ergebener
Dr. Franz Kafka

Prag,
Porič 7

図15　フェリーツェ宛の最初の手紙（Kittler 1986／三四二―三四三頁）

しかし、それでも、にもかかわらず――こんなに迷うのが、タイプライターで書くときの唯一の弱点です――旅行の同伴者、案内者、お荷物、暴君、さらに私がどんなものになるかわかりませんが、とにかくそういうものとして私をつれていくことに心配、つまり実際上の心配があるとしても、文通者としての私には――それがさしあたり肝心なことですから――最初から決定的な異論は、けっしてありえないでしょう。貴方は私をためしてごらんになれるでしょう。(『新全』⑽三六頁)

きわめて回りくどいいい方ながら、ここで伝えようとしているのは、文通の相手になってほしい、ということだ。そして、署名の後、「プラハ、ポルジチュ7」と住所が書かれている。これは、職場の住所だ。しかし、最初そこには自宅の住所（プラハ、ニクラス通り36）が書かれていた。つまり、カフカは自宅の住所を書きながら、わざわざそれを消して、職場の住所に書き直したのだ。手紙の写真版はまだ刊行されていないが、この手紙の写真は別の場所で公表されている。それが図15である。

批判版での手紙の並び

私は、いまここでカフカの『変身』と彼が当時書いていた手紙を結びつけた解釈を披露しようとしている。「プロローグ」で『変身』に関して自ら提起した問いのいくつかに、まだ答えていないものがあるからだ。しかし、じつは、その答えはすでに一〇年前に出した拙著（明星 二〇一四）で語ってしまっている。だから、ここでは、そのエッセンスのみを伝えることにして、むしろこの機会に、そのとき言及できなかった部分、抜け落としてしまった部分を補っておきたいと思う。

当時書けなかったのはテクスト編集に関わることだ。その拙著での解釈は、テクストが新しくなったから、すなわち批判版が刊行されたからこそ実現したものだった。だから、本来であれば、その解釈を成り立たせているテクストの新しい側面について、もう少し長い説明を加えてしかるべきだった（短い説明は注で添えた）。しかし、それができなかった。なぜなら、そうしようとすると――本書がそうなってしまっているように――話がどんどん横道にそれていかざるをえないから。その前、二〇年前に出した最初の本（明星 二〇〇二）は、編集をメインにすえたものだった。むろん解釈も語ってはいるものの、サブの位置づけにならざるをえなかった。一度、編集の話を抜きに、テクストの〈意味〉としっかり向き合った本を書いてみたい。そんな思いで取り組んだのが、一〇年前の拙著だった。

だから、そこでは、あの「息子たち」三作を主に扱っている。『判決』、『火夫——断片』、『変身』、どれもカフカが生前自ら公にしたテクストだ。また、カフカが一九一二年に最初に世に出した著作、『観察』というタイトルの小品集も取り上げた。ようするに、〈形〉という点で作者本人によって確定されているる創作テクスト、編集という点でほとんど問題のないテクストを主な対象としたわけである。ただし、それらの解釈のためには、どうしても日記や手紙に言及する必要があった。それが問題だった。

前にもふれたが、批判版の日記や手紙の邦訳は、まだ出版されていない（二〇二四年一〇月現在）。それが意味するのは、それらのテクストについて、まだ日本の読者に知られていない点が多くあるということだ。批判版の日記や手紙では、ブロートが社会的影響に配慮して伏せ字にしたり削除したりした箇所が、すべて復活させられている。また、手紙については、同様の復活だけでなく、のちになって新たに発見された手紙が多数収録されている。さらに、批判版では日記や手紙の各文章が従来とは異なる並べ方がなされていて、その処置によって多くの情報が新たに供給されている。私が解釈のために参照した点のほとんどは、まだ日本では伝えられていないそれらの要素に関係していた（この機会に言及しておけば、批判版の『日記』の英訳は、二〇二三年にようやく出版された。Benjamin 2023）。本来、日本の読者に向けて書くのであれば、数々の新しい点を指摘してひとつひとつ説明するべきだったかもしれない。しかし、おそろしく煩瑣な注がつくのを恐れて諦めた。

いくつか具体例をあげたい。例えば、右で示唆した二通の手紙の関連、すなわちカフカが旅行中のブロートに手紙を書いたその後でフェリーツェに手紙を書いたということは、批判版を読んで初めて気づけた点だ。批判版の手紙の巻は従来のような名宛人別ではなく、すべての手紙が混在させられて日付順に並べられている。つまり、先に見たブロート宛の手紙とフェリーツェ宛の手紙は、どちらも手紙の最初の巻『手紙 一九〇〇―一九一二』に、前後に並んで収められているのだ。ブロート版では、それらは別々の巻『フェリーツェへの手紙』と『手紙 一九〇二―一九二四』に収められている。なお、いまどちらも「ブロート版」と呼んだが、正確には一九六七年に刊行された『フェリーツェへの手紙』の巻はブロートが編集したものではない（ブロートは一九六八年に没している）。それの編集者は、エーリヒ・ヘラーとユルゲン・ボルンである。しかし、ブロート編集の他の巻と同じ出版社から同じ装丁で、明らかに同じシリーズのものとして出されているので、便宜上「ブロート版」と呼ぶ。

もう一点、注記しておきたい。ブロート版のそれらを基にした日本語訳書であれば、いうまでもなく出版されている。新潮社の『決定版カフカ全集』の第一〇巻と第一一巻の『フェリーツェへの手紙』と第九巻の『手紙 一九〇二―一九二四』が、それにあたる。ただし、そのうちの第九巻は、ブロート版を底本にしているものの、厳密にはそれと一致していない。元のブロート版にはない手紙が九〇通以上も掲載されているからである。その底本が出版（一九五八年）されてから、その翻訳が手がけられた時にいたる二十数年間に、各所で発見されて公表されてきた手紙が、訳者（吉田仙太郎）の調査の結果として追加されているのだ。つまり、当時の日本の読者にはドイツの一般読者より多くの情報がいち早く伝えられていたことになる。

話を戻せば、批判版の手紙の新しい編集によって、私は先の二通の関連について新しい気づきを得た。さらに批判版の日記の編集によっても多くの知見を得ている。例えば、そこには一九一二年九月二〇日のものとして、次のような記述を見つけることができる。


レヴィとタウシヒ嬢に昨日、バウアー嬢とマックスに今日、手紙。(KKAT, S. 442)

そして、これに続いて『判決』の原稿テクストが示されている。つまり、ノート上では右の文の直後に『判決』が書かれたことが如実に示されているのだ。そして、この連続性の認識が、現実生活における手紙と作品における手紙との関連(先述したように、主人公も手紙を書き終えたばかりである)の理解につながった。ちなみに、ブロート版では、いうまでもなく、右の日記の記述と『判決』のテクストは別々の巻に収められている。

もう一点、批判版で新しくなっている点に言及しておけば、ブロート版の右の一行の邦訳は、こうである――「きのうはレヴィとタウシヒ嬢へ、今日はB嬢とマックスへ手紙を出す」(『新全』(7)二一二頁)。訳文の表現が違っている(前者は拙訳)ので、かなり異なる印象を受けるかもしれないが、原文での違いは、ただ一点、ブロート版では「B嬢」と伏せ字になっていることである。つまり、ブロート版の『日記』では、のちに婚約して婚約破棄することになるフェリーツェ・バウアーの名前は(この箇所以外でも)伏せ字になっているのである。

なお、細かい点だが、レヴィ（カフカが当時親しくしていた俳優）とタウシヒ嬢（のちのブロートの妻）宛の手紙が書かれたのは「昨日」となっているが、おそらくこれはカフカの勘違いである。二通の手紙のうち、レヴィ宛のものは失われているが、タウシヒ嬢に宛てたものは現存しており、批判版によれば、その日付は一八日、すなわち「一昨日」である。ちなみに、ブロートの恋人に宛てたその手紙の内容は、マックス（ブロート）が僕たちを置き去りにしたんだから一緒に二人で出かけようよ、という軽いノリの誘いの文章である。そして、批判版の注釈によれば、その手紙も職場の公用便箋に書かれており、おそらくそれもまた職場で勤務中に書かれたものだ。この手紙はブロート版にも収録されているが、なぜかそこには公用便箋を使っている旨の注記はない。翌々日に書かれたブロート宛の手紙やその他の手紙には逐一その注記がつけられているのに——。

ブロート版では読めない手紙

乱暴にいってしまえば、この時期のカフカは調子に乗っている。職場で、職場の文房具を使って、勤務時間中に友人たちに手紙を書いた。タイプライターで心にもないことを書く楽しみを見つけ、その延長線上で、数週間前から気になっている女性に手紙を書いた。その手紙を書いた二日後には、一晩で『判決』を書き上げることに成功する。その一九一二年九月二三日の日記によれば、カフカは朝方書いたばかりの作品を妹たちに朗読して聞かせた。そして、批判版によれば、その翌日の日記として、こんな記述がある。

妹はいった。「（物語のなかの）住まいは、私たちのととてもよく似ているわ」。僕はいった。「どうして？　そうだとしたら、父親はトイレにいることになるよ」。（KKAT, S. 463）

「24」という数字とともに書かれているこの文章は、ブロート版では見つけることができない。ただし、カフカ自身がこれとほぼ同じ文章（少し言葉を加えている）を一九一三年二月一二日の日記に組み込んでいるので、ブロート版だと、そちらのものとして読むことができる。なぜブロートがこの一節、すなわち作品と実生活の類似点を翌朝すぐに家族によって指摘されたことを伝える一節を省いたのか、その理由はわからない。

そのころ、一九一二年九月二〇日ごろの数日間の日記や手紙については、批判版でしか読めないものがいくつかある。手紙の例を挙げれば、あのフェリーツェ宛の最初の手紙に続けて批判版で掲載されているのは次のものだ。これは手紙というよりメモであり、カフカが自分の名刺の裏に書いている。宛名は、勤務先の上司（オイゲン・プフォール）である。

今朝方、ちょっとした失神の発作があり、少し熱もありました。そのため、まだ家にいます。でも、たいしたことはないのはたしかですので、後で必ず出勤します。ひょっとしたら一二時すぎごろになるかもしれませんが。（KKAB 1900-12, S. 172）

朝まで書いていたカフカは、その日（九月二三日）、定時に出勤できなくなった。というわけで、病気（といっても状況から見て仮病だが）を理由に遅刻の連絡をした、というわけだ。ただし、結局、彼はその日は出勤せず、一日欠勤している。その事実がわかるのは、職場の者（上司のプフォールではない）によって、日付と署名入りで、実際の出勤は翌日だったとその名刺にメモが添えられているからだ。この名刺の存在が初めて明らかになったのは、正確には批判版ではなく、一九八三年刊行の写真集（クラウス・ヴァーゲンバッハ編集）である（Wagenbach 1983）。そこに掲載されている写真を見ると、その名刺は大きめの台紙に封印用の丸い紙で、裏がめくれて読めるように一辺だけをとめる形で貼られている（図16）。そして、その台紙にいまいった職員の署名入りメモが書かれている。つまり、カフカの上司に対する〈嘘〉が、かように仰々しく職場で保管されていたということだ。

批判版では、この手紙（メモ）の次に掲載されているのは、出版社（ローヴォルト社）に宛てた九月二五日付の手紙だ。これはブロート版にも収録されている（そして、それも公用便箋を使用したものであることはブロート版でも注記されている）。内容は、カフカの最初の本である小品集『観察』の出版契約に関わることである。ここで補っておくと、当時のカフカの高揚した様子には、初めての本が近々出版されるという事情もあったかと思う。あの八月一三日、フェリーツェと初めて会った晩、カフカがブロート宅を訪れたのは、ブロートに小品集の配列を相談したかったからだ。初めての本を出すという昂った気分で友人宅を訪れたら、そこに女性の客がいた、ということである。

ローヴォルト社宛の手紙に続けて批判版で次に掲載されているのは、ヴィリー・ハースに宛てた手紙だ。こちらはブロート版にはない。ハース宛のその手紙（同様に職場の便箋に書かれている）でカフカが伝えているのは、自分の昔の文章（その手紙に添付されている）をハースが編集する雑誌『ヘルダー・ブレッター』に掲載してくれないか、というお願いである。その文章とは、一年前の一九一一年一一月五日にカフカが日記ノートに書いたものだ。カフカの願いは聞き入れられて、早くもハースに手紙が書かれた二ヵ月後の一九一二年一一月に、「大騒音」というタイトルで、ヘルダー協会のその機関誌に掲載された（掲載テクストはブロート版にはないが、批判版の『生前刊行書集』には収録されている）。なお、日記の文章と雑誌上のテクストには、次の一点以外には、わずかな文言や句読点ぐらいしか相違は見られない。日記では「たえず額をぴりぴり震わせながらも、ぼくは書きたい」と始まっているが、刊行テクストではその一行めが省かれて、日記での二行めにあたる次の一文で始まっている――「ぼくの坐っている自分の部屋は、この家全体の騒音の中央司令部だ」（『新全』(7)一〇三頁）。

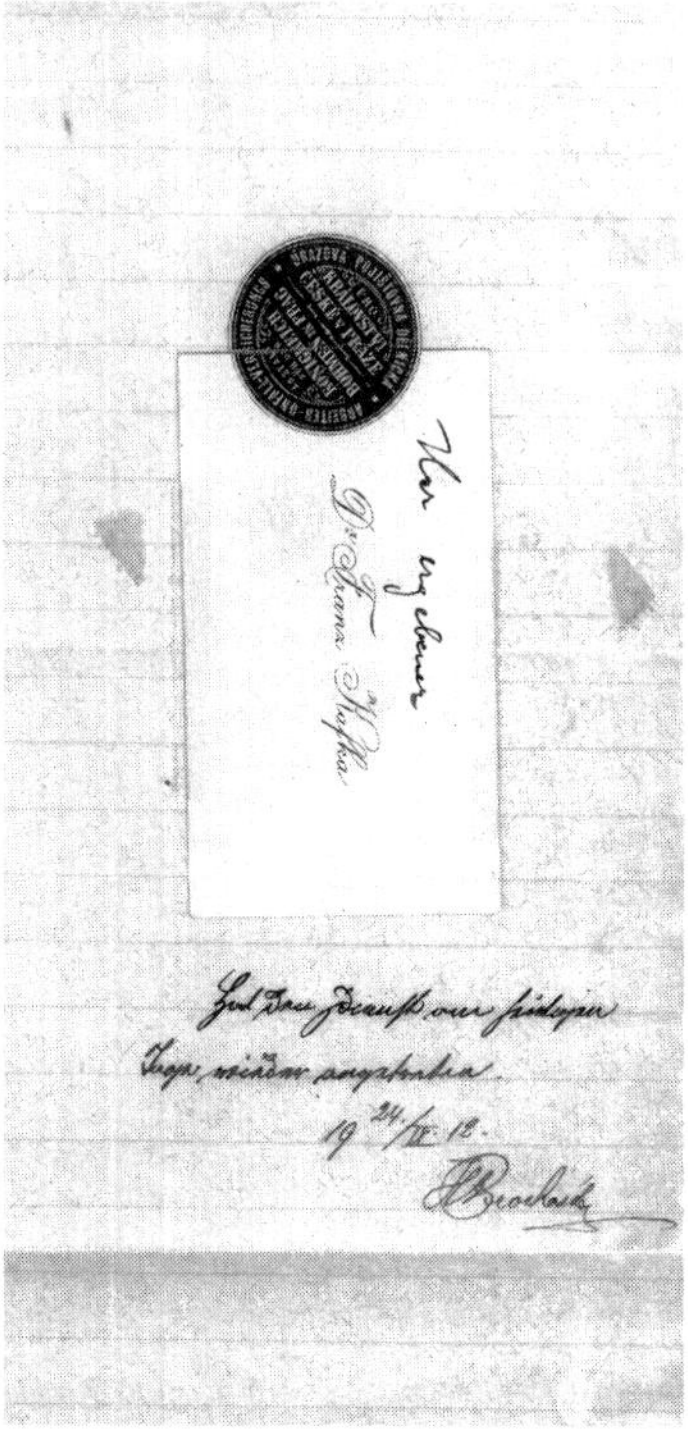

図16　名刺とメモ（Wagenbach 1983, S. 178）

物語でもなければ、エッセイともいえないそのテクストが伝えているのは、いかに家のなかが不快な騒音に満ちているか、である。ドアの開け閉めの音や乱暴な足音、妹たちの甲高い声で騒々しいさまが詳細に描かれている。つまり、それは世間に家族についての苦情を訴えているだけ、愚痴をこぼしているだけの文章だといえる。そして、その一頁ほどの短いテクストは、以下のような懇願で終わっている——「これはもうずっと以前に考えたことだが〔…〕ドアを細い隙間ができる程度に開け、蛇のように隣りの部屋へ這いずりこみ、床の上に腹這いになったまま妹たちやその女家庭教師に、静かにしてくれと頼んではいけないものかどうか、ということを」(『新全』(7)一〇三頁)。

つまり、カフカは相当に腹を立てている。日頃から家族が立てる騒音に苛立っていた彼は、その日(一九一二年九月二六日)、とうとう公に苦情を申し立てる決心をしたのだ。ハース宛の手紙——繰り返すが、それはブロート版では読めない——には、驚くことに「自分の家族を公に懲らしめたいと思います」(KKAB 1900-12, S. 173)という文言が書かれている。雑誌に載せられたテクストには、無神経な大声を出す主のひとりとして、妹のヴァリが実名で登場している。

伝記的事実を確認したい。カフカがその日それほどまでに怒りを募らせた理由は、ひとつにはその四日前の九月二二日日曜日のどんちゃん騒ぎだろう。その日、二番めの妹ヴァリの婚約を祝う宴がカフカ家で催された。それがいかにカフカにとって不快だったかは、一九一三年六月三日のフェリーツェに宛てた手紙の次の一節からうかがわれる。

金切り声をあげたくなるほど惨めなある日曜日のあと、書くために腰をおろしたとき(午後の間ずっとぼくは、始めてうちにきた義弟の親戚の周りを、黙ったままうろついていました）ある戦争を書こうと思いました。（『新全』⑾三六七―三六八頁）

ようするに、『判決』の執筆の成功には、もうひとつの要因があったということだ。フェリーツェに手紙がうまく書けた自信に加えて、湧き上がる怒りの感情があった。妹の婚約を祝う家族の歓喜の大騒ぎに一日中イライラした彼は、その苛立ちをぶつけるように書いたということである。

妹の結婚

カフカは女性たちに囲まれていた。彼には歳の離れた妹が三人いる。さらに母もいて、住み込みの女中もいて、そのうえ女の家庭教師もいる。少なくとも五、六人の女性たちと、さほど大きくない、一軒家でもない、たぶん五部屋ほどしかないフラットで同居していた。作家カフカについては、孤独で、ひとり寂しく静かに机に向かっている、というイメージが大きいかと思う。ところが、実際には、相当にかしましい、賑やかな環境で日々を送っていた。「騒音の中央司令部」という言葉は、彼の部屋がその住居の一番真ん中にあることを指している。実際、フェリーツェに宛てた一九一二年一一月二一日付の手紙からは、中央にある彼の部屋がふだん家族の通り抜けに使われていたことが確認できる（「ぼくの部屋は通り抜けの部屋、よりよくいえば、居間と両親の寝室の連絡路です」（『新全』⑽九六―九七頁））。つまり、カフカが机に向かっているその背後か脇を、父や母や妹たちがいつもドタドタ駆け抜けていたのだ。

『変身』の主人公の部屋は、実生活のカフカの部屋と同じ位置にある。グレゴールの部屋は家族と住んでいる住居の真ん中にあって、三方に三つのドアがある。彼が変身した朝、それぞれのドアから母と父と妹が彼に声をかける。ただし、グレゴールは、それらのドアにすべて鍵をかけている。物語には、家族に開けてくれといわれた彼がこう安堵する場面がある。

だが、グレゴールはドアを開けることなど考えてもみず、旅に出る習慣から身につけるようになった家でもすべてのドアに夜のあいだ鍵をかけておくという用心をよかったと思った。(『筑大』「変」三四三頁)

実生活のカフカの様子を知ってから、このくだりを読むと、グレゴールのこの状況はカフカ本人のある種の願望の表れと見ることもできるだろう。

「プロローグ」で示唆したことを思い出してもらいたい。そもそも変身自体にカフカ本人の――いや、慎重にいおう――別の主人公の願望が重ねられている可能性がある。『変身』の六年前(一九〇六年)に書かれた小説(『田舎の婚礼準備』)で、主人公のエドゥアルト・ラバーンは、旅に出たくない気持ちを募らせて、ベッドの中で甲虫になることを夢想していた。虫に変身してまで行きたくないその嫌な用事とは、許嫁に会う、というものだ。

婚約者に会いたくない。いや、婚約そのものへの嫌悪、結婚への嫌悪。カフカ本人がその嫌悪感をいつも強く抱いていたことは、彼の書きもののいたるところにうかがえる。しかも、彼は自分の結婚や婚約だけでなく、周囲の人間の婚約まで疎ましく思っていた。例えば、一九一三年一月一〇日から一一日に書かれたフェリーツェへの手紙では、翌日に結婚式を控える二番めの妹ヴァリの婚約と翌月に結婚する予定の友人ブロートの婚約についてネガティブな言葉が繰り返されている。そこにはこんな一文もある――「なぜぼくはこれらの婚約のためこんな奇妙な工合に悩むのでしょうか、まるで今、そして直接ある不幸に出くわしたかのように」（『新全』⑽二一九頁）。あるいは、遡って一九一〇年一一月二七日の一番上の妹エリの結婚式の日には、日記ノートにこんなメモが書かれている。

ルードル（Rudle）１K
カールス（Kars）20ｈ　　借金（schuldig）（KKAT, S. 128）

「ルードル」というのは新郎カール・ヘルマンの兄弟のルドルフ・ヘルマン、「カールス」はブロートの友人の画家ゲオルク・カールスを指す。また「１K」、「20ｈ」というのは、当時の通貨の単位で一クローネおよび二〇ヘラーを表している。すなわち、このメモは、妹の新郎の兄弟との間で金銭の貸し借りがあったことを示唆している。繰り返すが、これが書かれた日は、その妹の結婚式の当日である。そして、その当日の日記には、これ以外に妹や妹の結婚に関連する記述はない。お祝いの言葉はもちろん、結婚式の感想も何もない。ちなみに、ブロート版では右のメモ書きを読むことはできない。

『判決』で主人公の父親が息子の婚約を穢らわしいものであるかのようにいい放ったことは、前にふれた。息子ゲオルクは、ロシアにいる幼なじみに、本心からの手紙を書けない代わりに「一人のなんでもない男と一人の同じようになんでもない娘との婚約を、友人にかなり間を置いた手紙で三度知らせてやった」(『筑大』「判」四一〇頁)。繰り返すが、この物語が書かれたのは、妹の婚約を祝うパーティが開かれたその晩である。

こうした点を知ったうえで、あの『変身』のラストシーンを読んでみよう。グレゴールが死んだ後、残された両親と妹は、天気のよい春の日に電車で郊外に向かう。ザムザ夫妻は、娘グレーテがいつのまにか美しいふっくらした娘に成長していることに気づき、二人で目配せしながら「りっぱなおむこさんを彼女のために探してやる」ことを考える。

目的地の停留場で娘がまっさきに立ち上がって、その若々しい身体をぐっとのばしたとき、老夫妻にはそれが自分たちの新しい夢と善意とを裏書きするもののように思われた。(『筑大』「変」三七二頁)

これが『変身』の最後の一文である。どうだろう。グレゴールが死んだ後に、妹の結婚を思いながら両親が抱いた「夢と善意」は、もはや恐ろしい皮肉の言葉としか読めないのではないか。

もう一点、注意を促しておきたい。暖かい春の日に、郊外に散歩に出るために、両親と妹は何をしたのか。直前に、こんなくだりがある。

彼らは今日という日は休息と散歩とに使おうと決心した。こういうふうに仕事を中断するには十分な理由があったばかりでなく、またそうすることがどうしても必要だった。そこでテーブルに坐って三通の欠勤届を書いた。ザムザ氏は銀行の重役宛に、ザムザ夫人は内職の注文をしてくれる人宛に、そしてグレーテは店主宛に書いた。(『筑大』「変」三七一頁)

天気のよい日に散歩するために、彼らは職場に手紙を書いた。三人が書いたそれぞれの手紙は、おそらくは仮病を伝える手紙、〈嘘〉の手紙だったに違いない。

ほんとうの手紙

『変身』の主人公は、うさんくさい。家族もみんな、うさんくさい。そして、もっともうさんくさいのが、語り手だ。主人公の背後に姿を隠しながら、彼はその世界の情報を操っている。先述のように、いまこの章で端々を伝えている解釈は、すでに一〇年前に一度書いたことだ(明星 二〇一四)。そこでは、その魅力的なうさんくささを、できるだけ丁寧にあぶり出した。その場で勇気を振り絞って提示したテーゼは、以下のものだ――カフカの小説は、彼のほんとうの手紙である。

『判決』、『火夫――断片』、『変身』は、一九一二年の九月下旬から一二月上旬にかけて、たった二カ月半の間に連続して書かれた。その時期、カフカは並行してフェリーツェに宛てて大量の手紙を書いていた。手紙を書くことが、小説を書く原動力だった。僕が手紙で書いたことに騙されてはいけない。つまり、手紙ではどうしても書けなかったこと、伝えられなかったことを、できるだけ正確に伝えようとして、小説を書いた。だから、「フェリーツェ・B嬢へ」だったのだ。あの献辞は、ほんとうの宛先を示している。うさんくささに溢れる小説で、これ以上ないほど正しく、ほんとうの僕を誠実に伝えようとした。

「プロローグ」で私が疑問として発したことで、まだ答えていないことがある。その答えも一〇年前に詳しく書いたことであり、ここではその要点のみ伝えておきたい。グレゴールは、なぜ壁に女性の絵を飾っているのか。それは毛皮に身を包んだ女性の絵、すなわち「毛皮を着たヴィーナス」だ。長年指摘されているように、これはレオポルド・フォン・ザッヘル゠マゾッホ（一八三六―一八九五年）の『毛皮を着たヴィーナス』（一八七〇年）をおそらく示唆している。マゾッホのその小説と『変身』の関連性については、以下の点を確認するだけで十分だろう。「ザムザ（Samsa）」という名前は「ザッヘル゠マゾッホ（Sacher-Masoch）」のアナグラムであり、『毛皮を着たヴィーナス』の主人公ゼヴェリーンが愛人ワンダの奴隷になってから名乗る名前は「グレゴール」だ。あちらのグレゴールも、こちらのグレゴールも、虫のように床に這いつくばっている。

「マゾヒズム」という言葉の由来ともなったその作品が描いているのは、男の倒錯した欲望である。男は女からの屈辱的な仕打ちに耐えているかのようで、実際には男は女に役割を与えてコントロールし、支配している。この男、主人公ゼヴェリーンが物語のおしまいで示す「教訓《モラル》」とは次のものだ。

自然の手になる被造物で、げんに男が惹きつけられている女というものは、男の敵だということです。女は男の奴隷になるか暴君になるかのいずれかであって、絶対にともに肩を並べた朋輩とはなり得ないのです。(Sacher-Masoch 1870／二二五頁)

『変身』の冒頭部分では、その絵のみならず、ひとつひとつのディテールが重要であることを示唆している。拙著で書き漏らした点を、もうひとつ、ここで補っておきたい。絵に目をやったグレゴールは、次に窓に目を移して少し考えをめぐらせると、お腹にかゆみを感じる。今度はそのかゆい場所に目をやると――「その場所は小さな白い斑点だけに被われていて、その斑点が何であるのか判断を下すことはできなかった」(『筑大』「変」三四一頁)。彼はその斑点を脚でさわろうとするが、すぐに引っこめる。なぜなら、「さわったら、身体に寒気がした」(『筑大』「変」三四一頁)から。思い出してほしいが、冒頭の一文では、彼がその晩、不穏な夢をいくつか見たことが伝えられていた。その夢のひとつが、おそらくは原因、お腹に白い斑点が飛び散っている原因だ。これ以上は言葉にしないが、その白い斑点が何を意味するかは、もうおわかりだろう。

『変身』は、フェリーツェへの手紙というだけでなく、彼女への誕生日プレゼントでもある。カフカが『変身』を書き始めたのは、一一月一七日から一八日にかけての晩。一九一二年一一月一八日は、フェリーツェの二五歳の誕生日だ。ただし、その誕生日プレゼントは、当日には彼女の手元に届けられない。では、誕生日当日に実際に届けられたのは何だったのか。それは「アナタハビヨウキデスカ」(『新全』⑽八九頁)という電報だった(なぜそんな電報が送られることになったかの理由については、明星二〇一四、六九頁参照)。

さらにもうひとつ、あらかじめ送られていたプレゼントがある。じつはこれについても書き漏らしてしまっていたので、この機会に補っておきたい。一九一二年一一月一五日の手紙に、こんな一節がある――「ちょうど時機よくは届かないかもしれない二冊の本のうち、一冊はあなたの眼のため、一冊はあなたの心のためなのです」(『新全』⑽八二頁)。「眼のため」のほうの本が何であるかは、わからない。手紙にはタイトルが書かれておらず、その後の研究でも判明していない。もう一冊の「心のため」の本は具体的に言及されていて、それは『感情教育』(一八六九年)である。手紙のなかでカフカは、その小説は長年とても「親しい」ものであり、自分はその作家ギュスターヴ・フローベール(一八二一―八〇年)の「精神的な子供」だと感じてきた、と語っている(『新全』⑽八二頁)。

しかし、なぜこの小説が「心のため」のプレゼントなのか。『変身』も誕生日プレゼントにふさわしくないが、この小説もまたふさわしくないだろう。恋愛小説と呼ばれているが、そこでの恋愛、主人公フレデリックと女性たちとの関係は、どれも中途半端だ。しかも、彼と娼婦のロザネットとの間に生まれた息子は、結局は死んでしまうのだ。

本来であれば、ここからその『感情教育』をめぐる解釈へ、さらにはそれとカフカの小説との関連へと話を進めるべきところだが、それに取り組むのは、またの機会にしたい。この場では、その長編小説がいかに女性へのプレゼントにふさわしくないかという点だけを、ラストシーンを見ることで確認するにとどめたい。

最後の場面で、壮年のフレデリックは、幼なじみで親友のデローリエと一五歳のときの思い出を語り合う。その思い出とは、夏休みに二人で娼館を訪れたときのものだ。フレデリックは「フィアンセの前に出た恋する男」のように花束をさしだしたという（Flaubert 1958／㊦三四五頁）。また「目の前にずらりと並んだ女たちがみな自分の思いどおりになるのかと思うと、すっかり気が動転して」しまったともいう（Flaubert 1958／㊦三四五頁）。しかし、結局は怖じ気づいてしまい、女たちにその様子を笑われて、逃げ出してしまった。ちなみに、その娼館は水辺の城壁の陰にあって、人々からは「橋の下手」と呼ばれている。『感情教育』の締めくくりの文章は、こうだ。

互いに相手の忘れたことは自分が口を出して補うというふうにして、ふたりは長々とこのときの思い出話に耽った。そして、話がようやくすんでしまうと、

「あれが、ぼくらのいちばんいい時代だったなあ！」とフレデリックはいった。

「ああ、大いにそうかもしれん。あれがぼくらのいちばんいい時代だった！」とデローリエが応じた。（Flaubert 1958／㊦三四六頁）

学生のころに娼館から二人で逃げ出したことを思い出しながら、あのころが一番よかったと中年の男たち二人が長々と語り合う。つまり、こんな終わり方をする小説が、彼女の「心のため」に贈ったカフカからの誕生日プレゼントだったのである。

フェリスか、フェリーツェか

最後に、もう一点だけ補足、いや、訂正させてほしい。『カフカらしくないカフカ』（明星 二〇一

四)、あるいはここ最近の書籍や雑誌などでの拙文を読んでくださった方には、おそらくずっと気になっている点がひとつあるかと思う。なぜ本書では「フェリス」ではなく「フェリーツェ」なのか、と。

本書では、カフカがあの二度婚約して婚約破棄した女性を「フェリーツェ・バウアー(Felice Bauer)」と呼んでいる。すなわち、従来の伝統的な呼び方に戻している。一〇年前の拙著では「フェリーツェ」ではなく「フェリス」と表記した。その表記の仕方は、当時ではかなり珍しかったと思う。そして、その後もずっと「フェリス」と呼び続けた。

まず、なぜ当時、慣例に従わずに「フェリス」としたのか。その事情から先に説明したい。日本語で「フェリス」と表記した本を出したのは、私が最初ではない。二〇一一年に刊行された中澤英雄著『カフカ　ブーバー　シオニズム』が最初だと思う。責任転嫁をするわけではないが、しかし当時その著書の存在に大きく背中を押してもらったことは間違いない。じつは、拙著執筆の数年前から、もしかしたら「フェリーツェ」ではなく「フェリス」ではないかと思っていた。当時オックスフォード大学で手稿調査を始めていて、かの地の研究者たちが「フェリス」と発音していることに気づいたからだ。かくしていつしか自分も「フェリーツェ」ではなく「フェリス」と呼ぶようになっていたが、しかし日本語で書くときにそう表記する気持ちにはなれなかった。もしかしたら英語圏特有の呼び方かもしれないと思ったからだ。しかし、先の著書を手にして、やっとそちらにすべきだと納得できた。その著書では、そう呼ぶ根拠として、『カフカ・ハンドブック』でのハルトムート・ビンダーの指摘を参照していた。たしかに、ビンダーは次のようにいい切っている――「Felice とはフランス語の名前であり、イタリア語として発音すべきではない」(Binder (hrsg.) 1979a, S. 418)。

かように、ここ一〇年ほどは確信をもって「フェリーツェ」ではなく「フェリス」と表記してきた。とはいえ、海外の研究者たちとの交流のなかで、時折「フェリーツェ」という発音を耳にするたびに不安を感じていた。とくに最近、世界各地での没後一〇〇周年記念イベント企画の関係で各国の研究者たちとZoomなどで口頭で頻繁にやりとりするようになって、それを強く意識するようになった。そこで、本書執筆の機会に、ドイツ文学研究資料館の親しい研究者（シュテファニー・オーバーマイヤー）にメールを書いて、この件を問い合わせた。彼女はその質問をとても面白がってくれて、資料館の他のメンバーの意見も集めてくれた。

彼女の返答によれば、ドイツで大方が呼んでいるのは――明確なコンセンサスはないけれど――「フェリーツェ」だ、ということだった。そして、驚くことに、自らカタカナを駆使して、次のような説明も加えてくれた。Feliceは、英語だと「フェリス」、フランス語だと「フェリース」、イタリア語だと「フェリーチェ」、しかし、そのイタリア語読みとは少し違って、ドイツ語だと「フェリーツェ」。ようするに、カタカナで書くなら「フェリーツェ」が正しい、と。

しかし、だとすれば、なぜビンダーは、フランス語読みだと、あれほどはっきりいい切ったのか。その根拠は何だったのか。不思議なことに、先のハンドブックでは、根拠はまったく示されていなかった。よって私は他の彼の著作のどこかにそれが書かれていないかと探してみたが、少なくとも自分では見つけられなかった。

たしかに、ドイツ語では少しイタリア風の「フェリーツェ」という発音がスタンダードなのだろう

（たぶん、だからこそビンダーも注意を促したのだろう）。だが、もしかしたら、何らかの事情があって、彼女のケースはふつうとは異なる呼ばれ方がなされていたのかもしれない。あるいは、そもそもFeliceという名前は、一九世紀末から二〇世紀初頭には、ドイツ語圏でもいまの発音とは異なり、フランス語風の「フェリース」と発音されていたのかもしれない（ただ、いずれにせよ、結局「フェリス」は間違いだということになる）。自分なりにがんばって調べてみたが、やはりわからなかった。

では、どうすればいいのか。ドイツではそう発音されているというだけでは、慣例に逆らって新たに示したことを再び自分で慣例に戻すという間抜けな決断をする理由としては弱い。結局、悩んで、今度はオックスフォード大学の親しい年配のカフカ研究者にメールを書いて問い合わせた。すると、以下のように答えてくれた。たしかに私も両方の発音を耳にしたことがある。しかし、自分はビンダーの権威を信頼して、フランス風に発音したいと思う——。

なるほど、ハルトムート・ビンダーというのはカフカ研究者にとっては巨大な名前だ。一九七〇年代に彼が編集した二巻本の分厚い『カフカ・ハンドブック』（Binder (hrsg.) 1979a; 1979b）、また彼が個人で著した二巻本の分厚い『カフカ注解』（Binder 1975; 1976）は、いずれもその後のカフカ研究の基盤を成した重要な記念碑的研究書である。そのビンダーの権威に頼りたくなる気持ちはよくわかる。ビンダーが間違えるはずがない、というのがカフカ研究者なら誰もが思うことだろう。私もずっとそう思っていた。しかし——。

「フェリス」、いや「フェリース」でいいのか。悩みに悩んだあげく、ふっとあるアイデアが天啓のように閃いた。そうだ、ハンスにメールを書こう。ハンスというのはハンス＝ゲルト・コッホで、批判版の編集を長年ずっとサポートし続け、この二〇年ほどは手紙の巻の編集を一人で担い続けている人物だ。その解決策に気づいたとき、大袈裟ではなく、後悔のあまり腰が砕けた。だったら、それこそとっくの昔、一〇年前に、そうしておくべきだった――。ハンスとは一〇年以上前に友人の研究者の紹介でドイツで会っていた。以来、何度かやりとりはしていたが、さほど親しいという間柄ではなかった。だから、言い訳をするわけではないが、遠慮もあったし、そもそも彼に直接その種の質問をするのは禁じ手のように思えて、ずっと自制していた。あまりにも簡単に答えが手に入ってしまうことがわかっていたからだ。つまり、それぐらい彼は何でも知っている。彼に尋ねれば、カフカの伝記的な事実に関することは、たちまち何でも教えてもらえる。そして、世界中のカフカ研究者が、最終的にはいつも彼を頼りにしている。だからこそ、自分は安易に彼に頼ってはいけない――そう自戒していたのである。しかし、今回は彼に頼るべきケースだと判断した。

思ったとおり、あっさり問題は解決された。数時間後に返ってきたメールで、ハンスはこう答えてくれた。

フェリーツェ・バウアーの息子が僕に語ってくれたところでは、名前はドイツ風に発音されていたということだ。二つめの音節にアクセントがあって、終わりは tse だ。イタリア語だったら、tsche になるね。

そのほかにも、Felice は Felizitas の変化形で、一九世紀末から二〇世紀初頭まではよくある名前だったが、最近は少なくなった、とメールには書かれていた。また、興味深いことに（これはほとんど知られていない新情報だと思うが）、彼女フェリーツェは親戚や友人たちの間では「フェ（Fe）」という愛称で呼ばれていた、とも書かれていた。

彼女の息子の証言が（間接的にせよ）得られたのだから、今度こそ間違いはないだろう……というわけで、この一〇年間、私は間違えていた。お詫びとともに訂正したい。「フェリス」ではなく「フェリーツェ」がほんとうである。

*

……と最終章を書き終えて、ほっとした数日後、シュテファニーからメールが届いた。なんと、彼女はこの問題をずっと気にしてくれて、いろいろ調べてくれていたのだ。そして、どう調べてもわからないから、ハルトムート・ビンダーに直接メールを書くべきだ、といってくれた。彼女自身は、カフカの研究者ではないので、資料館のカフカ担当者を通じてビンダーのアドレスを入手し、先に彼女から彼にメールをしてくれていた。ということで、ビンダーの方はあなたからメールが届くことを承知しているから直接問い合わせてみるように、とのことだった。

私は困惑した。とてもありがたい助言ではあるが、すでに私は別ルートから〈答え〉を入手してしまっていた。ビンダーの主張とは異なる答えを知りながら、ビンダーにその主張の根拠を問い合わせるというのは、あまりに失礼に思えた。こんなことなら、ハンスからメールを受け取ってすぐシュテファニーに報告すればよかった。しかし、私は最終章を一刻も早く書き終えたくて、後回しにしてしまっていたのだ。

躊躇しながらも、いや、と思った。もしかしたら、これはたしかにビンダーに直接問い合わせるべきケースかもしれない。ハンスの答えは非常に信憑性の高いものではあるが、やはりまだ伝聞の域を出ていない。ビンダーは何か別の事情を知っているのかもしれない。それに、そもそもメールを書くことからは逃れられない状況だった。シュテファニーはすでに私の名前を伝えて、近々メールが届くと先に連絡してくれているのだから。

そこでビンダーに問い合わせのメールを書いたところ、翌日すぐに返信がきた。それによれば、答えはこうである。すでに四〇年前のことで記憶が曖昧になっているが、Feliceをフランス語読みするようにと教えてくれたのはユルゲン・ボルンだ——。つまり、ビンダーは、あのフェリーツェへの手紙（ブロート版）の最初の編集者から聞いていたのである。

さらに彼はこう付け加えてくれた。バウアー家が生活していた一九世紀末から二〇世紀初頭のベルリンでは、上流階級の家庭ではフランス語が話される風潮がまだ残っていた。だから、こうした社会状況から考えて、「思春期のFeliceが「フェリーチェ」や「フェリーツェ」と呼ばれたがっていたとは想像できない」。なるほど、と思った。それはもしかしたらあるかもしれない。家族や周りの大人たちは「フェリーツェ」と呼んでいたとしても、彼女が「フェリース」と呼んでね、と友人たちに頼んでいたということは考えられる。カフカと会ったときも、まだ二〇代前半だから、フランス風に呼んで、と彼にお願いしていた可能性もあるだろう。

では、どうしよう。結局、正しい答えはないというのが、ほんとうかもしれない。そういういかにもカフカらしい締めくくりにしてしまいたい気持ちは山々だ。しかし、どちらかに決めないと本が書けない。では、どちらにするべきか。悩んだあげく、こんなふうに考えた。若いときはどうであれ、きっと彼女は年をとってくるにつれ、周りが「フェリーツェ」と呼ぶことに抵抗しなくなっていっただろう。「フェリーツェ」呼びを証言したのが息子であるのも、そういうことかもしれない（ただし、息子の証言によれば、その時期には親しい人からはたんに「フェ」と呼ばれていたとのことだが）。そもそも誰々への手紙というとき、その誰々の部分に一時の愛称を入れるというのは少しおかしい。また、考えてみれば、若いころの彼女がカフカに対して「フェリース」呼びをお願いしたとしても、カフカがそれに従ったかどうかはわからない。それに、カフカと彼女は実際にはほとんど会わず、二人はほぼ手紙のみでの交際だった——。

……と、もろもろ逡巡した上で、もう一度、訂正しようと思う。「フェリーツェ」がほんとうとはいえないかもしれないが、ここではそれがほんとうだとしたい。

なお、最後に付け加えておけば、シュテファニー・オーパーマイヤー、ハンス＝ゲルト・コッホ、ハルトムート・ビンダーの三名は、彼らと私の個人的なメールのやりとりを、こうして実名を挙げて公開することを快く承諾してくれた。この場を借りて、再度、彼らの親切と寛容さに心よりお礼申し上げたい。そして、『ほんとうのカフカ』と題した書物の締めくくりが、かように、ほんとうのカフカ研究のドタバタの実態を暴露してしまったことに、あらためてほんとうのカフカらしさを感じている。

おわりに

全部燃やしてほしい——カフカはブロートにこんな言葉を遺した。にもかかわらず、ブロートは燃やすどころか、遺稿をすべて公表した。ブロートは友を裏切ったのだ。いや、それこそが友のほんとうの願いだったのだ。長年こんな議論が繰り返されてきた。この問題について考えるにあたって、忘れてはならないのは、次の点である。カフカが自分に宛てたこの個人的な言葉を世間に知らしめたのは、ほかならぬブロート自身であるということ。『審判』初版の「あとがき」には、その手紙が全文引用されている（『新全』⑸二一九—二二〇頁）。『審判』は自分の遺稿の焼却を命じる言葉とともに世に出されて流通していった。ブロートは友の強烈な言葉が世間にどんな効果をもたらすかをよく知っていたのだ。

ブロートは、ある意味で、きわめて有能なプロモーターだった。考えてもみてほしい。そうでなくても意味不明な未完の小説が、次に版が変わったときには、何十頁も増殖しているのである。ほんとうは、終わりはこうだった。ほんとうは、こんな断片も書かれていた。ほんとうは、こんな言葉が削除されていた……当時の人々がいかに当惑し、と同時にその不可解さ、不思議さにいかに魅了されたかは想像に難くない。

本書でも「補遺」や「あとがき」から繰り返し引用してきたが、それらを読むことは重要である。

そして、それらが日本語で読めるのは、一九八〇年代に新潮社から出された全一二巻の『決定版カフカ全集』しかない。あらためていうが、この日本語の全集の訳業については、どんなに高く評価してもしすぎることはない。ただし、それらはブロート版を底本としている。いや、ブロート版だからこそ「補遺」や「あとがき」も読めるのであって、だからダメだといいたいわけではない。いいたいのは、すでに三〇年以上前から批判版や写真版が多くの新たな情報を提供しているのに、それらは日本の読者に伝えられていない、ということである。

とくに問題なのは、日記や手紙に関わる点だ。批判版の『日記』は、三〇年以上も前の一九九〇年に、また『手紙』は一九九九年から順次刊行されている。そして、繰り返すが、それらにはブロート版では知りえない情報が多く含まれているのだ。ただし、批判版のいずれの巻も、ブロート版と比べたらはるかに読みづらい。批判版の『日記』は、帳面丸写し主義のため、記述が日付順に並んでいない。『手紙』は、完全に日付順ではあるものの、逆に名宛人別に分かれていない。どちらの並べ方も、研究する側からはとても有益なものだ(その具体例は「エピローグ」で示した)が、一般の読者にとっては脈絡がつかめない非常に読みにくいものだろう。

いつかほんとうのカフカを伝えたい。日本の読者に、カフカのほんとうの面白さを伝えたい。しかし、そうは思っていても、どうしていいかわからず、ずっと頭を抱えていた。翻訳すればいいという話ではない。そもそも翻訳にふさわしいテクストがないのだから。また、考えてみたら、この事情は日本にかぎらなかった。ドイツの一般読者にしても、伝えられていないという点では同じだろう。よっぽどディープな研究をしていないかぎり、手稿の写真を読み解いたり、日記や手紙を日付順に全部合わせて並べ替えて読んだりはしない。とすれば、もしかしたら、日本の読者を考えるより前に、ドイツの読者を考えるべきかもしれない。ようするに、まず取り組むべきは、ドイツ語のテクストの編集――。カフカの面白さをもっとわかりやすく伝えることができる、日本語への翻訳も可能なドイツ語のテクストをどう編集すればいいのか。

新しいカフカ・テクストの編集が必要だ。長い年月、ずっと悩んでうずくまっていたが、ようやく最近、突破口が見え始めた。カフカの場合、すでにブロート版も批判版も写真版も存在している。この豊かな状況を逆手にとって、それらの存在を前提に、もっと自由な編集にチャレンジしてもいいのではないか。具体的には、先にもうひとつの「始まり」や「終わり」やらを示唆したように、従来の作品の枠を壊して、あれもこれも入れ込んだ形で読めるようにしてみる。あるいは、ずっと「K」ではなく「私」で引用してきたように、「私」バージョンの『城』を読めるようにしてみる。あるいは、あっちが書かれてこっちが書かれた『審判』を、そのジグザグの順番で読めるようにしてみる。あるいは、メタな書き方をした短編を、元になったテクストと合わせて、そのメタ構造自体を読めるようにしてみる（明星 二〇二一、明星・森林・冨塚 二〇一九、明星・二藤・森林 二〇二一、二〇二三参照）。

そうして作られたエディションは、どうやっても「決定版」にもオーセンティックな版にもなりえない、いわばオルタナティブでしかないエディションだ。そこには編集者の独自の解釈が存分に織り込まれてしまっている。だから、それらの版を読む際には、読者はどうしてもブロート版や批判版で、その解釈の妥当性をチェックしたくなるだろう。あるいは研究者であれば、そこで示される手稿の読みの妥当性まで写真版で確認しようとするだろう。ようするに、それだけを読むのではすまなくなるエディション。ひとつでは成り立たないエディション。そんな頼りない覚束ないテクストを編集してみる意義は、あるのではないか。

繰り返すが、そのオルタナティブなエディションとは、むろんドイツ語のそれだ。そこから始めるとなると、日本の読者に届くのは、はるかまた遠い先ということになる。だから、本書を書いた。いまの段階で伝えられることを伝えておかなければ、きっとまた何年も何十年も、何も伝わらない。

ほんとうのカフカを知るためには、カフカのテクストのほんとうを知らなければならない。まずは、それだけを伝えたかった。カフカのテクストのほんとうを知れば、きっとカフカがもっとわからなくなる。それがカフカのほんとうであり、だからカフカなのだ。

参考文献

一次文献［カフカ・テクスト］（各出版年順）

◎ブロート版全集（第三次全集）――*Gesammelte Werke*

Der Prozeß: Roman, hrsg. von Max Brod, New York / Frankfurt a. M.: S. Fischer, 1950.

Das Schloß: Roman, hrsg. von Max Brod, New York / Frankfurt a. M.: S. Fischer, 1951.

Tagebücher 1910-1923, hrsg. von Max Brod, New York / Frankfurt a. M.: S. Fischer, 1951.

Briefe an Milena, hrsg. von Willy Haas, New York / Frankfurt a. M.: S. Fischer, 1952.

Erzählungen, hrsg. von Max Brod, New York / Frankfurt a. M.: S. Fischer, 1952.

Amerika: Roman, hrsg. von Max Brod, New York / Frankfurt a. M.: S. Fischer, 1953.

Hochzeitsvorbereitungen auf dem Lande und andere Prosa aus dem Nachlaß, hrsg. von Max Brod, New York / Frankfurt a. M.: S. Fischer, 1953.［= H］

Beschreibung eines Kampfes: Novellen, Skizzen, Aphorismen aus dem Nachlaß, hrsg. von Max Brod, New York / Frankfurt a. M.: S. Fischer, 1954.

Briefe 1902-1924, hrsg. von Max Brod unter Mitarbeit von Klaus Wagenbach, New York / Frankfurt a. M.: S. Fischer, 1958.

Briefe an Felice und andere Korrespondenz aus der Verlobungszeit, hrsg. von Erich Heller und Jürgen Born, New York / Frankfurt a. M.: S. Fischer, 1967.

Briefe an Ottla und die Familie, hrsg. von Hartmut Binder und Klaus Wagenbach, New York / Frankfurt a. M.: S. Fischer, 1974.

◎批判版全集——*Schriften, Tagebücher, Briefe: Kritische Ausgabe*

Das Schloß, Bd. 1: *Text*, hrsg. von Malcolm Pasley, New York / Frankfurt a. M.: S. Fischer, 1982. [= KKAS]

Das Schloß, Bd. 2: *Apparat*, hrsg. von Malcolm Pasley, New York / Frankfurt a. M.: S. Fischer, 1982. [= KKAS App.]

Der Verschollene, Bd. 1: *Text*, hrsg. von Jost Schillemeit, New York / Frankfurt a. M.: S. Fischer, 1983.

Der Verschollene, Bd. 2: *Apparat*, hrsg. von Jost Schillemeit, New York / Frankfurt a. M.: S. Fischer, 1983.

Tagebücher, Bd. 1: *Text*, hrsg. von Hans-Gerd Koch, Michael Müller und Malcolm Pasley, New York / Frankfurt a. M.: S. Fischer, 1990. [= KKAT]

Tagebücher, Bd. 2: *Apparat*, hrsg. von Hans-Gerd Koch, Michael Müller und Malcolm Pasley, New York / Frankfurt a. M.: S. Fischer, 1990.

Tagebücher, Bd. 3: *Kommentar*, hrsg. von Hans-Gerd Koch, Michael Müller und Malcolm Pasley, New York / Frankfurt a. M.: S. Fischer, 1990.

Der Proceß, Bd. 1: *Text*, hrsg. von Malcolm Pasley, New York / Frankfurt a. M.: S. Fischer, 1990.

Der Proceß, Bd. 2: *Apparat*, hrsg. von Malcolm Pasley, New York / Frankfurt a. M.: S. Fischer, 1990. [= KKAP App.]

Nachgelassene Schriften und Fragmente II, Bd. 1: *Text*, hrsg. von Jost Schillemeit, New York / Frankfurt a. M.: S. Fischer, 1992. [= KKAN II]

Nachgelassene Schriften und Fragmente II, Bd. 2: *Apparat,* hrsg. von Jost Schillemeit, New York / Frankfurt a. M.: S. Fischer, 1992. ［= KKAN II App.］

Nachgelassene Schriften und Fragmente I, Bd. 1: *Text,* hrsg. von Malcolm Pasley, New York / Frankfurt a. M.: S. Fischer, 1993.

Nachgelassene Schriften und Fragmente I, Bd. 2: *Apparat,* hrsg. von Malcolm Pasley, New York / Frankfurt a. M.: S. Fischer, 1993.

Drucke zu Lebzeiten, Bd. 1: *Text,* hrsg. von Wolf Kittler, Hans-Gerd Koch und Gerhard Neumann, New York / Frankfurt a. M.: S. Fischer, 1994. ［= KKAD］

Drucke zu Lebzeiten, Bd. 2: *Apparat,* hrsg. von Wolf Kittler, Hans-Gerd Koch und Gerhard Neumann, New York / Frankfurt a. M.: S. Fischer, 1994. ［= KKAD App.］

Briefe 1900-1912, hrsg. von Hans-Gerd Koch, New York / Frankfurt a. M.: S. Fischer, 1999. ［= KKAB 1900-12］

Briefe 1913-1914, hrsg. von Hans-Gerd Koch, New York / Frankfurt a. M.: S. Fischer, 2001.

Amtliche Schriften, hrsg. von Klaus Hermsdorf und Benno Wagner, New York / Frankfurt a. M.: S. Fischer, 2004.

Briefe 1914-1917, hrsg. von Hans-Gerd Koch, New York / Frankfurt a. M.: S. Fischer, 2005.

Briefe 1918-1920, hrsg. von Hans-Gerd Koch, New York / Frankfurt a. M.: S. Fischer, 2013.

◎写真版全集——Franz Kafka-Ausgabe（*Historisch-kritische Ausgabe sämtlicher Handschriften, Drucke und Typoskripte*）

Einleitung, hrsg. von Roland Reuß unter Mitarbeit von Peter Staengle, Michel Leiner und K. D. Wolff, Basel / Frankfurt a. M.: Stroemfeld / Roter Stern, 1995. [= FKAE]

Der Process, hrsg. von Roland Reuß unter Mitarbeit von Peter Staengle, Basel / Frankfurt a. M.: Stroemfeld / Roter Stern, 1997.

Beschreibung eines Kampfes; Gegen zwölf Uhr [...], hrsg. von Roland Reuß unter Mitarbeit von Peter Staengle und Joachim Unseld, Basel / Frankfurt a. M.: Stroemfeld / Roter Stern, 1999.

Oxforder Quarthefte 1 & 2, hrsg. von Roland Reuß und Peter Staengle, Basel / Frankfurt a. M.: Stroemfeld / Roter Stern, 2001.

Oxforder Quartheft 17: die Verwandlung, hrsg. von Roland Reuß und Peter Staengle, Basel / Frankfurt a. M.: Stroemfeld / Roter Stern, 2003. [= FKAQ17]

Oxforder Oktavhefte 1 & 2, hrsg. von Roland Reuß und Peter Staengle, Basel / Frankfurt a. M.: Stroemfeld / Roter Stern, 2006.

Oxforder Oktavhefte 3 & 4, hrsg. von Roland Reuß und Peter Staengle, Basel / Frankfurt a. M.: Stroemfeld / Roter Stern, 2008.

Oxforder Oktavhefte 5 & 6, hrsg. von Roland Reuß und Peter Staengle, Basel / Frankfurt a. M.: Stroemfeld / Roter Stern, 2009.

Oxforder Oktavhefte 7 & 8, hrsg. von Roland Reuß und Peter Staengle, Basel / Frankfurt a. M.: Stroemfeld / Roter Stern, 2011.

Das Schloss, hrsg. von Roland Reuß und Peter Staengle, Basel / Frankfurt a. M.: Stroemfeld / Roter Stern, 2018. [= FKAS]

Zürauer Zettel, hrsg. von Roland Reuß und Peter Staengle, Göttingen: Wallstein, 2020.
Oxforder Quarthefte 3 & 4, hrsg. von Roland Reuß und Peter Staengle, Göttingen: Wallstein, 2020.
Oxforder Quarthefte 5 & 6, hrsg. von Roland Reuß und Peter Staengle, Göttingen: Wallstein, 2023. ［ = FKAQ5/6］
Oxforder Quarthefte 7 & 8, hrsg. von Roland Reuß und Peter Staengle, Frankfurt a. M.: Vittorio Klostermann, 2024.

◎復刻版

Die Verwandlung: Faksimilenachdruck der Erstausgabe des Buchdrucks von 1915, hrsg. von Roland Reuß, Frankfurt a. M.: Stroemfeld, 2003. ［= *Die Verwandlung* 2003］
Ein Landarzt: Faksimilenachdruck der Erstausgabe des Buchdrucks von 1920, hrsg. von Roland Reuß, Frankfurt a. M.: Stroemfeld, 2006. ［= *Ein Landarzt* 2006］

◎その他（本書で言及したもの）

Betrachtung, Leipzig: Ernst Rowohlt, 1913.
Das Urteil: eine Geschichte von Franz Kafka, in: *Arkadia: Ein Jahrbuch für Dichtkunst*, hrsg. von Max Brod, Leipzig: Kurt Wolff, 1913, S. 53-65.
Der Heizer: ein Fragment, Bücherei „Der jüngste Tag", Bd. 3, Leipzig: Kurt Wolff, 1913.
Das Urteil: eine Geschichte, Bücherei „Der jüngste Tag", Bd. 34, Leipzig: Kurt Wolff, 1916.
Ein Landarzt: Kleine Erzählungen, München / Leipzig: Kurt Wolff, 1919.

Der Prozeß: Roman, hrsg. von Max Brod, Berlin: Die Schmiede, 1925.
Das Schloß: Roman, hrsg. von Max Brod, München: Kurt Wolff, 1926.
Der Prozeß: Roman, in: *Gesammelte Schriften*, hrsg. von Max Brod, Bd. 3, Berlin: Schocken, 1935.
Das Schloß: Roman, in: *Gesammelte Schriften*, hrsg. von Max Brod, Bd. 4, Berlin: Schocken, 1935.
Der Prozeß: Roman, in: *Gesammelte Schriften*, hrsg. von Max Brod, Bd. 3, New York: Schocken, 1946.
Das Schloß: Roman, in: *Gesammelte Schriften*, hrsg. von Max Brod, Bd. 4, New York: Schocken, 1946.

◎英　訳

The Metamorphosis, translated and edited by Stanley Corngold, New York / London: W. W. Norton, 1972. [= Corngold 1972]
The Transformation ('Metamorphosis') and Other Stories: Works Published during Kafka's Lifetime, translated and edited by Malcolm Pasley, London: Penguin, 1992. [= Pasley 1992]
The Castle, translated by Mark Harman, New York: Schocken, 1998. [= Harman 1998]
The Castle, translated by Willa Muir and Edwin Muir, London: Vintage, 1999 (Originally published, London: Martin Secker & Warburg, 1930). [= Muir 1930 (1999)]
Kafka's Selected Stories: New Translations, Backgrounds and Contexts, Criticism, translated and edited by Stanley Corngold, New York: W. W. Norton, 2007. [= Corngold 2007]
The Castle, translated by Anthea Bell, Oxford: Oxford University Press, 2009. [= Bell 2009]
The Metamorphosis and Other Stories, translated by Joyce Crick, Oxford: Oxford University Press, 2009. [= Crick 2009]

The Diaries of Franz Kafka, translated by Ross Benjamin, New York: Schocken Books, 2023. [= Benjamin 2023]

Selected Stories, translated and edited by Mark Harman, Cambridge, Mass.: Harvard University Press, 2024. [= Harman 2024]

二次文献

◎欧語文献（著者名アルファベット順）

Binder, Hartmut 1975, *Kafka-Kommentar zu sämtlichen Erzählungen*, München: Winkler.

—— 1976, *Kafka-Kommentar zu den Romanen, Rezensionen, Aphorismen und zum Brief an den Vater*, München: Winkler.

—— (hrsg.) 1979a, *Kafka-Handbuch*, Bd. 1: *Der Mensch und seine Zeit*, Stuttgart: Kröner.

—— (hrsg.) 1979b, *Kafka-Handbuch*, Bd. 2: *Das Werk und seine Wirkung*, Stuttgart: Kröner.

—— 1990, »Einblick in Kafkas Arbeitsweise: Zur kritischen Ausgabe seines Romans „Der Process“«, *Neue Züricher Zeitung*, 16. 11. 1990, S. 39.

Büchner, Georg 2000, *Danton's Tod: Sämtliche Werke und Schriften*, historisch-kritische Ausgabe mit Quellendokumentation und Kommentar (Marburger Ausgabe), hrsg. von Burghard Dedner und Thomas Michael Mayer, Bde. 3.1.-3.4. Darmstadt: Wissenschaftliche Buchgesellschaft.

Čermák, Josef 2010, *„Ich habe seit jeher einen gewissen Verdacht gegen mich gehabt“: Franz Kafka Dokumente zu Leben und Werk*, Berlin: Parthas.

Cohn, Dorrit 1968, “K. enters The Castle: On the Change of Person in Kafka's Manuscript”, *Euphorion:*

Zeitschrift für Literaturgeschichte, 62, S. 28-45.

Duttlinger, Carolin 2013, *The Cambridge Introduction to Franz Kafka*, Cambridge: Cambridge University Press.

Flaubert, Gustave 1958, *L'education sentimentale*, texte établi et présenté par René Dumesnil, Paris: Les Belles Lettres.（フローベール『感情教育』（全二冊）、山田𣝣訳、河出書房新社（河出文庫）、二〇〇九年）

Kittler, Friedrich 1986, *Grammophon Film Typewriter*, Berlin: Brinkmann & Bose.（フリードリヒ・キットラー『グラモフォン フィルム タイプライター』石光泰夫・石光輝子訳、筑摩書房、一九九九年）

Kraft, Werner 1968, *Franz Kafka: Durchdringung und Geheimnis*, Frankfurt a. M.: Suhrkamp.（ヴェルナー・クラフト『フランツ・カフカ――透察と神秘』田ノ岡弘子訳、紀伊國屋書店（現代文芸評論叢書）、一九七一年）

Nabokov, Vladimir 1980, *Lectures on Literature*, edited by Fredson Bowers, San Diego: Harcourt.（ウラジーミル・ナボコフ『ヨーロッパ文学講義』野島秀勝訳、ティビーエス・ブリタニカ、一九八二年）

Neumann, Gerhard 1982, »Schrift und Druck: Erwägungen zur Edition von Kafkas Landarzt-Band«, *Zeitschrift für deutsche Philologie*, 101, S. 115-139 (Sonderheft „Probleme neugermanistischer Edition").

Pasley, Malcolm 1965, »Drei literarische Mystifikationen Kafkas«, in: *Kafka-Symposion: Datierung, Funde, Materialien*, Berlin: Klaus Wagenbach.（マルコム・パスリー「カフカにおける三つの文学的神秘化」、クラウス・ヴァーゲンバッハ＋マルコム・パスリーほか『カフカ＝シンポジウム』金森誠也訳、吉夏社、二〇〇五年、二九―四九頁）

―― 1980, »Der Schreibakt und das Geschriebene: Zur Frage der Entstehung von Kafkas Texten«, in: *Franz Kafka: Themen und Probleme*, hrsg. von Claude David, Göttingen: Vandenhoeck & Ruprecht, S. 9-25.（マルコム・パスリィ「書くという行為と書かれたもの――カフカのテクスト成立の問題に寄せて」、クロード・ダヴ

イッド編『カフカ＝コロキウム』円子修平・須永恒雄・田ノ岡弘子・岡部仁訳、法政大学出版局（りぶらりあ選書）、一九八四年、五―二七頁）

Robertson, Ritchie 2004, *Kafka: A Very Short Introduction*, Oxford: Oxford University Press.（リッチー・ロバートソン『カフカ』明星聖子訳、岩波書店（〈1冊でわかる〉シリーズ）、二〇〇八年）

Sacher-Masoch, Leopold von 1870, *Venus im Pelz*, in: *Das Vermächtnis Kains: Novellen*, Erster Theil: *Die Liebe*, Bd. 2, Stuttgart: Cotta, S. 121-368.（ザッヘル＝マゾッホ『毛皮を着たヴィーナス』種村季弘訳、河出書房新社（河出文庫）、一九八三年）

Uytersprot, Herman 1953, »Zur Struktur von Kafkas „Der Prozess“: Versuch einer Neuordnung«, *Revue des langues vivantes*, 5, S. 333-376.

Wagenbach, Klaus 1958, *Franz Kafka: Eine Biographie seiner Jugend 1883-1912*, Bern: Francke.（クラウス・ヴァーゲンバッハ『若き日のカフカ』中野孝次・高辻知義訳、筑摩書房（ちくま学芸文庫）、一九九五年）

―― 1983, *Franz Kafka: Bilder aus seinem Leben*, Berlin: Klaus Wagenbach.

◎邦語文献（著者名五十音順）

中澤英雄 二〇一一『カフカ　ブーバー　シオニズム』オンブック。

明星聖子 二〇〇二『新しいカフカ――「編集」が変えるテクスト』慶應義塾大学出版会。

―― 二〇一〇「編集の善悪の彼岸――カフカと草稿と編集文献学」、『文学』第一一巻第五号（二〇一〇年九月）、一八八―二〇二頁。

―― 二〇一二a「境界線の探究――カフカの編集と翻訳をめぐって」、『文学』第一三巻第四号（二〇一二年七月）、一一二―一二六頁。

――二〇一二b「カフカ研究の憂鬱――高度複製技術時代の文学作品」、松田隆美編『貴重書の挿絵とパラテクスト』慶應義塾大学出版会、三―二九頁。

――二〇一四『カフカらしくないカフカ』慶應義塾大学出版会。

――二〇二一「「第3世代」としての編集――カフカ『審判／訴訟』の編集・翻訳プロジェクト」、『埼玉大学紀要 教養学部』第五六巻第二号（二〇二一年三月）、一五一―一六四頁。

――二〇二二「フェイクな恋のフェイクな手紙――フランツ・カフカの『判決』と『変身』をめぐって」、納富信留・明星聖子編『フェイク・スペクトラム――文学における〈嘘〉の諸相』勉誠出版、二二一―二四五頁。

――二〇二四「没後一〇〇年のカフカ・テクスト――没後七〇年からの編集をめぐる葛藤」、『現代思想』二〇二四年一月臨時増刊号「総特集＝カフカ」四三一―四四七頁。

明星聖子・二藤拓人・森林駿介 二〇二一「「逮捕」と「終わり」をどう並べるか――カフカ『審判／訴訟』の編集・翻訳プロジェクト」、『成城文藝』第二五七号（二〇二一年一二月）、五一（九〇）―一九（一二二）頁。

――二〇二三「「グルーバッハ夫人」・「最初の審理」・「人気のない法廷」の執筆順推定をめぐる中間報告――カフカ『審判／訴訟』の編集・翻訳プロジェクト」、『ヨーロッパ文化研究』第四二号（二〇二三年三月）、成城大学大学院文学研究科、一四三―一六二頁。

明星聖子・納富信留（編）二〇一五『テクストとは何か――編集文献学入門』慶應義塾大学出版会。

明星聖子・森林駿介・冨塚祐 二〇一九「「翻訳可能なテクスト」の編集をめぐる諸問題――カフカ『審判／訴訟』の新翻訳プロジェクト」、『埼玉大学紀要 教養学部』第五五巻第一号（二〇一九年一〇月）、一四三―一五五頁。

森林駿介 二〇二一「章配列の決定不可能性――カフカ『審判／訴訟』の編集・翻訳プロジェクト」、『埼玉大学

紀要 教養学部』第五六巻第二号（二〇二一年三月）、一六五―一七九頁。
――二〇二四「理念としての史的批判版――ジークフリート・シャイベを中心に」、『編集文献学研究』第一号（二〇二四年三月）、八二―九七頁。

あとがき

カフカは怖い。何度も繰り返している言葉を、最後にもう一度繰り返したい。カフカは怖い。

本書の「エピローグ」で、ずいぶん間抜けなことを書いた。一〇年前、カフカの婚約者の名前について、あえて慣例と異なる表記を使って本を出した。しかし、その表記は間違いだった（かもしれない）。だから、お詫びして、訂正したい、と。

同じ間抜けなことを、この「あとがき」でも書かなければならない……かもしれないと一週間前大いに焦ったことを告白しよう。結論からいえば、訂正の必要はたぶんない。「たぶん」という言葉を使わざるをえないあたりが、やっぱり間抜けだが、しかしそういうしかない。先のお詫びの続きには、「カフカ研究のドタバタの実態」という言葉を書いた。ほんとうに、まったくもって間抜けな実態だと、あらためて感じている。

ほんとうは（と本書では「ほんとう」を連発し続けているので、すっかり怪しい「ほんとう」に響くかと思うが）、「あとがき」のこの文章を、もっとスマートに、かっこよくまとめたかった。最新の研究状況について短い紹介がしたいと考えていたのだが、そんな構想など、どこかに吹き飛んだ。ほんの数日のうちに、次々とショックな会話が続いたのだ。その動揺があまりに大きかったため、すっきりした文章をさらっと書く気分にまだなれない。ということで、ここから先、「エピローグ」の続きのような個人的な話を若干赤裸々に（？）綴ることをお許しいただきたい。

じつは、いまイギリスにいる。オックスフォード大学ジーザスカレッジの客員シニアリサーチフェローに選んでいただき、一年間の予定で滞在を始めている。到着したのは、一週間前の九月一六日。その翌日、同カレッジの校長代理であり、オックスフォード・カフカ研究センターの共同ディレクターでもあるカトリン・コールから歓迎のランチに招待された。その昼食の席での会話が、激動の（大袈裟だが）数日間の幕開けだった。

詳しい流れは省略するが、ようするに彼女は、そのときこんなことを呟いたのだ――「あのvermin って訳は間違いだと思うのよ」。一瞬耳を疑った。えっ、vermin こそが正しいって話ではなかったっけ……。背筋がヒヤッとした。本書を読んでくださった方は、「プロローグ」に「“insect”ではなく“vermin”？」という小見出しの文章があるのを思い出してくださるだろう（また、この「あとがき」から読み始めてくださっている方のためにいえば、いま私はグレゴール・ザムザが変身したUngeziefer の英訳の話をしている）。続く項で私は、スタンリー・コーンゴールドがvermin と訳して以来、英語圏ではそちらが使われていることが多くなっていると書いた（誤解を避けるために繰り返すが、コーンゴールドがその語を使った最初の訳者ではない）。その記述が間違いだったというのか――。

冷や汗が出るのを感じながら、カトリンにそう考える理由を尋ねた。彼女の説明はこうだった。英単語のvermin は集合名詞であって、その語に不定冠詞のaを付けるのは非日常的な用法である。しかし、原語のUngeziefer に付けられた不定冠詞のein は自然で日常的なものだ。となると、einUngeziefer をa vermin と英訳するのは、原文では非日常化していないところに、翻訳で非日常的な語の使用を持ち込むことになる――。

恥ずかしながら、verminが集合名詞だという点に気づいていなかった。だから、彼女の指摘は、まったく新しい情報で、それをいわれただけでかなり動揺した。ただし、その内容を少し冷静に考えれば、完全に納得できるものでもなかった。集合名詞に不定冠詞をつけることは、それほど特異なことなのか。ふだん接する英語の文法の緩さ（といってもあくまで自分の感触だが）を考えると、さほど非日常的とも思えなかった。私がちょっと訝しそうな表情を見せていることに、たぶん気づいたからだろう。彼女はこう畳みかけた――「それに、そもそもUngezieferには虫の意味しかないのだから、insectでいいのよ」。さらなる一撃だった。

もちろん、その類のことは初めて聞かされたわけではなかった。Ungezieferという単語を耳にして、ドイツ語話者の大半がイメージするのは虫だというのは知っている。だから、本書でも何回かそれを強調した。とはいえ、虫しかないと研究者にはっきりいわれてしまうと、さすがに大きく動揺した。いや、Ungezieferには、たしかに虫以外の意味もある。そして、その多義性が鍵だという解釈は、けっして突飛なものでもない。これについては、これまでドイツの友人と何度も議論をしてきた。こう自分にいい聞かせながら、彼女の発言に異を唱えた。あの単語は、ネズミも含みうる、場合によっては鳥まで含んでしまうかもしれない――。カトリンは、納得がいかないように首を傾げながらも、わかった、明日までに調べてみる、と約束してくれた。

自分なりの確信を失いはしなかったものの、正直にいえば、かなり落ち込んだ。なぜなら、カトリンのその発言は、将来的に、本書が〈怪しい〉という烙印を捺されかねない可能性を示唆していたからだ。もし読者の誰かがドイツ語話者の友人や知人からUngezieferには虫以外の意味はありえないと強くいわれたら、その彼女／彼にとっての本書の評価はたちまちダダ下がりだろう。そんな想像をし始めると憂鬱になってきた。それに、現実的に何らかの対応を要するかもしれない問題も持ち上がった。verminだ。もしも、その訳語には妥当性がないというのが現在のコンセンサスなのだとしたら、それこそ本文を訂正しなければならないかもしれない――。

幸いなことに、カトリンのいう「明日」、すなわち翌日の九月一八日から、オックスフォード大学では三日間におよぶカフカ会議（"Kafka Transformed" International Conference）が催されることになっていた。カフカの遺稿の約九〇％を保管している同大学は、世界のカフカ研究の総本山を自任している。没後一〇〇年の今年（二〇二四年）、ここではすでに数多くのイベントが実施されており、そのいわばクライマックスがこの大規模な国際会議だ。私はそれに間に合うぎりぎりのタイミングで渡英したのである。つまり、「明日」からの三日間、労せずして知り合いの研究者に次々と会えることになる。vermin問題の解決については彼らに助けてもらおうと自分を落ち着かせた。

さっそく初日に議論させてもらったのは、verminと訳した当の本人のスタンリー・コーンゴールドだった。御年九〇歳の彼は、なんとアメリカのプリンストンから飛行機に乗って会議に駆けつけていた。コーンゴールドの答えは、もちろんverminが正しい、だった。insectだとUngezieferという語の持つネガティブな意味が抜け落ちる、大事なのはグレゴールが誰からも忌み嫌われる存在に変わったという点だ――と彼は力説した。そうはいっても、verminは集合名詞であって、それに不定冠詞をつけてしまうのは――とおそるおそる尋ねようとしたが、そんなことは小さな問題だ、と一蹴された。

九〇歳になっても力強い声でかくしゃくと自説を主張するコーンゴールドの姿に圧倒されながら、いっぽうで私は自分の愚かさを反省した。当の本人に尋ねたら自説が正しいというのはあたりまえで、それを確認したところで、この場合、意味はないだろう。問題はその訳語がどこまで人々に受け入れられたかという点なのだから、本来は本人以外に質問しなければならない――。

ということで、次に話し相手になってもらったのは、カロリン・デュトリンガーだった。カロリンは、オックスフォード・カフカ研究センターの事実上のセンター長で（公式には、カトリン・コールと同じ共同ディレクターではあるが）、今回の会議も彼女がすべて中心になって取り仕切っていた。彼女の答えは「私は insect よ」というものだった。なぜなら、vermin だとネズミを強くイメージさせてしまうから――。この発言にはかなり驚かされた。vermin という語がほぼネズミを想起させるとは知らなかったからだ。「ほんとうにネズミなの？」と尋ねたら、そうだと返された。またもや vermin という英単語についての新情報である。勉強不足を反省した。

彼女の回答は私を安心させるものではなかったが（なぜなら、vermin はやはり受け入れられないという意見なのだから）、しかし vermin はネズミだという話は、ちょっと私を元気にした。もしもそれが一般の語感だとすれば、英語圏の読者のかなりの数が、あの最初の一行でネズミを脳裏に浮かべたことになる。だとしたら、先にふれたリスクを冒してまでネズミの可能性を書いたことは、これで報われるかもしれない。少なくとも本書の読者は、今後あの最初の一行で、ちらっとネズミの可能性を考えることになる。そして、その読書体験は、英語圏の読者の体験とかなり似たものだということになる。この共有は、いつか読者たちが言語圏を越えて会話を交わすとき、きっと役に立つだろう（こじつけの言い訳かもしれないが）。

なお、私が英語圏ではverminが主流だと思った根拠のひとつは、じつはカロリンの本だった。だから、ちょっと意地悪な感じになってしまうが、念のため確認しようと、こう続けた。でも、昔あなたが出した本には、verminがいちばんオリジナルに近いって書いてあったわよ、と（Dutlinger 2013, p. 124）。すると「どの本？」と訝しそうに返されたので、『ケンブリッジ・イントロダクション』だと答えると、何を書いたか覚えていない、といわれてしまった。「私、書いたことはすぐに忘れちゃうのよ」と悪びれずにお茶目に笑う彼女に不思議な感動を覚えて、「そうよね、たしかに私もすぐに忘れちゃう」と心からの共感を示した。そして、二人でケラケラ笑い合った。

カロリンもinsectだというのだとすれば、やっぱり現在ではinsectが主流かもしれない――。その可能性は、次には会話ではなく、書物で確認された。会議場となっている建物のエントランスに、最近出版されたカフカ関係の書籍が何冊かディスプレイされていた。そのうちの見慣れない一冊は、今年（二〇二四年）の五月に出版されたマーク・ハーマン訳のカフカ短編集だった（Harman 2024）。ここ数ヵ月、本書の執筆に集中するあまり、海外での動向のチェックを怠ってしまっていたことを反省しながら、その本を手にした。批判版の『城』をいち早く英訳したことで知られるハーマンは、いったいどちらの訳語を選択したのだろう。ページをめくると、insectという文字が見えた。そうか、やはりinsectか――と確認した直後、驚きの発見があった。彼はタイトルを、*The Metamorphosis*ではなく、*The Transformation*と訳していたのだ。

これは大胆な切り替えであり、もしかしたら、それを促すような何かきっかけがあったのか。あるいは、何らかの変化への気運のようなものが盛り上がっていたのか。考えてみたら、今回の会議タイトルも"Kafka Transformed"だ——。と、カロリンを再度捕まえて尋ねたら、いや違う、と即座に否定された。*The Metamorphosis* 以外にない、それで世界に知れわたっているのだから、新しくするにはもう遅い、と彼女はきっぱりいった。だけど、必ずTheをつけてね、Theが大事よ、と私が会話のなかでTheをつけ忘れて話したことを指摘して、強く念を押した。

しまった、また新たな問題の発覚かと、そのとき正直ヒヤッとした。本書の「プロローグ」でカタカナ書きをするとき、「ザ」をつけるのを忘れた。どうしよう、訂正するべきか。ただし、これについては、しばらく考えて自分を納得させることができた。The Beatlesもカタカナで書くときは「ザ」をつけていない。だから、カタカナ書きのときは、「ザ」を取ってもいいのだ。もちろん、英語でいうときは、カロリンが指摘してくれたように、Theをつけなければならない。ということで、この件については、ここでしっかりこうお伝えするだけでいいはずだ。英語でタイトルをいうときにはTheをつけましょう。

vermin問題に話を戻して、結局どうなったかといえば、一時の動揺を経て、〈いま〉は訂正の必要はないという気持ちに落ち着いている。そう思えた理由のひとつは、会議最終日に交わしたドイツ語圏の研究者たちとの会話だ。クリスティーネ・フランク（ウィーン大学）とクリスティアン・バイアー（ソウル大学校）に相手をしてもらって、この件を議論した。そのとき、クリスティーネは、はっきりと、英語の訳で適切なのはverminよ、それにそっちが英訳のスタンダードだと聞いている、といった。この言葉に、やっとほっとしながら、大きく頷いた。横にいたクリスティアンも、僕もそう思う、と同意してくれた。

もちろん、この場合、慎重に考えるなら、ドイツ語圏の研究者たちの間には〈誤解〉が広まっているると見なすこともできる。とはいえ、たとえ〈誤解〉だとしても、その理解がシェアされていたことは〈事実〉といっていいだろう。また、日本で研究していた私も同じ理解を共有していたのだ。つまり、その見方が正しいかどうかはともかく、たしかにそれは世界で一時は共有されていたといえる。

さらに、ほどなくして安心材料はもうひとつ見つかった。vermin で訳したヴァージョンは、いまでも広く読まれている。詳しい事情はあとで述べるが、じつは〈いま〉ここオックスフォードでいちばんよく読まれているのは、insect ではなく vermin と訳した訳書のほうだったのである。

vermin の訳を支持するクリスティーネたちと話を続けながら、やっと気がついたことがあった。もしかしたら疑問に思うべきは本来逆のことだったのではないか。そもそも、いったいなぜカトリンもカロリンも insect にあれほどはっきり軍配を挙げているのか。二人とも、それぞれ理由を伝えてはくれたが（カトリンは集合名詞の問題、カロリンはネズミに偏る問題）、しかし、それらの理由のいずれも、コーンゴールドがいう原語のネガティブな要素を示すべきという主張に対抗するにはかなり弱い。なぜ、ここでは vermin ではなく insect が主流なのか。

この疑問は、会議の最後の行事に参加したときに、少し解消された。最終日、すべての発表が終わったあと、希望者で展覧会を見にいくツアーがあった。展覧会とは、ボドリアン図書館のウェストン・ライブラリーで今年の五月から開催されている没後一〇〇年のカフカ展（"Kafka: Making of an

Icon")である。その会場に設置されているパネルのひとつを見て、ようやく腑に落ちた。パネルの文章は、次のように始まっていた――「「鎧のような背中」を下に「たくさんの足」と「触角」を持った体で寝そべっているグレゴール・ザムザは、明らかに昆虫(insect)に変身している。しかし、いったい正確にはどんな種類の昆虫なのか」。

これは、なるほど私とはまったく読み方が違うと思った。本書で書いたように、私は『変身』の冒頭の数行を、カフカの行き当たりばったりの書き方の、そのままの流れで読もうとしている。だから、Ungeziefer は Ungeziefer であって、後ろに書かれた文言から翻って、それを理解することはしない。ところが、そのパネルの文章が示唆するのは、グレゴールが何に変身したかを、後ろに記述されているディテールからひっくり返しながら理解しているということだ。従来どおりのその読み方でいくと、たしかに insect と訳してしまうほうがいいように思えてくる。

もし私の読み方をカロリンやカトリンたちにぶつけて議論してみたら、どうなるだろう。それでもやっぱり insect がふさわしい、と彼女たちは主張するだろうか。ここ数日 vermin 問題に頭を悩ましたおかげで、自分の読み方が、じつはかなり特殊なものだと気づけた。カフカのような世界中で膨大な数の人々がこぞって研究している作家の場合、なかなか自分の読みがオリジナルかどうか確信をもつのは難しい。今回少なくともオックスフォードの研究者たちとは解釈が異なることは確認できたわけで、だとすれば、いずれはその独自の説を彼女たちに披露して、妥当性について議論してもらうべきだろう。

書き忘れていたが、カトリン・コールは、もちろん会議の初日に、あの約束を果たしにきてくれた。辞書にはたしかにネズミの意味もあったわ、と携帯でDuden（代表的なドイツ語辞書）のアプリの画面を見せてくれた。

前に、あとで述べるといったオックスフォードの読書事情について話そう。最終日のツアーは、ウエストン・ライブラリーでのメインの展示を見たあと、少し離れたテイロリアン・ライブラリーでお開きとなった。そこでは、カフカのヘブライ語練習帳などが小規模に展示されていた。その一角に、カフカの顔が表紙になった比較的薄いペーパーバックが、十数冊平積みされていた。私がそのうちの一冊を興味深げに手に取ろうとしたら、図書館員のひとりが素早く目に留めて、「持って帰っていいわよ」と声をかけてくれた。そこに積まれている本は、今年の春にオックスフォード大学の学生みんなに無償配布されたものの残りだという。「六月にカフカのパブリック・リーディングの大きなイベントをやったときも、参加者みんなに無料で配布されたのよ」と彼女は続けた。

本のタイトルは、『オックスフォードがカフカを読む（*Oxford reads Kafka*）』。解説書か何かかと思いきや、中身はふつうの英訳のカフカ短編集だった。奥付によれば、二〇〇九年に「オックスフォード世界古典叢書」の一冊として刊行されたもののリプリント版だ（Crick 2009）。訳者はジョイス・クリックで、序文と注釈を執筆しているのはリッチー・ロバートソン。だとすれば、十数年前に一度目を通したあの本だと思いながら、ページをめくった。やはり、あの語の訳はverminだった。そして、その語には、ロバートソンによる以下の内容の注釈がつけられていた。原語のUngezieferは、pestやverminを示唆するが、特定の生き物を指してはいない。また、グレゴールの身体の特徴は、どんな種類のinsectとも一致しない――。

そういえば、リッチーの意見を聞くのを忘れてしまったと、そのとき思った。リッチー・ロバートソンもカフカ研究センターの共同ディレクターのひとり（ただし、すでに名誉教授ではあるが）であり、もちろんカフカ会議にも参加していた。じつは私が発表したセッションの司会を担当したのは彼だった。発表者としての私を紹介するとき、彼が「私の古い友人の」というあたたかい言葉を添えてくれたのには、ちょっと涙腺が緩んだ。早くも二〇年近くが経ってしまった──。彼のカフカ入門書を訳したときの、若かりし日の苦闘の数々が思い返されて感慨深かった（Robertson 2004）。セッション後の彼との会話では、思い出話に加えて自分の発表内容に関する議論で盛り上がってしまい、vermin 問題はすっかり忘れてしまっていた。

リッチーは結局どちらを支持しているのだろうか。彼なら vermin というのか、いや、カロリンたちと同じく insect だというのだろうか。メールを書いて確認しようかとも思ったが、やめることにした。たしかに彼の意見はとても気になるが、急ぎの用件ではない。近いうちに彼とは雑談の機会がまたあるはずで、そのとき尋ねてみることにしよう。

結局、誰にも正解は出せないのだ──大事なことを再確認できた数日間だったと思う。誰かが決定的に正しい判断を下せるという話ではない。だから、誰かの解釈に縋ることもできない。たとえどんなに権威のある人が、どんなに強く発した見解であっても、それはあくまでひとつの見解でしかないのだ。この当たり前のことが、当たり前としてカフカ研究では機能している。だから、楽しい──あらためてそう思った。

しかし、それにしても、だ。無料で配布された『オックスフォードがカフカを読む』で『変身』を読んだ学生たちは、みんなあの一行めをverminという訳で読んだということになる。ここではverminが受け入れられていないどころか、みんな逆にverminで読んでいるのだ。カロリンやカトリンの鷹揚さが感じられて、ちょっと愉快な気持ちになった。それにカロリンがいうように、その英単語がネズミをイメージさせるのだとしたら、ここの学生たちは、あの一行で、みんな脳裏にネズミを一瞬走らせたことになる。その情景を想像すると、なんだかとっても滑稽に思えた。そして、いかにもカフカらしいと苦笑した。

……長くなってしまった。ほんとうは書きたかったのは、このカフカ会議のあとの話である。一〇月から、ブダペスト、長春、シュトゥットガルト、ワシントン、プラハと年末まで学会発表の出張が続く。「おわりに」で少しふれた新しいカフカ・テクストの編集のプロジェクトは、思った以上の反響をいただいていて、海外の研究者たちと活発な議論をさせてもらっている。またそこで取り組んでいる執筆順の解明については、AIの研究者たちと共同研究をスタートさせるという面白い展開の方向にも進んでいる。そのあたりの最新状況を軽やかに紹介しようと思っていたのだが、最初に述べたように思惑はすっかり外れた。グダグダした文章をこんなに長く綴ったあとで、真面目にきりっとした文章を書くのも、それこそかなり間抜けに見えるので、ここでやめておくことにする。

最後に、お礼の言葉だけを付け加えさせていただきたい。この「あとがき」からも察せられるように、私のカフカ研究は、たくさんの友人、知人たちの協力のもとに成り立っている。日々、まわりの多くの人々から刺激や励ましやお叱りや支えをいただきながら、なんとか前に進めている。ひとりひとりのお名前を挙げたいところだが、あまりにも数が多すぎるので控えさせていただく。まとめてのお礼になってしまって恐縮だが、みなさんからの日頃の学恩に深く感謝申し上げる。

直接的に本書の執筆をサポートしてくれた方のお名前は、ただし、どうしても挙げておきたい。成城大学国際編集文献学研究センターのポストドクター研究員の森林駿介さん、リサーチアシスタントの冨塚祐さん、そして研究補佐の吉岡満美さん。三人の親身な助けのおかげで、この本を書き上げることができた。心よりお礼を申し上げる。

それから、直接的なサポートというのであればこの方、担当編集者の互盛央さん。彼がいなければ、ほんとうにこの本は誕生できなかった。まだ一行も書いていない段階から、タイトルは『ほんとうのカフカ』です、それしかないです、と恐ろしいことをいってくれた。そして、ヘロヘロになって書いた原稿を送るたび、勇気が足りない、覚悟が足りない、と情け容赦なく追い込んでくれた。おかげで、なんとかやっと一皮剝けた気がする。心より感謝している。

私の家族にもお礼を伝えたい。とっ散らかった私の日常生活をいつも忍耐強く支えてくれているパートナー、そして娘。ありがとう。それから、ずっと見守って応援し続けてくれている郷里にいる父と母。ありがとう。生きていてくれている間に、この本が書けてよかった。

本書を、明星利雄、明星寿満子に献げます。

二〇二四年九月二三日　オックスフォードにて

明星聖子

明星聖子（みょうじょう・きよこ）

東京大学大学院人文社会系研究科博士課程修了。博士（文学）。埼玉大学教授を経て、現在、成城大学文芸学部教授。オックスフォード大学ジーザスカレッジ客員シニアリサーチフェロー（二〇二四―二五年）。専門は、近現代ドイツ文学。

主な著書に、『新しいカフカ』（慶應義塾大学出版会、二〇〇二年。日本独文学会賞）、『カフカらしくないカフカ』（慶應義塾大学出版会、二〇一四年）ほか。

主な編著に、『テクストとは何か』（共編、慶應義塾大学出版会、二〇一五年）、『フェイク・スペクトラム』（共編、勉誠出版、二〇二二年）ほか。

主な訳書に、リッチー・ロバートソン『カフカ』（岩波書店、二〇〇八年）、ピーター・シリングスバーグ『グーテンベルクからグーグルへ』（共訳、慶應義塾大学出版会、二〇〇九年）、ルー・バーナード＋キャサリン・オブライエン・オキーフ＋ジョン・アンスワース編『人文学と電子編集』（共監訳、慶應義塾大学出版会、二〇一一年）ほか。

ほんとうのカフカ

二〇二四年一二月一〇日　第一刷発行

著者　明星聖子《みょうじょうきよこ》

発行者　篠木和久
発行所　株式会社 講談社
東京都文京区音羽二丁目一二―二一　〒一一二―八〇〇一
電話（編集）〇三―五三九五―三五一二
（販売）〇三―五三九五―五八一七
（業務）〇三―五三九五―三六一五

KODANSHA

装幀者　奥定泰之
本文印刷　株式会社 新藤慶昌堂
カバー・表紙印刷　半七写真印刷工業 株式会社
製本所　大口製本印刷 株式会社

ISBN978-4-06-537795-6　Printed in Japan　N.D.C.944　293p　19cm

講談社選書メチエの再出発に際して

講談社選書メチエの創刊は冷戦終結後まもない一九九四年のことである。長く続いた東西対立の終わりはついに世界に平和をもたらすかに思われたが、その期待はすぐに裏切られた。超大国による新たな戦争、吹き荒れる民族主義の嵐……世界は向かうべき道を見失った。そのような時代の中で、書物のもたらす知識が一人一人の指針となることを願って、本選書は刊行された。

それから二五年、世界はさらに大きく変わった。特に知識をめぐる環境は世界史的な変化をこうむったとすら言える。インターネットによる情報化革命は、知識の徹底的な民主化を推し進めた。誰もがどこでも自由に知識を入手でき、自由に知識を発信できる。それは、冷戦終結後に抱いた期待を裏切られた私たちのもとに差した一条の光明でもあった。

その光明は今も消え去ってはいない。しかし、私たちは同時に、知識の民主化が知識の失墜をも生み出すという逆説を生きている。堅く揺るぎない知識も消費されるだけの不確かな情報に埋もれることを余儀なくされ、不確かな情報が人々の憎悪をかき立てる時代が今、訪れている。

この不確かな時代、不確かさが憎悪を生み出す時代にあって必要なのは、一人一人が堅く揺るぎない知識を得、生きていくための道標を得ることである。

フランス語の「メチエ」という言葉は、人が生きていくために必要とする職、経験によって身につけられる技術を意味する。選書メチエは、読者が磨き上げられた経験のもとに紡ぎ出される思索に触れ、生きるための技術と知識を手に入れる機会を提供することを目指している。万人にそのような機会が提供されたとき初めて、知識は真に民主化され、憎悪を乗り越える平和への道が拓けると私たちは固く信ずる。

この宣言をもって、講談社選書メチエ再出発の辞とするものである。

二〇一九年二月　　野間省伸